光文社文庫

透明人間は密室に潜む

阿津川辰海

光　文　社

目次

透明人間は密室に潜む

「まったくごらんのとおりさ、かわいそうにあの男は跡かたもなく蒸発しちまって、
残るのは床の赤い筋ばかりというわけだ。こんな話はこの世のもんじゃありませんね」

G・K・チェスタトン「見えない男」（中村保男訳）

1

洗面台の大きな鏡の前に立つと、首筋だけ透明に戻っていた。頸動脈（けいどうみゃく）のあるあたりだ。光が透過して、黒く染めた長い髪の毛が直接鏡に映っている。

「彩子（あやこ）、首のところ、非透明化が解（と）けてないか」

隣に立ってネクタイを結んでいた夫が、鏡を向いたまま言う。

「ほんとね。わたしも今気づいた」

「朝の薬、飲み忘れたんじゃないか？」

「ええ。後でちゃんと飲んでおくわ。——あなた、ネクタイ曲がってる」

夫の首元に手をやって、ネクタイの結び目を整える。

「ありがとう。じゃあ、行ってくるよ」

夫は微笑む。出社前に見せる、夫の柔らかな微笑みが好きだった。

「行ってらっしゃい」

玄関先で夫を送り出すと、ようやくゆったりとした朝の時間がやってくる。窓から差し込む朝日のおかげで、気分も清々しい。

夫に言われた通り薬を飲む。朝の情報番組をＢＧＭ代わりに、新聞を広げた。社説に「透明人間病」の文字を見つけ、自分が他所で噂されているような居心地の悪さを覚えつつも、ざっと目を通す。

透明人間病。細胞の変異により、全身が透明になってしまう恐ろしい病だ。現在、日本全国で約十万人、全世界では七百万人の発症が確認されている。人類史上初の症例が確認されてから百年余り。透明人間の存在は、社会システム、軍事、各国の諜報戦に大いなる混乱を巻き起こした。その混乱も去り、透明人間と共生する社会のあり方が模索されるようになった。

しかし今、透明人間が被害者となった、痛ましい事件が相次いでいる。

先日の内閣府の調査で、透明人間のＤＶ被害が増加していることが判明した。その被害は男女の別を問わない。痣、傷を他人に見咎められないことに付け込んだ悪質な事件だ。通常ならば、ＤＶを悟られないよう、顔を傷つけることは避けるものだが、加害者にその必要がないため、被害が深刻になることが特徴とされている。

現在の技術では、透明人間化を完全に抑制することはできない。そのため、傷を確認することは出来ず、DV被害者の供述も、原則として自己申告に頼るほかない。もちろんDV加害者は暴力を否定する。証拠が見つからないことが、透明人間の被害者の立場をさらに弱くさせているのだ。

われわれは透明人間と共生する社会のあり方を模索し続けてきた。透明人間は、その姿を非透明にすることを義務付けられている。服を着る、化粧を施(ほどこ)す、髪を染色する——そして極め付きが、五年前、ようやく日本でも認可されたアメリカ発の新薬だ。透明人間化を抑制するこの新薬は、やや不完全、かつ、決められた色での再現しかできないが、服薬による治療に初めて成功した。透明のままでは不可能だった医療処置も施せるようになった。老廃物すら透明にしてしまう透明人間病の前では、血液まで透明になり、血液検査も不可能だったのだ。その状況は新薬により改善された。

透明人間病を巡る技術も日進月歩だ。その未来は今後も明るく開けていくだろう。

しかし、透明人間を巡る社会問題は、今なお不透明さを増しているようである。

あまりに凡庸な着地を迎えたので鼻白(はなじろ)んだ。社説はその後も、ご近所の絆(きずな)の大切さや、身近に透明人間がいる場合に必要なケアなど、通り一遍の指摘に終始していた。

隣に、より興味深い関連記事が載っていた。

日本の透明人間病研究の大家、川路昌正教授の新薬開発の記事である。

わたしはそれを読み終えると、新聞を畳んで置いた。しばらく放心状態だったのだろう。いつの間にか昼になっていた。簡単な昼食を摂り、透明人間化抑制薬のシートを取り出した。

――お嬢さん、あなた、運が良かったですね。

十数年前。透明人間病に罹患し、医者にかかった時に言われたことを思い出す。

――いえね。つい数年前、ようやく「透明人間病」が、国の指定難病になったんですよ。これがあるのとないのとでは、大違いです。高額な薬に補助が出るか、出ないか。その分水嶺が指定難病か否かなのです。だから、こういう言い方はなんですが、有名な病気でよかったと、前向きに捉えることですな……。

事実と評価を淡々と告げることが、わたしを安心させると信じている声音だった。

嫌なことを思い出した。リビングの椅子に深く沈み込む。

「結局、病人扱いか」

独り言が漏れた。

もちろん、薬によって、透明人間が非透明に、通常の人間と同じようになれるのは良いことだ。透明のままでは、人込みすらまともには歩けない。買い物にも行けない。就職先も見つからない。だからこそ薬を飲むし、必要とあらば男女を問わず化粧を施す。まだ新薬が輸入されていなかった頃には、着色することが難しい目をカバーする、瞳孔の部分まで再現したカラーコンタクトが透明人間の基本アイテムだった。

わたしたちはなぜ、透明であることを許されないのだろうか。

さっき読んだ川路昌正教授の記事を思い出す。

――次の瞬間には、わたしは手の中の薬を細かく砕いていた。夫にも見つからないよう、砕いた薬はトイレに流す。

わたしはもう一度、透明になる。

川路はT大学の教授だ。研究室は大学構内にあり、最寄り駅はU駅。警備は厳重だろうか？　教授に近づくチャンスはあるか？

どちらの問題も、透明人間には造作もないことだ。

川路昌正を殺す。その計画が生まれた瞬間だった。

＊

細い路地から、甲高い声が近づいてきた。

「あーっ、ぼくのリコーダー取ったな！」

「取られるお前がとろいんだよーっ!」

小学生の男の子二人が追いかけっこをしていた。リコーダーを取った方が、わたしの体にぶつかる。「イテテ、ごめんなさい」と男の子は鼻を押さえながら言った。

「大丈夫。でも、前を見て歩かないとね」

笑顔がひきつっていないか不安になった。

午前八時十二分。この時間、この道は使えない。

この区画には川路教授の勤める大学だけでなく、幼稚園や小学校、有名な進学校などの教育機関がひしめいている。登校時間は当然考慮に入れておくべきだった。交通量の多い大通りを避けながら、大学まで近づいたところまではよかったが、こんなところで障害にぶつかるとは。人にぶつかられることこそ、透明になった後の最大の恐怖だ。

スクールゾーンは軒並み使えない。あとで道路の標識を調べておこう。

透明人間化抑制薬を飲まないようにしてから二週間余り。段々と、体が当初の透明状態に近づいてきた。元本業であるメイクアップアーティストの腕前を生かし、顔や手足などの露出部には、自然に見えるような化粧を施していた。透明人間は基本、髪の毛を染色して普通の人間のように振る舞うのだが、計画を思いついた時から髪の脱色を始め、ウィッグを着けている。

わたしは透明人間に戻りつつあることを隠しつつ――本当に透明になった時、自宅から研究室まで辿り着けるかどうか、それをシミュレーションしていた。

透明人間の特徴として、

・光を透過させることが出来る。透明になれば、いかなる方法でも視認することは出来ない。

・光学的意味合いを除外した物理的存在としてはそこにある。ゆえに、壁を通り抜けることなどは出来ない。

・自分以外のものを透明にする技術は存在しない。透明人間病は感染しないため、他人を透明にすることも出来ない。

を挙げることが出来る。

第一の点により、研究所の警備がどんなに厳重でも侵入出来る。わたしの計画の最も肝要な点だ。研究所の出入り口にはカードキーによる電子ロックがかけられていた。しかし、カードキーを開けた職員にこっそりついていけば、難なく突破出来る。研究所内に侵入さえすれば、あとは川路教授の研究室を目指すだけだ。

一方で、第二の点は大きな障壁になる。例えば、扉を開けるところを人に見られたなら、誰の姿も見えないことが、透明人間がそこにいる証拠になってしまう。つまり、凶器を持ち運ぶことも不可能だ。把持(はじ)しているものを透明にする技術はない。凶器が宙に浮いている時間を短くするためには、川路教授の研究室で手頃なものを確保しなければならない。

また、計画の実行中は一切服を身に着けることも出来なかった。女性として、人前で「裸」になるのは心理的な抵抗があったが、捨て身の計画なので、そこは諦めることにした。

そして、第二の点に関連して、わたしが今せっせと検討している、大学まで辿り着くルートにも問題が残されていた。

透明になってから街を歩く時は、自動車はもちろんだが、通行人の方がよっぽど怖い。透明のままでは向こうから避けてくれるのを期待することは出来ないのだ。ましてや、全く予想のつかない動きをする子供のそばは決して歩けない。危険が大きすぎる。

もし、予行演習を怠り、今日のルートを歩いていたら……。何もないはずの空間にぶつかった男の子は、一体どれほど騒いだだろう。考えただけでゾッとする。

それだけではない。自宅から最寄り駅までの交通機関の問題もある。

まず、自宅から大学最寄り駅までの電車に乗ってみた。しかし、このルートは絶望的だ。通勤・通学の時間は満員電車で、誰にも触れないようには乗車出来ない。普段から混みあう路線なので、時間帯をずらしても不安は強い。同じ問題は、バスやタクシーでも発生する。

そこで、自宅から大学の近くまでは夫の車を使わせてもらうことにした。夫に気づかれないよう車を使うべく、行動する時間帯は、夫が出勤してから帰宅するまでの間と決めた。研究室の入り口で職員の後ろにぴったりついていって忍び込むなら、職員の出入りが多いほど機会も多くなる。出勤時間帯に大学に向かうのがベスト、と結論を出した。

さらに悩ましいのは、「透明人間になる」場所である。自宅を出る時から透明のままでは、車に乗った時、誰もいない運転席を見た人々を卒倒させることになるだろう。ガラスにスモークフィルムを貼るなどの改造行為も出来ない。夫に悟られるのはまずいからだ。

大学近くのパーキングまで車を走らせ、車中で服を脱ぎメイクを落とす——これが最善だろう。これ以上タイミングを遅らせると、トイレなどで扮装を解くことになり、脱いだ服を置いておく場所がなくなる。車中で扮装を解けば、証拠を残さない。

パーキングは薄暗い場所にあり、係員との応対も不要な方がいい。服を脱ぎ、メイクを落とす時に見られるリスクを低めたいからだ。最も大学に近い立体駐車場に狙いを定めた。

そこまでは良かったが、ルートの検討には時間がかかりそうだ。

いまだ問題は山積みである。

透明人間が人を殺すというのも、楽ではない。

「彩子ー、お風呂まだかー？」

夫が焦れたような声音で言ってきた。

「もう少しー」

普段から長湯なので怪しまれることはないだろう。わたしにはやるべきことがあった。

完全に透明になれば、体についた汚れはすべて、自分がそこにいることのシグナルになる。食後の歯磨き、歯間の掃除などは、かつてないほどの重要ごとになっていた。輪をかけて悩ましかったのは、爪の下に溜まる汚れである。垢は老廃物なので透明のまま排出されてくるが、ゴミは別だ。その僅かなゴミでさえ、空中に黒い汚れが浮いているように見えてしまう。

爪垢掃除用のナイロンブラシを買い、ある程度までは取り除けたが、それでは不十分だったため、ステンレス製の爪垢取りまで購入した。ただ、意外と深くまで入ってしまい、爪下皮を傷めがちだった。ネイルに凝った時よりも念入りに手入れした実感がある。

爪の下まで綺麗にして、裸のまま鏡の前に立ってみる。

惚れ惚れするような透明ぶりだった。

シャワーの水が空中で跳ねる。湯船に浸かれば、不定形の人形に水がくりぬかれ、わたしの体に合わせてその形が変化していく。ゾクゾクするような快感だった。完全に透明になるのは、病に罹患した直後以来だ。愉快な気持ちさえ込み上げる。

まだ新薬が輸入されていなかった頃、透明人間化は化粧だけで隠していた。あの頃、好きだった遊びがあった。

人差し指の第二関節から指の根本までの色を落とし、日付の変わった頃、このマンションのベランダから見える満月にその人差し指の隙間をあてがう。たったそれだけの、他愛のない遊びだ。まるで満月を自分だけの指輪にしたような錯覚を味わえた。愉快な遊びだった。

今湧き上がってくるのは、あの時の愉快な思いだ。

しかし、計画が成就するのはこれからである。誰もいないはずの部屋で無残に殺された川路教授を見下ろした時、この愉快さは最高潮を迎えるだろう。

検討を開始してから一か月。八月三日のこと。

計画を実行に移す気でいたが、その日は朝から大雨が降っていた。決行は一日遅らせることにした。

雨と雪だけは、なんとしても避けなければならなかった。雨の中を歩けば透明人間がいるのがバレバレだし、雪には必ず足跡が残る。

八月四日。決行の日。早朝に起き、半袖のシャツとスカートから露出した腕部、手や脚、顔に化粧を施して、薬を飲んだ後の透明人間に見えるようにしていく。頭にウィッグをかぶり、透明になった髪の毛を覆い隠した。足は、夫の前では靴下を履いて誤魔化すことにした。

緊張で食欲はあまりないが、いざことに及ぶ時に、お腹が鳴って居場所がバレる事態になっては目も当てられない。桃をミキサーにかけ、スプーンでこまめに掬い、よく嚙みながら飲み込んでいく。「消化」の時間は計測済みだ。この時間に起きて食べておけば、車でパーキングに着く頃には体内組織と同じ「透明」になる。

「じゃあ、行ってらっしゃい、あなた」

「……ああ、行ってくるよ」

夫はこちらを一度も振り返らず、家を出て行った。

五分ほど間隔を空けてから、車のキーを持って出かけた。

家を出て、向かい側の部屋を見つめながら、息をつく。体が震えた。わたしの住んでいるマンションは、廊下を挟んで東西にそれぞれ部屋があり、内装は東西で線対称になっている。今のわたしは非透明人間にしか見えないが、よそ行きの格好で朝早くから出かけることが、住人に不審に思われないとは限らない。わたしの自宅は九階だが、大事を取って、階段で地下駐車場まで下りた。

夫の車に乗り出発する。事前のシミュレーション通りの交通量で、渋滞にも遭遇せず目的地に着く。首尾よく立体駐車場の低層階に停めることが出来た。

車を停めたとき、視線を感じた。

赤ん坊だ。隣の車の窓越しにじっと見つめている。呆けたような表情で親指をしゃぶっている。車から降りた両親が、トランクから大きな荷物を取り出している。親子連れで、こんな平日の朝早くからお出かけ？　よりによって今日？　車中でじりじりしながら、親子連れがいなくなるのを待つ。朝の時間は動きが速い。数分のロスでさえ命取りになりかねない。

彼らが姿を消すと、わたしは素早く後部座席に移る。服とウィッグを取り去り、顔や露出部に施した化粧を落とした。爪の下にも汚れはない。駐車場の監視カメラの位置はすべて頭に入っている。後部座席ならカメラに映ることはない。

問題はここからだ。

周囲に人がいないタイミングで後部座席を素早く開け閉めする。車のキーはあらかじめ用意しておいたガムテープで車の下に貼り付けた。こんな小さなものさえ、携行するわけにいかないからだ。

立体駐車場を出ると、肌に直接夏の日差しが降り注ぎ、少し汗ばんできた。汗も老廃物なので透明だが、タオルで拭うわけにもいかないので、この不快な状態のまま動き続けなければならない。

足跡を残さないよう、土や芝生などは避け、アスファルトとコンクリートの上を選んで歩いていく。日が高くなり、アスファルトが熱くなれば、裸足（はだし）で歩くこともままならなくなりそうだ。ことを終えた後は、なるべく早く車まで戻らねば。

裸足の足裏についてしまう細かな砂粒やゴミには、ひやりとした。事前にも検討していたことだが、今日の暑さは予想外だ。足裏にかいた大量の汗が状況を悪くしている。なるべく日陰を選び、足を上げないようにして歩く。

車と歩行者をよけ続けながら、じりじりと大学に近づいていく。車をよける必要があるのは透明になっても変わらないので、歩道を歩かなければいけないし、信号に合わせて道路を渡らないといけない。赤信号で待つ時、他の人間にぶつからないよう距離を置くので、普通の人間よりも不自由とさえいえる。わたしはなんだか腹が立ってきた。

駐車場での数分の遅れが作用して、片方のルートが小学校の通学時間帯にあたってしまった。ルートを二つ確保しておいたのは正解だった。

大学の敷地に入った。

研究所の前に立ち、職員が出勤してくるのを待つ。

血色の悪い猫背の男性が現れた。コーヒーチェーン店のアイスコーヒーを片手に、建物に向かっている。年の頃から見て大学院生だろう。彼はポケットに手を突っ込んで中を探っていた。わたしは彼の背後にぴたりと張りついて、彼が扉を開けるのを待った。

事件はその時起こった。

両方のポケットを探るために、アイスコーヒーを右、左とせわしなく持ち替えていた男の手が滑り――アイスコーヒーの容器が地面に落下した。

（危ない！）

声を上げるのをこらえ、慌てて後ろに飛びのく。

「バカ！　危ないじゃないの！」

背後から女の怒声が飛んできた時、わたしはすっかり青ざめていたことだろう。

「ほら、わたしの白衣が汚れ……あれ……？」

飛び散ったコーヒーは、背後に立ったその女性の白衣を汚すはずが、わたしの見えない体に付着して空中で浮いている。女性が怪しむのも無理はない。

「ごめんごめん、悪かったって。でも、中に替えの白衣くらいあるだろ？」

そう言いながら、男がカードキーで扉を開ける。

わたしはその瞬間、研究所の中に飛び込んだ。

（赤ん坊だ）

わたしは唇を嚙んだ。

駐車場で出会ったあの赤ん坊。あの瞬間から、時間がズレ、計画が狂い始めた。

あの時から、すべてが悪い方向に傾き始めていたのだ――。

トイレに駆け込み、ペーパータオルで素早くコーヒーを拭った。女子トイレに誰もいなかったのはラッキーだった。

あれで、透明人間の存在に気付かれただろうか？　不審がっていた白衣の女性も、気のせいと思ってくれればよいのだが。

川路教授まで話が伝わり、警戒されれば、研究室に鍵をかけられるかもしれない。そうなれば侵入は絶望的……。

いや、くよくよするのはやめだ。

コーヒーのトラブルに見舞われた時、逃げようと思えば逃げられたのだ。だが、わたしは進んだ。あの時、不退転の決意を固めたのだ。だったら、最後までやり遂げる他ない。

女子トイレの扉が開き、スーツ姿の女性が入ってきた。扉が開いているうちに、そっと扉を押さえて脱出する。誰かがしっかりと計測していれば、三秒ほどの間、扉の動きが止まったのに気付いただろう。

川路教授の研究室の位置はすでに特定してある。あとは人の出入りに合わせて侵入すればよい。幸い、研究室の前を見張り始めてから数分後に、レポートを提出しに来た男子学生が通りかかった。運が向いてきたかもしれない。

扉が開いている隙にこっそりと入り込む。

「教授、レポートの提出に伺いました」

「ム。君かね……」

教授は部屋の奥の机の前に座っていた。男子学生は教授の方へ一直線に進む。

わたしは二人と距離を取るように、入って左手の机の近くに身を潜めた。

研究室の中はかなり狭い。川路教授自身のデスクの他、研究生たちのデスクが四台。それぞれの机の上には書類が散乱し、パソコンを使うにも机の上の整理が必要なありさまだった。壁面はキャビネットと本棚で埋め尽くされており、膨大な実験データや資料、文献の数々が保管されている。部屋の一隅には洗い場があったが、研究室に備え付けのものにしては、調理器具や調味料が充実しているようだ。

「指摘した点が十分に直っていないようだが」

教授がレポートから顔を上げ、男子学生に懇々と話を続けた。いつまでかかるのだろう。もし、透明人間が侵入したと、今にも誰かが伝えに来たら……。

額にじんわりと、冷や汗をかく。

凶器に使えそうなものを見つけた。入り口近くの飾り棚に飾られた、金属製の楯である。約二十センチ四方のもので、何かの記念品らしい。キャビネットの中にも記念品のトロフィーなどが飾られているが、一度キャビネットを開けなければいけないのが悩ましい。洗い場の下の戸棚に包丁がある可能性もあるが、戸棚を開くのも、リスクの上では同等だ。

「直して三日以内に持って来なさい。締め切りを過ぎれば単位はなしだ」

男子学生が拳をふるわせた。彼は俯いて、すごすごと部屋を後にする。川路教授は長い溜め息をついた後、自分のデスクの椅子に座り、こちらに背を向けた。

今だ——。

ようやく飾り棚に近づくことが出来る。

悟られぬよう、楯を軽く持ち上げてみる。それなりの重さがあった。持ちづらいのが玉に瑕だが、凶器としては十分だろう。棚に飾られているだけだから、手に取るまでの初動も少ない。

わたしは楯を手に取った。その重みを手に感じながら、そっと川路教授に近づいていく。

彼は身長二メートルはあろうかという筋骨隆々とした大男で、対するわたしは百四十センチ台の非力な女性。相手が座っている時に不意を衝かなければ、勝ち目はない。

その時だった。足元で、カサッ、と音が鳴った。

息が止まる。音のした方を見ると、床に落ちた書類をわたしの足が踏みつけていた。

「うん?」

川路教授が怪訝そうな顔で体ごとこちらを振り返る。その目には、空中に浮いた楯が映っているはずだった。彼は目を見開いて、口を開き、今にも叫び出しそうだった。

もはや躊躇っている暇はなかった。わたしは両手に持った楯を、川路教授の額にまっすぐ振り下ろした——。

返り血を洗い場で洗うと、わたしの体は再び透明に戻った。

川路教授の死体が倒れた地点から洗い場まで、血の跡が点々と残ってしまったが、自分の痕跡は何も残していないはずだ。

パソコンからすべての研究データを抹消する。バックアップも完全に潰し、キャビネットの中にある書類も、重要なものはシュレッダーにかけておいた。これで、少なくとも数年間は、川路教授が作ろうとしていた新薬が完成するのは遅れるだろう。永遠に開発されなくなれば、それに越したことはないが。

ようやく息をつく。

午前十時三十二分。思ったより時間がかかってしまった。

後は扉の鍵を開けて、人がいないタイミングを見計らって外に出れば——。

その時、扉が叩かれた。

「川路教授——川路教授はいますか」

わたしはその場で凍り付いた。

「無事ですか？　無事なら返事をしてください。この建物の中に、透明人間が入り込んでいるんです」

何よりもわたしを恐怖させたのは、その声の主だった。

なぜ、夫が――内藤謙介(ないとうけんすけ)がここにいるのか。

「無駄だよ、内藤さん。きっと彼はもう殺されていることだろう。透明人間がこの部屋の中でいつまでもうかうかしているとは思えないからね」

聞き覚えのない男の声もした。

あと何分稼げる?

わたしは大急ぎで動き始めた。扉に鍵がかかっているのを視認した上で、部屋の中を調べ始める。

そのとき、背後で、バサッと音がした。振り返ると、机の上にうずたかく積まれていた書類が崩れてしまっていた。

「おい、中で何か音がしなかったか」

「まさか、本当に中に――」

冷や汗が流れた。あと何分稼げる? わたしの思考はめまぐるしく回り始めた。何としても、ここで捕まるわけにはいかないのだ。

わたしはこの密室から、消え失(う)せなければならない――。

2

ぼくが妻のことを疑い出したのはいつからだろう。

最初の取っ掛かりは、ニラ玉と軟骨の唐揚げだった。

「今日は食欲がないの。あなたが全部食べていいわよ」

彩子がそう言ってニラ玉の皿をこちらに滑らせた時、ぼくは相当驚いた顔をしていたのだと思う。「何か変なこと言った？」と彼女が困ったように笑った。

「いや、別に……」

そう答えてからニラ玉をかきこんだが、ぼくにとっては十分に変なことだった。ニラ玉はぼくと妻の共通の好物で、特に妻はこれに目がない。食欲がない時もこれを食べれば元気になる、と言っていたことさえある。

次の異変が、軟骨の唐揚げ。妻のお気に入りの惣菜店で、よかれと思ってお土産に買っていったが、彼女は箸一つつけなかった。思えば、ニラ玉の日を境に、主菜は肉ではなく魚が多い。

ある朝、キッチンで妻が果物をミキサーにかけていた。ぼくがいつも寝坊するため、妻はぼくが起きているとは微塵も思っていない様子だった。スムージー状にした果物を、一気に嚥下せず、スプーンでこまめに掬っては口に運んでいる。そういえば、最近、朝食は自分一人で食べることが多いと思っていたが、彼女がこの時間に済ませていたからだったのか。

床に並べられた大型調味料の瓶に足をぶつけてしまい、瓶がぶつかりあう音が響いた。妻はハッと息を吸って、素早くこちらを振り返った。

「……おはよう。なんだか今朝は、早く目が覚めちゃって」

気まずいことなど何もないはずなのに、言い訳がましい言葉が口をついた。

「あら、そうなの。ちょっと待ってね。今、朝ごはん用意するから……」

妻は体でミキサーを隠すようにして言った。バツの悪そうな顔をしながら。まるで見せてはいけないものを見られてしまった、とでもいうように。

「最近、朝は毎日スムージーなのか？」

「え？　ええ、そうね」彩子は微笑んだ。「朝の番組でやってたのよ、果物のスムージーが健康に良いって。これがなかなかおいしくて、ちょっと凝ってるの。あなたにも作ってあげようか？」

「うん。いいね。一つもらおうかな」

ソファに座って新聞を広げると、川路昌正教授の研究についての記事が目に留まった。川路教授が開発中の新薬では、透明人間を元の体に戻すことが可能になるらしい。全身を再現する薬の前に、顔や腕、足など一部のみを元に戻すプロト版の開発も考えているらしかった。プロト版だけでも、輸入薬の効きが悪い時に露出部の「透け」をカバーする化粧の手間を減らすことが出来るので、透明人間の暮らしは随分楽になるだろう。隣のコラム記事は、川路教授の私生活にまで迫り、彼の趣味が筋トレであることと、その鍛え上げられた肉体の魅力について書かれており、思わず苦笑させられた。

透明人間病が現れてから百年余り、その治療は対症療法的な非透明化――政策にせよ、薬剤にせよ――によってきたが、ようやく根治に至ろうとしているらしかった。薬の世界も日進月歩である。

彼女と出会った大学生の頃には、まだアメリカの新薬の国内認可が下りておらず、服と化粧が基本だった。もちろん、化粧を施すのは手足や顔などの露出部に限られるわけで、服を脱がせた時には……。

そこまで考えを巡らせたとき、生々しい記憶とともに、ニラ玉、軟骨、スムージーを繋ぐ一本の線が見えた。

恥ずかしい話だが、彼女との初体験はうまくいかなかった。理由は彼女の腹の中にあった。透明人間は光を透過させる。彼女の胃の部分には、その日の飲み会で食べたものが現在進行形で消化され、どろどろの液体となって漂っていた。ビールと刺身とカクテルと唐揚げの混合物。それですっかり、気分が萎えた。

(ごめんなさい、突然だったから……)

(肌に塗れる、無害なペインティング剤があるから、それとわかってたら、ちゃんと塗ってきたんだけど……)

彼女の事情を察せなかった自分が情けなかった。男としての恥ずかしさとともに、その夜の出来事は戒めとして胸に刻まれている。

重要なポイントは、胃の中の消化過程が見えるという事実だ。

ニラ玉のニラは繊維質を多く含む食品である。そして軟骨の唐揚げの軟骨も、消化されにくい食品だ。

試しにインターネットで検索をかけてみると、「透明人間と食」というページがヒットした。繊維質の多いものや肉に含まれる軟骨、果実や野菜類の種子は、消化されないままいつまでも浮遊していたり、嚙む回数が十分でなかった場合そのままの形で便として排出されることもあるため、透明人間にとっては取り扱いに注意が必要な食品だという。かなり古いページであり、抑制薬の輸入認可前の記述だったため、その文章の末尾はこう締めくくられていた。

『もちろん、それも抑制薬が輸入されるまでの話だ。従来のペインティング剤などに比べ、より簡便に肌の色を再現できるようになるこの薬が、透明人間の食の自由をも開いていくのは疑いのない事実である』

そう、非透明であり続けるならば……。

その朝から二日後、ぼくは抑制薬を飲むときの妻の様子をそれとなく観察していた。薬を二錠、右の手のひらの上に出し、そのまま口に運び、左手に持った水を飲む。妻が右手を握りこんだままであることを、ぼくは見逃さなかった。そのまま廊下を歩いていき、なぜか右手が右の壁の前で一瞬空を切ってから、左にあるトイレに入っていった。一連の流れの中で、彼女は決して右手を開こうとはしなかった。薬を飲まずにトイレに流してきたことは明らかだった。

もはや疑いようもない。妻は抑制薬を飲まずに、透明人間「そのもの」に戻ろうとしている。透明に戻るのであれば、繊維質を含む食品や、軟骨は避けなければならない。もちろん、消化ないし排出してしまえればいいが、妻の目的いかんでは、いつまでも腹の中にそうしたものが残り、宙に浮いているように見えるというのは避けなければならないのだろう。だからこそ、消化に良い果物のスムージーを食べているのである。

だが、目的が分からない。

透明になることで生活が便利になることなどないのだ。それでもなお透明になろうとするのなら、それ相応の理由があるはずである。

そう考え始めた時、また別の手がかりを見つけた。ぼくの車のガソリンが増えていたのだ。増えていたというのは語弊があるが、ぼくの記憶では半分以下だったはずのガソリンが、いつの間にか満タン近くまで補充されていた。何者かが車に勝手に乗り、ガソリンを足したことは間違いない。そして、車のキーを使えるのはぼくの他には妻しかいない。

ぼくがいない間に、車でどこかへ出かけている……。

考えられるのは、妻の不貞だった。

透明になっているのは、人知れずぼくの前から消えるためかもしれない……そう考えると、怖くてたまらなくなった。

彼女に色をつけてもらうのは、いつか彼女がどこかに消えてしまうのを、ひたすら怖く思うからなのかもしれない。彼女が透明になってしまえば、ぼくには見つけ出す手段がない。詰まるところ、国を挙げて、医療を駆使して、透明人間に色を与え続けるのは、われわれのそうした恐怖に由来するのではあるまいか？

しかし、妻の裏切りなど疑いたくはなかった。

一方で、確かめたい気持ちもあった。

そんな時、郵便ポストに投げ込まれていた、安っぽいチラシが目に留まったのだ。「茶風義輝（ちゃかぜよしてる）探偵事務所」という素っ気ない文字の下に、「当方、尾行に自信あり！　絶対に気付かれません！　難事件求む！」という達者な字が躍っている。信頼のおける人間なのかどうか判断はつかなかったが、探偵の知り合いなどいようはずもなく、試しにこの男に相談してみようと思った。怪しいチラシに乗せられてしまうほど、その頃のぼくの精神状態は不安定だったのだろう。

八月三日の夜。今日は、「茶風義輝探偵事務所」の調査報告を聞きに、仕事後に事務所に立ち寄ることになっていた。

妻には「仕事で遅くなる」という連絡を入れておいた。朝からの大雨がいまだに降り続いており、傘をさしてなお、足元がずぶ濡（ぬ）れになった。

インターホンを押すと、扉が勢いよく開いて、栗色のスーツに身を包んだ、痩（や）せぎすの男が顔を覗（のぞ）かせた。茶色に染めた髪の毛はいかにも軽薄そうだが、すっと通った鼻筋と澄んだ瞳はどこか聡明（そうめい）さを感じさせる。ぼくの顔を見るなり、男は顔を輝かせた。

「やあ！　待ってたよ内藤さん！」

事務所の中に入ると、雨の日の湿気も相まって、ムッとするような臭いが鼻をつく。事務所の中に所狭しと並べられた書類の束や書籍の類（たぐい）のせいだろう。部屋の四面の壁のうち、三面までが本によって埋められている。書類の山の中からソファを探り当てると、座って探偵の報告を黙して待つことにした。

「この一週間の尾行調査で、奥さんの足取りが掴（つか）めたよ。安心したまえ。私の尾行は『絶対にバレない』と評判だからね。奥さんに気付いた素振りはないよ」

この男の自信はどこから来るのだろう。羨（うらや）ましささえ感じた。

「結論から言えば、彼女は確かに、平日は毎日同じところに車で出かけていた」

「やはり……」予想していたこととはいえ、ショックはやはり大きい。「それで、彼女はどこに向かっていたんですか？」

「U駅近くにある立体駐車場に車を停め、そこから徒歩で……T大学にね」

「え？」

予想もしていない答えだった。

「そう、大学なのさ。これがキミにとって幸運なのかそうでないのかは分からないが、不貞相手の家に行っていたのではない。大学の敷地に入り、構内の研究所の前まで歩いていく。その行為を平日の間繰り返していたわけさ」

「……意味が分かりません」

「そうだろうね」

探偵は立ち上がると、机の上に一枚の大きな地図を広げた。U駅と大学の周辺の白地図だった。白地図には無数の書き込みがあり、数種類の色ペンによって、いくつかのルートが書かれていた。

「これは？」

「それぞれの色が、奥さんが辿ったルートを表している。赤が一日目、青が二日目、というようにね。奥さんは八時過ぎに駐車場に車を停め、これらのルートを通ってT大学まで行く……そうした行動を繰り返したわけさ。例えば、この赤いルートと、青いルートの差を見てくれたまえ」

見ると、赤と青は、途中までは同じ道をなぞっているが、ある部分を境に二つに分かれ、大学の目の前で再び合流している。

「つまり、一日目と二日目の間で、ルートが微修正されている、ということですか？」

「その通り。そして一日目のルートは、小学校の通学路にあたっているのさ」

「……それが？」

「キミも頭の鈍い男だね。つまり、奥さんは人通りの少ないルートを模索していた、ということさ。三日目、四日目も他のルートを考えていたようだけど、そっちは大通りにあたっていてね。結局、五日目は二日目のルートを辿り直した。出来る限り人が少ないルートをね。この試行錯誤の意図は、キミがこの探偵事務所に来たそもそもの理由を考えてみると分かってくる」

「あっ」そこまで言われて、ようやく思い当たった。「妻が透明になろうとしている、ということですか」

「そういうことだよ。透明に戻ったとき、まず気を付けなければならないのは、人にぶつからないようにすることだからね。『透明人間』がいると他人に気付かれれば、通報されるのは免れ得ない。だからこそ、出来る限り人の少ないルートを探していた。予測のつかない動きをする小学生が通る道や、人や自転車、自動車の往来も多い大通りなんて、真っ先に避けなければならないだろう」

「ですが……何のために？」

「奥さんが毎日必ず佇(たたず)んでいた、研究所のことを考えると分かってくるんだ。その研究所の出入り口には、電子ロックがかけられているんだよ。しかし、透明人間ならば、他の人間が入るときにそのあとについていくことが出来るだろうね」

「では、なぜ研究所に侵入する必要があるんです？」

「透明になることをひた隠し、こっそりキミから車を借り、一切他人に気付かれずに研究室に辿り着く道を模索している……このことから、私が立てた仮説が二つある。一つは、奥さんが何らかの産業スパイである可能性だ。つまり、川路教授の新薬のデータを盗もうとしているんだろう」

「産業スパイ？　妻がですか？」

「考えにくいかい？　でもね、歴史上、透明人間の最初の利用先は人体実験と諜報員だったんだぜ」

「利用先って……！　透明人間だって立派な人間ですよ」

「おや、気に障(さわ)ったようだね。言葉が悪かった。謝るよ」茶風はぬけぬけと言ってのける。

「ただ、この可能性は低いと言わざるを得ないだろう。もし本当に産業スパイなら、下見の段階から透明になっているだろうね。失礼ながら、奥さんの行動は不注意にすぎると言わざるを得ない」

「じゃあ、茶風さんの本命は、もう一つの仮説というわけですね。その、もう一つというのは？」

「ああ、それはね」

茶風は額に手を当てて、俯きながら言った。

「奥さんが川路教授の殺害を企んでいる可能性だ」


「しかし、動機が分かりません」

翌日、八月四日。ぼくたちは朝からT大学近くまでやって来ていた。

尾行の成果により、尾行二日目と五日目に同じルートを辿ったことが分かっている。つまり、五日目は犯行のリハーサルをしたと考えられる。この五日目が八月二日で、妻は翌日にでも決行しようとしていたはず、と茶風は言った。

だが、八月三日は雨が降った。だから、妻は犯行を中止しただろう。そこで、本命は今日、八月四日なのではないか、と茶風は推理した。

会社は仮病で有給休暇を取った。妻の前ではスーツを着て、いかにも会社に行く風を装い、自宅近くで茶風の車に乗り込んだ。

それから数分後、マンションの車庫から自分の車が出てきた。証拠から摑んでいたこととはいえ、いざ目の当たりにすると思わず目を背(そむ)けたくなる。

妻が乗る車を尾行しながら、ぼくの頭にようやく先の疑問が浮かんできた。

「一体どうして、妻は川路教授を殺そうとしているんでしょう」

「さあね。このタイミングで計画を立てている以上、川路教授の開発しようとしている新薬に原因があることは間違いないだろうけど」

「新薬に？ 馬鹿な。透明人間病の完治は全透明人間の夢だ。もちろん、透明人間の夫であるぼくにとっても――。現に、透明であることの不自由に抗(あらが)うために、ありとあらゆる策を講じてきたんじゃないですか」

「ただ、こう考えることもできるよ。彼らが透明なのではなく、われわれに色が付きすぎているだけだと、ね」

「……さっぱり分かりません」

「例えば、奥さんは実は大変に醜(みにく)い顔をしていて、それを人目に晒(さら)すのが嫌なのかもしれない」

「そんなことあるわけ」

「否定できるかい？」茶風はハンドルから片手を離し、ぼくに人差し指をつきつけた。

「透明人間の身分確認方法は、キミも知っての通りだ。自己申告に基づく『透明人間病罹患前の写真』と、塗料や化粧で再現した『顔写真』の二枚を登録することが義務付けられている。前者は言うまでもないが、後者についても、一流のメイクアップアーティストが本気でやったなら、全く違う顔を作れるだろうね」

「メイクの技術があれば、確かにそうでしょうが……妻とは大学卒業後、間もなく結婚しましたし、そういった職業についた経歴はありませんよ」

「……ほう、本当に？」茶風の視線がぼくに向いた。「しかし、一考の余地がある問題だと思わないかい？　長い間同じ屋根の下で暮らしてきた相手が、本当に自分が思っている通りの人間なのかどうか……」

その言葉を聞いた瞬間、美醜の問題を取り上げられた時よりも、はっきりと——ぼくの背筋に震えが走った。

(そうだ……彼女は本来、透明な存在なのだ……薬を飲ませて、化粧をさせて、塗料を塗ったとしても、それはかりそめの姿に過ぎない……もし、彼女の外面が完璧に偽装されたものだったとして、ぼくはそれに気が付くことができるだろうか？)

彩子、お前は一体、何者なんだ？

肌が粟立つような感覚を覚えたところで、茶風の車は大学近くのコインパーキングに到着した。

「ここからT大学までは徒歩で行こう。なんにせよ、彼女の最終目的地も研究所なわけだからね。そこで待ち伏せをして、奥さんの目的が本当に殺人なのかどうか、われわれの目で見極めるとしよう」

茶風に連れられて、研究室の出入り口が見えるベンチに陣取る。木陰に位置しているため、妻からも見つけられにくいだろう。栗色の明るいスーツに身を包んだ血色の悪い男と、夏用のスーツを着たいかにも風采のあがらないサラリーマンのぼく。かなり怪しい組み合わせではあるが、大学という場所の懐の深さからか、警備員に声をかけられることもなかった。

張り込みにも飽き、喉が渇いてきた。暑い日だった。猫背の男が、コーヒーチェーン店のアイスコーヒーを持って研究所に入ろうとしている。たとえ安いアイスコーヒーでも、この環境下で見ると羨ましくなってくる。

「茶風さん、ぼく、ちょっと席を外して飲み物を――」

そう口にした瞬間、研究所の前から「うわっ」という声がした。

見ると、男がアイスコーヒーの容器を落として、中身がこぼれていた。地面に落ちて飛び跳ねたコーヒーの飛沫は、驚くべきことに、空中に浮かんだままになっていた。

「バカ！　危ないじゃないの！」

男から少し距離を置いて背後に立っていた女性が、怒ったように叫ぶ。

「茶風さん！」

「分かってる。コーヒーの飛沫が浮いていることだろ？　あそこに奥さんがいるのは間違いないようだ。少し距離を置かないと気付かれる。気持ちは分かるが、今はこらえてくれ」

「どうして」

「これは重大なミスだ。私なら間違いなく引き返すレベルのね。今近付けば、逃げ出してくる彼女がわれわれの尾行に気付く可能性が高い」

「しかし――」

研究所の入り口を見張り続けていると、コーヒーの件で諍いをしていた男女が建物の中に入っていく。周囲の芝生に透明人間の逃げた足跡がないか確認しながら、ぼくらは建物に近づいていった。

「見たまえ」

茶風の声に促されて玄関を見ると、ガラス扉の向こうの玄関マットに、コーヒーの染みがあるのが確認できた。

「コーヒーをこぼした男は、ほとんどコーヒーを浴びなかったようだった。後ろにいた女性も同様だね。それなのに、ガラス扉の向こうにコーヒーの染みがあるということは……」

「――彩子が中に入った！」

「残念ながら、そうなるね。どうやら奥さんは本気のようだ」

ガラス扉の向こうから、先ほどの猫背の男がやって来た。

「やあ、これからアイスコーヒーを買い直しに行くところかい?」

「えっ」

猫背の男は不審者でも見るような目つきで茶風のことを見た。ぼくは慌てて事情を説明した。それでようやく、「ああ、見られてたのか」と、男の緊張も緩んだ。

しかし、茶風はそんな困惑をものともせず、問題発言を重ねた。

「ところで、私は茶風探偵事務所の茶風義輝というものだが、この研究所内で、今まさに殺人が起ころうとしているんだ。君のカードキーで、中に入れてもらうわけにはいかないだろうか?」

それからひと騒動始まった。

危うく警備員まで呼ばれかけたが、ぼくが身分証を提示したりして、段々と混乱は収束していく。

猫背の研究員と、彼が連れてきた体格の良い研究員の二人組が玄関で応対した。透明人間の存在は、先ほどのコーヒーの騒動があったこともあり、説明を重ねるにつれて受け入れてもらえたが、中を調べさせてくれという要求はまた別だった。

「……もし本当に透明人間が侵入しているなら、教授の命が危ないかもしれない」と猫背の研究員が神経質そうに言う。

「怪しい奴らだが」体格の良い方がゆっくりとかぶりを振った。「不思議と……嘘をついているようには見えん」

「お願いします、その透明人間は――」

妻、と言いかけて飲み込んだ。今はまだ、疑いに過ぎないのに、その言葉を口にするのは彼女への裏切りになると思ったからだ。

「――ぼくの友人なのです。早まったことをする前に、止めてやらないといけないんです！」

二人の研究員が困ったように顔を見合わせて、しばらくひそひそと話し合っていた。

「……まあ、万が一に備えて、中を調べてみましょう」

「私たちも同行して構わないだろうね？」茶風が図々しく言った。

「ああ。友人だっていうなら、お前らにしか気付けないことも多いだろうからな。ただし……」

体格の良い方は、ぐっと拳を握って突き出した。

「変な素振りを見せたら、即座に絞め上げる」

「こいつ、高校、大学と柔道部なんだよ」

猫背がそう言うと、「なるほど、使えそうだね」と茶風が小声で呟くのが聞こえた。

猫背は山田、体格の良い方は伊藤と名乗った。

山田のカードキーで研究所の中に入った。玄関マットに点々と垂れたコーヒーの滴は、そのまま一階の女子トイレの方に延びている。

「トイレの中でコーヒーの汚れを落としたようだね。また透明に戻ったわけだ」

「そのあとの足取りは……やはり、川路教授の研究室でしょうか？」

ぼくらは地下に向かい、その奥に位置する川路教授の研究室の前に立った。ぼくは勢い込んで、研究室の扉をノックする。

「川路教授——川路教授はいますか。無事ですか？　無事なら返事をしてください。この建物の中に、透明人間が入り込んでいるんです」

「無駄だよ、内藤さん。きっと彼はもう殺されていることだろう。透明人間がこの部屋の中でいつまでもうかうかしているとは思えないからね」

茶風の言葉をたしなめようとした瞬間、室内で、バサッ、という音が聞こえた。

「おい、中で何か音がしなかったか」

「まさか、本当に中に——」

「さて、それじゃあ突入しようか——。キミ、この部屋の鍵を持ってきたまえ」

「くそっ、部外者がここまで立ち入るのだって、異例中の異例だが……」伊藤は頭をガリガリと掻いた。扉を強くノックすると、大音声で声をかけた。「川路教授、申し訳ありません！　お返事がないようですので、安否を確認するべく、鍵を開けさせていただきます！」

言い終わると、彼は研究所の階段を急いで上がっていく。

「研究室の鍵のスペアを見つけるのに、少し時間がかかるかもしれません。場合によっては事務室まで向かう必要がありますから」

「悠長な話だね。まあいい。研究室の中だが、この扉以外に出入り口は？」

「いいえ。この扉一つです」

「分かった。さて、内藤くん。われわれは扉を見張っていることにしようか。ノブが回ったら、その瞬間に取り押さえないとね」

鍵を待っている時間は永遠にさえ感じられた。ようやく伊藤が鍵束を持って帰ってくると、茶風はすぐさま鍵を開け、ノブを握りこんだまま振り返った。

「いいかい。すれ違いざまに脱出しようとしているかもしれない。扉を開けたら、私の後に続いて部屋に入り、即座に閉めるんだ。しんがりは内藤さんにお願いしよう。扉が閉まった瞬間、ノブを握りこんで押さえてくれ」

分かりました、と答える暇もなく、茶風が扉を開ける。二名の研究員が体をくっつけながら中になだれ込み、ぼくもそれに続いた。扉を閉めると、言われた通りドアノブを握った。

「何か体に触れる感触はなかっただろうね？」

「おう」伊藤は猫背の山田を指さして言う。「こいつと体をくっつけて入ったからな。すれ違う隙間もなかったはずだぜ」

「さすが透明人間の研究家たちだ。機転が利くね」

そのとき、山田が「あれ？」と声をあげた。怪訝そうな顔で扉近くの飾り棚を見ている。

「どうかしました？」

「この飾り棚に置かれていた楯がなくなっているので、どうしたのかな、と――」

「おい、おいおいおい、それどころじゃねえよ、見てみろ、あれ……」

伊藤が部屋の奥を指さした。

「なんてむごいことを……」

研究室の中にはムッとするような臭気が充満していた。その原因は、奥の床に横たわった川路教授の死体だった。

死体の様相はあまりに異様である。

第一に、服がすべて脱がされ、全裸で仰向けに横たわっている。下着すら身に着けていない、生まれたままの姿だった。川路教授は肉体造りに凝っていたというが、その鍛え上げられた肉体が晒されている。白衣などの衣服は、死体のそばに乱雑に放り出されていた。

第二の点は凄絶(せいぜつ)さである。川路教授の顔がズタズタに切り裂かれ、見るに耐えないありさまになっていたのだ。見ると、胸板のあたりにも刺し傷が一つ穿(うが)たれ、切り傷もいくつか開いている。仕上げは心臓部に突き立てられた一本の出刃包丁である。

この現場はあまりに凄惨だった……誰一人死体に近づこうとはしなかった。川路教授が死んでいることは明らかだったからだ。

そして何より恐ろしいのは。

この部屋の中に、目に見えない存在が一人、息を潜めているということだった。

3

四人の男が部屋に突入するのを見た時、わたしは思わず舌打ちしそうになった。だが、こらえた。何せ、呼吸の音さえ潜める必要があるのだから……。

(一人なら、不意を衝いて攻撃することも出来たかもしれないが……)

複数になると俄然(がぜん)状況は厳しくなる。一人に対し攻撃した段階で、別の人間に位置を悟られることになるからだ。こうなれば、こちらからは極力情報を与えず、抜け出す瞬間を見計らう——その戦略を取るしかない。

「透明人間が、再び透明に戻ったのは明らかだね。洗い場を見てみるといい」

栗色のスーツを着た痩せた男は、そう言って沈黙を破った。

「洗い場前のマットには水が飛び散っている。おまけに、タオル掛けのタオルには血痕がべったり。透明人間の血液は透明だから、あの血痕は川路教授のものに相違ない。つまり、犯人は自分の体に飛び散った返り血を水で洗い流し、拭い去った。この密室の中で、再び透明になって息を潜めているというわけさ」

「はん、さすが探偵だな」

体格の良い研究員が鼻を鳴らした。わたしもそうしたい気分だ。実際、この探偵とやらの言葉は、忌々しいほど的中している。

「山田くん。まずは警察に連絡を」

「ここには固定電話がないのです。世間から注目される透明人間研究の大家ですから、嫌がらせの電話が多くて教授が止めたんです。携帯も、地下で繋がらなくて」

「何だって？」

「今、外に出て連絡を――」

「いや、今はいい。扉を開けてはダメだ」

探偵は早口で言ってから息を吐いた。

「さて、それでは手始めに、扉に目張りでも施そうか」

「茶風さん」夫が尋ねる。「それは一体どういう」

「ここまできたら、われわれに取れる手段は一つしかない。現行犯逮捕だ。考えてもみたまえ。この部屋から、あるいはこの建物から透明人間が脱出してしまったら、われわれはどうやって彼女を見つけ出せばいいんだい？」

夫が息を呑むのが気配ではっきりと分かった。

問題は、「探偵」と呼ばれているあの男が、「彼女」という言葉を口にしたことだ。わたしの素性はバレているということになる。夫がわたしの行動の何かを不審に思い、探偵に相談を持ち掛けたのかもしれない。

だとすれば、ここから逃げ出したとしても――いや、そう悲観するのは早い。どのみち事件が起こる前に摑んだ証拠など、裁判での立証には程遠いものに違いないのだ。一番まずいのは、この部屋にいるところで捕まることだ。それさえ避ければ、あとから言い逃れはいくらでも出来る。

「そう。われわれは絶対にここから彼女を逃がすわけにはいかない。そのための目張りさ。目張りを剝がす、あるいは扉ごと壊さざるを得ない状態にしてしまえば、音によって、脱出しようとしている彼女の存在と位置に必ず気付くことが出来る」

探偵の理屈に納得したのか、研究生たちが部屋の中からガムテープを探し出し扉に目張りを施す。

「茶風さん、次の方策は？」

「少し時間をくれ。……ああ、キミたちも、壁を背にして、頭を守っていた方がいい」

「は？」

見ると、茶風探偵は壁の近くに立ち、ファイティングポーズを取って、不格好なジャブを繰り出している。

「だって、相手はひと一人殺して、しかも顔を切り裂いた凶悪犯なんだぜ？　おまけに目に見えないと来ている。今、私の息がかかる場所にいて、次の瞬間には殴られていたとしても文句は言えないね。むろん、私には格闘術の心得があるわけだし、そこにいる体格の良いキミは柔道の経験者だがね」

二人の研究生と夫はしばし空中に視線をさまよわせていた。そこにいるかもしれない幽鬼の姿を思い描いているのだろう。

茶風の構え方を見れば、格闘術の心得があるという発言がブラフなのは明らかだ。しかし、もしブラフでなかったとしたら？　あの男の狡猾そうな目つきからして、こちらが侮って攻撃したところを、逆に取り押さえるくらいのことは考えそうだ。わたしの思考は堂々巡りに陥ってくる。

この選択、この場所は誤りだったかもしれない。見通しが甘かった。まさか、探偵などという存在が第一発見者になるとは露ほども思っていなかった。

（だが……結局は見つからなければいいだけのこと）

息をゆっくりと、音を立てないように、吐き出した。

4

「さて、逃げ道を塞(ふさ)いだところで、少しだけ無駄話でもしようか」

ぼくは茶風さんの言葉に驚いた。

「いやいや、そんな場合じゃないでしょう」

「でも、キミたちだって、さっきから嫌でも目に入ってくるだろう……川路教授のあの無残な死に様についてだよ。いくつか気になるところがあってね」

直視はできないので、ちらりと目の端で死体を見る。顔を切り裂かれ、包丁が突き立てられた全裸の死体。考えたくもないが、確かに、気になることがないでもなかった。

「あの包丁は……」

「ああ、あそこから調達したんだろうね」

茶風は事もなげに応じて洗い場を指さした。下部の戸棚が開けっぱなしで、包丁入れに一本も包丁がないことが見て取れる。川路教授の死体から洗い場にかけては、血の跡が二筋、点々とついていた。先ほど茶風が言っていた、返り血を洗い流した時の形跡だろう。

「キミたちに聞きたいんだが」茶風は二名の研究生に声をかけた。「あの洗い場の戸棚には包丁が入っていたかね？」

「え、ええ」山田が答えた。「二本置いてあったはずですが……」

「ほう。研究室に包丁とは、随分と変わってるね。それに、えらく立派な包丁だ。一尺はある出刃包丁だね。簡単な料理をするには持て余すと思うのだが……」

「二年ほど前ですが、ある研究生が透明人間と消化についての研究をしてまして。その時に、様々な料理を作っては、消化プロセスと透明化のプロセスをデータに取っていました。魚料理を作るには、あのくらいの出刃が役に立ったのですよ。包丁はその時の名残で、いまでもその研究生が料理を振る舞ってくれます。ハマったのでしょうね」

消化か。この前自分でも考えた問題だった。

「なるほどね。調理器具や調味料がやたらと充実しているのも同じ理由というわけだ。ともあれ、包丁を調達できたのは犯人にとってラッキーだった」

死体をしげしげと眺めながら、「一尺の出刃なのに、刺さっているのは十センチにも満たないというのも気になるね」と付け加えた。

「包丁を調達……」

ぼくは少し考え込んでから言った。

「あの……それっておかしくないですか？　だって、犯人は計画的に川路教授を殺害しようとして研究室内に侵入したんですよね。なら、凶器くらいは普通用意するんじゃ……」

「やれやれ。キミは『本当に透明になった人間』のことがまだよく分かっていないようだね」

茶風は芝居がかった身振りで両手を広げ、こちらを小馬鹿にするような表情を浮かべた。

「凶器を用意したとして、それをどうやって運んでくるんだね？　どんなモノであれ、透明に変えることは出来ないんだぜ。包丁を空中にぷかぷか浮かせたまま、『ここに透明人間がいます』と喧伝しながら歩いてくるとでも？」

「なるほど」言い方には腹が立つが、正論である。「だから、現場で調達せざるを得ない、と」

「そういうことだ。しかし、気になる点はまだいくつも残っている」

茶風は死体に歩み寄って行った。

「あっ、危ないですよ！　そんな無防備に！」

「攻撃してきて、居場所がわかるならもっけの幸いさ。ところで研究員くん。キミは今、包丁は二本あった、と言ったね。二本とも特徴は同じかな？」

「え、ええ。どちらも同じ工房から買った出刃ですので」

「とすると、二本目はどこにあるんだろうね」

そう言って死体のそばにしゃがみこんだ茶風は、「ははあ、なるほど」と声を漏らした。

「一目で分からなかったのも無理はないな。見たまえ、これが二本目だ」

「透明人間は今、裸足なんだよ。これで身動きは取れなくなるだろう？　おまけに踏めば音が鳴る」

そう言われてようやく理解することが出来たが、頭が痛くなってきた。すべてを説明してほしいぼくの方がおかしいのではないか、とさえ思えてくる。

「さて、それじゃあ網をかけることにしよう」

彼はそう言って、胸ポケットから指示棒を取り出した。

「一応、こういう事態も想定して持ってきておいて正解だったよ。今から、指示棒をこんな風に」

茶風は指示棒を最大まで伸ばすと、それを目の前の空間に向かって掲げた。指示棒は横に、縦に、斜めに、不規則に動きながら、目の前の空間を探っていく。

「不規則に動かしながら、透明人間がいないか探っていくんだ。指示棒は一本しかないが、ある担当区画から別の担当区画まで移動できないことは、ガラス片が保証している。机の上を歩くことも出来ないだろうね。机の上にあれほどうずたかく積もった書類の束を、一切崩さずに移動できるとは思えない」

彼のやっていることは何とも間抜けに見えるが、考え方を聞くとなかなか合理的だ。

茶風の担当区画が終わると、順次、指示棒を投げてパスしながら、各区画で同じことを繰り返す。

しかし――。

「おかしい。なぜ見つからない？」

「あれだけデタラメに動かした棒を避け続けられるとは思えません……ガラスの割れる音もしていません」

「あと探っていないところは？」

「あの」山田が手を挙げた。「キャビネットの上に上がっている……とかは」

「その可能性はあるな」茶風は頷いた。「よし、じゃあ、今から私が一歩だけ踏み出して、キャビネットの上も探る。つまり、今から鳴る音は私のものだ、いいね――」

茶風は足を踏み出しかけ、足を完全に下ろす手前で机に手をつき、足を止めた。

しん、と静寂が広がる。

「……この程度のブラフには引っかからないか」

茶風が足を下ろし、ガラスが割れた。茶風は踏み出した位置から指示棒を伸ばし、キャビネットの上をくまなく探った。何の手ごたえもなかったのだろう。失望した表情で、足を元の位置に戻した。

どこに隠れたのか……。その方法を考えるうち、ぼくは一つの閃き（ひらめき）を得た。

「どうして犯人は死体を全裸にしたんでしょう？」

「そういえば、その検討はまだだったね」

「一つ、思いついたことがあります。透明人間は裸、ですよね。つまり……」

「犯人が被害者の服を奪うためだった。ありそうなことだね。しかし、服を着ても逃げられはしない。ここにいる研究員二人は研究所の入り口から私たちと一緒にいたから、入れ替わった可能性はない」

「ぼくの想像は違うんです。つまり、裸の透明人間がそのまま自分の体に肌色を塗れば……目の前にある、全裸の人間のようになるのではないでしょうか」

「なんと！」茶風は目を丸くした。「つまり、キミはこの死体が犯人だと言うわけだね！」

彼の想定を上回ったのかと喜んだが、彼はすぐ顔を曇らせた。

「しかし、それはあり得ない。もちろん、キミの考えは分かる。顔の傷だって、特殊メイクを施せば再現できるかもしれない。しかし、もし死体の振りをするなら、被害者の服を奪って身に着け、露出部だけに扮装を施す方が数段楽だよ。時間的制約がある中で、わざわざ全身に化粧をする意味はない。第一、キミの奥さん――いや、友人は、体格が小柄だったはずだ」

「この死体の背格好は教授と一致していますよ」と伊藤が鼻を鳴らした。

「でも、内藤さんの着眼は良い。死体を裸にしたことにも意味があるはずだ。だが、それは一体……？」

茶風は俯いたきり、黙り込んでしまった。顎に手を添えて、眉根を深く寄せている。

彼はちらりと死体の方を見やる。その瞬間、彼の目が大きく見開かれた。

「ああっ……！」

茶風が駆け出した。ガラスの割れる音が二度、三度、大きく響き渡る。

「ちょ、ちょっと！　動く時は動くって言ってもらわないと、区別が」

「私はなんという愚か者だったんだ！　透明を見ようとするなどとは！　目に見えるものさえ見えていなかったというのに！」

「茶風さん、一体どうしたっていうんです？」

「見たまえ！　この被害者は、二、い、二度殺されている！」

「二度？　二度も何も、滅多刺しにされているでは――」

「そうではない。この角度から見てわかったよ。被害者の額が割られているんだ。無数の切り傷と刺し傷ばかりに目が行くが、これは間違いなく鈍器で殴られた痕跡だ。おまけに――」

茶風は早口でまくしたてながら、金属製の楯を拾い上げた。楯の角にはべっとりと血がついている。

「本の山の中に隠されていたこの楯！　これが凶器だったんだ！　犯人は額を割ったのち、死体に包丁を突き立てたんだ。あのような無残な形にね」

「待ってください。額に傷があるというだけなら、包丁で刺して倒れた時にでも出来たのかもしれないじゃないですか」

「ところが、それはあり得ないんだよ。透明人間の立場に立って考えれば明らかなことだ。凶器はこの部屋で調達しなければならない。それはさっきも言ったね。そして調達の際、注意しなければならないのは、いかに相手の注意を引かないで調達できるか、ということなんだ。例えば、キャビネットの中にはトロフィーが飾られている。握りやすい形のものもある。しかるに、犯人はトロフィーではなく、楯での撲殺を選んだ。それはなぜか分かるかい？」

「もしかして……キャビネットを開けることが出来ないから、ですか」

「その通り。自分しかいないはずの部屋で、ひとりでにキャビネットが開いたとしたら、さすがに川路教授も警戒するだろう。不意を衝くためには警戒させてはいけない。まして、空中に浮かんだトロフィーなど見られてしまってはことだ。そこで、犯人は飾り棚の上に置かれた楯を使わざるを得なかった」

「包丁にも同じことが言えますよね。戸棚の中にあったわけですから」

「キミも分かってきたらしいね。更には工具箱にも同じことが言える。よって、戸棚と工具箱は川路教授の死後に開けられた。ゆえに、包丁と金槌は死後に、何らかの理由で使われたことがわかる。殺害のタイミングと包丁による工作のタイミングが別であることは、死体から洗い場までに残っている二筋の血の跡からも分かるね。犯人は死体に残虐なふるまいを行った後、もう一度透明に戻ったわけさ」

「包丁と金槌を使った、なんらかの理由、というのは？」

「犯人の計画がどのようなものだったかは想像するしかないが、川路教授の新薬について、データを奪うか消すか、どちらかだったと推測できる。われわれがあれだけ研究所の外で悶着を繰り広げていたのに、まだ逃げていなかったんだから、その作業に時間がかかっていたんだろう。そのうちに、事態が急変した」

「ぼくたちが突入すると言い出した。それを部屋の中から聞いたんですね」

「ご名答」茶風は指を威勢よく鳴らした。「犯人はどこかに隠れなければならなくなった。その急変と、包丁と金槌を結びつけることは、無理筋とは言えないだろう」

「では、なぜ包丁と金槌を必要としたのですか？」

「ここで注目されるのは金槌だ。金槌の用途は凶器ではない。胸部の横に刺さっていた包丁を横から叩き折るためだけに使われたと考えられる。つまり、胸を傷つけるため包丁を突き刺した後、抜けなくなってしまい、折る必要が生じたと推測することが出来る。では、なぜ叩き折る必要があるのか。

最もシンプルな答えは、体から包丁が突き出しているのがマズかったからだ」

「はぁ？」

確かにシンプルな答えではあるのかもしれないが、ぼくの頭はますますこんがらがった。

「ああ、これはセクハラになるのかな。ううん、しかし、そうならない場所なら触れても大丈夫だろうか――」

茶風は死体のそばにしゃがみこむと、死体の手のあたりを探り始めた。そうして、安心したように吐息をつくと、自分の手を空中にゆっくりと持ち上げた。彼の手はまるでお姫様の手でも載せるような形になっていた。その手の上に、彼は自分のもう片方の手をゆっくりと添えていく。

彼の両手の間に、人の手一つ分の空間があった。

「ようやくあなたを見つけましたよ、マダム」

5

思考の方向性は間違っていない。わたしはそう確信していた。

研究室に突入された場合、もちろん相手の思考力にもよるが、相手はまず戸口を塞いでくるとみて間違いない。その状態で真正面から扉を抜け出す、という方策は採れない。紙が散乱している割に隠れることができる場所も少ない。唯一思いつくのはキャビネットの上の空間だったが、逃げる時、まったく音を立てずに下りることは出来そうもなかった。

そこで、突入隊の目を欺く（あざむく）べく、彼らが調べない場所に――盲点になる空間に隠れる方法を思いついた。

死体の上に乗るのである。

　ところが、死体の上に立ったり、座ったりする方法はダメだった。座った部分、立った部分に重点的に体重がかかってしまうため、死体が必ずへこんでしまう。これではわたしがいることがバレバレである。だから、死体の上に乗りつつ、体重を分散する方法でなければならなかった。つまり、仰向けの死体の上に寝そべることにしたのだ。川路教授は身長二メートルに届こうかという大男、一方のわたしは身長百四十センチ台の小柄な女性。横たわった川路教授の上に、体はすっぽりと収まった。

　死体の顔に頭を載せると、鼻や唇が潰れる。頭を顎の下にあてがうと安定した。また、服を着せたまま上に乗ると、必ず不自然な皺が出来てしまう。服を脱がせ、肌の上に直接乗る分には、体のへこみなどの不自然さは最小限に抑えられた。贅肉が多ければ変形しやすくなるため、この手段はとりにくかったが、川路教授が研究者にしては筋肉質な体をしていることも幸運に作用した。

　死体を調べられたら即アウトなので、死体に近づかせないための方策が必要だった。それには、明らかに死んでいる、と分からせればよい。戸棚の中に包丁を見つけたので、これを使って顔をズタズタに傷つけ、胸にもいくつか切り傷と刺し傷を作っておいた。最後に右胸を刺した時、深く刺しすぎたのか、筋肉に食い込んでしまったのか、どうやっても抜けなくなってしまったので、急ぎ金槌を見つけ出して刃先を折った。包丁が突き出していると、後で上に乗ることが出来なくなるからだ。

そして、死体の上に寝そべると、最後の仕上げをした。自分の体ごと、川路教授の死体に包丁を突き立てたのである。透明人間の体に入っても、自分の体と異質なものは透明にならない。心臓を刺された人間が生きているとは思わないだろうし、自分の体まで突き刺すことは突入隊の想像の埒外（らちがい）になるはずだ。

わたしの体は川路教授よりも一回り以上小さい。川路教授にとっては心臓の位置でも、自分には肩口のあたりになる。激痛はあったが、声を漏らすことは許されなかった。絶対にあの密室から抜け出す必要があった。

川路教授の顔を切り裂き、胸にも傷をつけておいたのは、もう一つ理由がある。自分の体を刺した時に流れてしまう血液を誤魔化すためだ。もちろん、透明人間はあらゆる老廃物が透明になるため、血液も透明だが、死体に近づいた人間が、何もないはずの床から血の感触を感じたとすれば……その近くに、血を流している透明人間がいるサインを与えることになってしまう。透明の血液を隠すには、赤い人血をばら撒くのが最も効果的だった。

（あの男……茶風といったか。まさかあそこまで頭が切れるとは）

このトリックは第一発見者が一般人だと仮定したからこそ使えるものだった。第一発見者が室内を手探りで調べ、透明人間はいないと結論付けたなら、警察を呼ぶために一度部屋を空けると踏んだ。室内には固定電話がなく、携帯も繋がりにくいようだったからだ。そのタイミングで逃げるつもりだった。

　ところが、茶風のせいですべての計画が狂った。探偵などという人種があの場に現れると予想出来るはずもない。死体に物怖じせずに近づき、目張りとガラス片で容赦なく隠れ場所を詰めていく……。

　思えば、駐車場の赤ん坊を見た時から、すべてが不運に傾いていたのだ……。


　留置場の独房の壁を見つめていると、声がかかった。わたしに面会が来ているという。おそらく弁護士か誰かだろうと思ったが、実際にアクリル板の向こうに立っていたのは、あの栗色のスーツを着た痩せぎすの探偵だった。

「どうも。今日は少し、世間話でもしようと思いましてね」

「……どうだか」

　わたしたちはアクリル板を挟んで互いに座った。探偵が余裕綽々の表情をしているので、呑まれないよう、足を組み、腕を組んで背もたれに寄りかかる。事件記録保存のため、わたしの横には警官が一人、同席していた。

「──で、どんな話をしたいのかしら」

「ご主人はもう面会に来られましたか？」

「ええ、真っ先にね。必要なものはないかとか、熱心に聞いて用意してくれたわ。透明人間が捕まった事例とかもちゃんと調べて、特殊なものまで整えてくれた」

「なるほど。透明人間に理解のあるご主人だ」

茶風の指摘は的を射ていた。事件現場では、さもこの探偵の方が理解がある、というような口ぶりだったが、「本当に透明になった人間」の思考をそこまでトレースできる方が、どうかしているのである。

「ところで一つ、気になっていることがあってね」

「あら。世間話はおしまい？　それが本題ってわけね」

「動機さ」こちらの言葉には応じず、茶風は間髪を容れずに言った。「あなたはなぜ、川路教授を殺害したのか」

「警察にはもう答えてあるわよ」

「過激派の犯行ということにしているようだね。透明人間の権利を取り戻す会。透明人間は本来透明であるべきなのに、国がそれを止めようとしていると主張する革命派だ。現に、あなたが集会に参加したという証言も出てきた……会内は今、あなたの支持派と否定派に分かれて大論争だそうだ」

「ええ。川路教授はわたしたちを完全に非透明にしようとした。だから殺したのよ」

「残念ながら、過激派思想による犯行は嘘だ。それは明らかなんだよ。もし、川路教授を殺し、薬のデータを毀損することが目的なら、その場で捕まったとしてもなんの問題もない。犯行声明代わりにもなるんだ、一石二鳥もいいとこだろう。あなたはなんとしてもあの部屋から逃げ出さなければならない理由があった。まったく、あなたの胆力には感嘆しますがね、絶対に守りたい何かがなければ、自分の体をあんな風に傷つけるのは無理ですよ」

包帯の下の傷口が痛んだ。

「へえ、その守りたいものって、何かしら」

「ご主人との生活だよ。あなたがようやく手にした……ね」

わたしはそっと呼吸を整える。

バレているはずがない。主人には真っ先に化粧セットを持ってきてもらった。透明人間だから絶対必要になる、という理由で特別に持ち込ませてもらったのだ。バレるはずがない。

「内藤さん……何度か面会に来られただろう？　大変だったよ。最近は仕事も休んであなたのことにかかりきりだから、留置場に出かけている時くらいしか、自宅と――その周辺を調べられなくてね」

「嘘よ」

「そう。あなたのマンションの別の部屋も調べさせてもらった」

わたしは思わず立ち上がった。目まいがして、ぐらっと視界が揺れる。

「やめて。お願い、その先は聞きたくない」

「内藤謙介とあなたの住む部屋は９０１号室。その向かい側の９０２号室だがね」

「いや……！」

耳を押さえてうずくまる。

茶風の無遠慮な声が、冷酷に事実だけを告げた。

「９０２号室から二つの死体が見つかった。布団圧縮袋の中に、非透明人間の男と、透明人間の女のものが一つずつ。男は９０２号室の住人、渡部次郎（わたべじろう）とＤＮＡが一致している。そして女の方は――」

茶風がそこで言葉を切り、短く息を吐いた。

「９０１号室の住人。内藤彩子だった」

「ご主人の話や、あなたの供述調書の中に、いくつか気になる部分があってね」

取り乱したわたしが警官に押さえられ、だんだんと落ち着いてきたところで、茶風が何事もなかったような様子で解説を始めた。

「一つは、あなたが薬を砕いて捨てに行くとき、一度右手が空を切ったという部分。９０１号室のトイレは廊下の左にあるが、そこでわざわざ薬を握っている方の手で扉を開けようとした、というのが意味深長だね。あのマンションは向かい側の部屋と内装が線対称になっているから、902号室のトイレは右手にある。緊張状態の中で、昔の癖がとっさに出てしまったのかもしれないね」

「そんなことで……」

「もう一つの方は、もっと些細なことだよ。あなたは供述の中で、こぼれ話的に、透明になった自分の指を透かして満月にあてがう遊びの話をしたね。その場面を描く時、あなたはマンションのベランダで、『日付の変わった頃』にこの遊びをしたと言ったそうだ。とすれば、満月は中天から西寄りの空にあったはずだ。ところが、901号室は東向きの部屋なのさ。『清々しい朝日』が差し込むのが売りの部屋だからね。つまり先ほどのトイレと帰結は同じだ。あなたは昔、マンションの逆側の部屋に住んだことがあるのではないか……とね」

聞いてみればいちいち納得出来ることではあるが、これだけ細かい点を突いてくるのには驚かされる。

「トイレの話を聞いた時から、私はそういう想像を膨らませてしまったからね。なんの根拠もない段階ではあったけど、『もし犯人がメイクアップアーティストだったなら、別の顔を作り上げることなど簡単なことだろう』と思ってみたんだ。そこでご主人に聞いてみた」

「妻はメイクアップアーティストだったことはない、と答えたでしょう」

「いかにも。卒業後すぐに結婚したから、とね」

「でも、あなたのご想像通り、わたしは——渡部佳子はメイクアップアーティストよ」

「ああ。あの密室での事件の後、すっかり調べさせてもらったからね。……さて。それでわかったわけだよ。あなたがなぜ、川路教授を殺し、新薬を消し去らなければならなかったか……」

絶対に隠し通さなければならなかった。わたしと内藤彩子が入れ替わったこと、内藤彩子の幸せをわたしが奪ったことは。「夫」である内藤謙介に、なんとしても隠し通さなければならなかった。

「考えてみれば、夫——いいえ、内藤さんにとっては気持ちの悪いことかもしれないわね。一緒に住んでいた女が、いつの間にか別人に、それも知りもしない隣人に入れ替わっていたなんて……」

「まあ、ぞっとする話でしょうね」

「わたし、羨ましかったのよ。内藤彩子のことが」

気が付くと、わたしは話そうとしていなかったことまで、話し始めていた。

「同じマンションに住んで、同じくらいの収入も得ているのに、結婚生活から得る幸せがこんなにも違う……あなたもさっき言ったけれど、内藤さんは本当に透明人間に理解のある人だったわ。優しくて、気遣いがあって……ちょっぴり頼りないところもあるけど、この透明人間の夫としての振る舞いには、やっぱり頼りがいがあった。でも、わたしの本当の夫は……逆に、わたしが透明人間であることを悪用したわ」

茶風はそっと続きを促した。こちらを気遣うような視線を投げながら。

「……渡部次郎はわたしに暴力を振るっていた」

「……つい先日も、新聞記事になっていたね。透明人間が被害者となる、DVの被害件数が増えている、と……」

「わたしもその一人だったの。今の薬では、決められた肌色の再現しかできないけど、川路教授の薬を飲めば、体はすっかり元の色形を取り戻す、と聞いて、いてもたってもいられなくなった……。もちろん、顔かたちから別人とバレるのが最も避けなければならない事態でした。でも、腕や足だけを再現できるプロト版を出すかもしれない、っていう話もあったでしょう？　そのプロト版すら、出させるわけにはいかなかったの……。わたしの腕に残った……たくさんの証拠を、きっと内藤さんに見つけられてしまうから」

証拠、という以上の言葉を口にすることは出来なかった。それ以上口に出してしまえば、わたしの顔に残った夫の暴力の痕をありありと思い出してしまいそうだった。本物の顔を取り戻せば、別人であることは一目瞭然なほどの痕跡を。

「DVも確かに動機としては考えたよ。しかし、もし内藤さんが暴力を振るっていたとして、薬を奪って事実を隠したいと思うなら、それは内藤さんの方のはずだ。ところが、そうではなかった。あなたは、内藤さんとの間にＤＶの事実がなかったからこそ、ＤＶの痕跡を隠さなければならなかった」

「なんだか不思議な言い回しだけど、そういうことよ」

茶風の理屈っぽい言葉でまとめられると、その無遠慮さに呆れるのと同時に、不思議と心が安らぐのも感じた。

「……内藤彩子のことが羨ましかった。あ、あ、あの生活を自分のも、の、に、し、た、い。あ、あ、あの人を、内藤さんを自分のものにしたい。そう考えた時、気付いてしまったのよ。自分は透明人間だから、それが出来ることに……。声はある程度まで似ていたし、身長も体つきもほとんど変わらなかった。違うのは顔かたちだけ。でも、わたしは透明だから、どんな色でも塗ることが出来る……」

――わたし、メイクアップアーティストをしてるんですよ。

――彩子さん、とっても綺麗な顔立ちをしているから、わたしにメイクをさせてもらえない？　練習台、と言ってはなんだけど……。

そう声をかけると、彩子はまんざらでもなさそうにわたしを部屋に上げた。内装はその時に頭に叩き込み、どこに何があるのか、なども分かる範囲で確認した。

それ以上に重要だったのは、彩子の顔に触れることだった。

　——でも、本当にいいのかなぁ。本物のメイクさんにただでメイクしてもらえるなんて、なんだか得した気分。

　透明になってから、指の感覚は鋭敏になった。当たり前だ。爪を切る時ですら目に頼れなかったのだから。その鋭敏な感覚に全神経を集中させて、わたしは彩子の顔を覚えた。唇の形、鼻の形、まつげの長さ、目の大きさ、まぶたは一重か二重か。まがりなりにも十数年を捧げてきた職業だ。数回彩子にメイクをした後には、自分の部屋の鏡の前で、彩子の顔を完璧に再現できるようになっていた。

　そうして、わたしは彩子と自分の夫を殺した。902号室は借り続けて、時折、渡部夫婦が生きている痕跡を演出し、奇妙な二重生活を送り続けた。あの部屋の死体を見つけられるわけにはいかなかった。誰にも言えない秘密だったので、死体を遺棄しにどこかへ持ち出すというのも難しかった。

「透明だからどんな色でも……ね」

「そうよ。でも、それが幸せだったのかは分からないの」わたしは茶風の顔を見ていられなくなって、組み合わせた自分の手に視線を落とした。「もしわたしが非透明人間だったら、こんな恐ろしいことは思いつきもしなかった。どんなに隣の家の芝生が青くても、それは所詮隣の家……自分のものにはならない。でも、わたしにはそれを手にする手段が用意されてしまった。だから——」

「透明人間だから人を殺した、とでも？」

思わず顔を上げた。茶風は見たこともないような険しい表情でこちらを見つめている。

「奥さん。これは言わずに帰ろうと思っていた。だが、今の言葉を聞いてそうもいかなくなった」

「え？」茶風の発する静かな怒気が恐ろしかった。自分の声が上ずっているのを感じた。

「も、もう隠し事なんてないわよ」

「ええ。あなたにはもうないでしょうね」

「……どういうこと？」

「ところで、なぜ私たちがあの日、研究所に辿り着いていたのかご存知かな？　ご主人……ああ、いえ、あなたのご主人ではなかったね……内藤さんから、話は聞いているかい？」

わたしが黙っていると、茶風は身を乗り出して続けた。

「内藤さんは食べ物をきっかけにして、あなたを疑い始めた。そして私にあなたの尾行調査を依頼したのさ。最初はあなたの不貞を疑ってのことだったから、殺人とは予想外だったがね。そして、ここからが重要なんだ。いいかい——私はね、それから事件の日までの一週間、あなたの後をつけていたんだよ。大学まで歩くルートを探索している、あなたのことをね」

「嘘よ」

わたしはかぶりを振る。懸命に記憶を手繰り寄せた。

「だって、わたしはあの時、あらゆる通行人に意識を向けていたのよ。あなたの顔なんて、見た覚えがないわ」

「メイクアップアーティストであるあなたなら、人の顔には人一倍敏感でしょうね。でも、あなたは全く気付かず、一週間私に尾行され続けた。なぜか分かりますか？」

茶風は左腕にはめた腕時計の留め具に手をかけ、腕時計を外した。

わたしは自分の目を疑った。

腕時計の下にあたる部分、その左手首が——完全に透けていたのだ。

「これが、尾行が絶対にバレない私立探偵と、私が謳われている密かな理由でね。……このことは警察も知っている。たまに捜査協力させてもらってるからね。抑制薬を飲まなくてもいい透明人間として、特別な認可を受けているのさ。もしもの場合は種明かしする予定だったから、ファンデーションを一部落としておくことにしたんだ。こっそり見せられる場所はここしか思いつかなかった」

「まさか、あなたも透明人間だったなんて……」

一方で、納得する思いもあった。本当に透明になった人間の思考を完璧にトレースできるのは、透明人間しかいない。

「あなたも分かっている通り、透明人間は今、この国で、あるいは世界で、ようやく平穏な生活を手に入れたんだ。透明であることを受け入れ、病になったことを乗り越えて、ようやく、ね。もちろん、あなたの境遇には同情する。あなたの本当の夫の所業は、許されるべきではない。だがね、透明人間だから人を殺した、などと言われることを、私は決して許すわけにはいかないんだよ」

彼は透明の左手首を目の前に掲げた。

「私の生き方などは、下賤なものの一つだけどね。でも、こういう生き方もあった。……ある種の人間にとってはね、自分の置かれた状況は『理由』になり続ける。そして、状況にすべての責任を押し付けることが、その人にとっての一つの幸福になるんだよ」

わたしは椅子に深くもたれかかる。体に一切の力が入らなかった。

「あなたは私欲のために三人の命を奪った。そして、科学の歩みさえ止め、すべての透明人間に仇なしたのだ。透明人間だから、ではない。それが『あなた』の選択したことだ」

面会時間が終わり、透明人間の探偵は静かに姿を消した。

三人の命を奪い、今、秘密まで暴かれた。あの秘密を聞けば、内藤謙介もいよいよわたしを見捨てるだろう。わたしはすっかり一人になった。もう一度透明に戻れるのならば、どこかに消え、人知れず死んでしまいたい気分だった。

だが、わたしの体を彩る色がそれを許さない。化粧が、薬が、探偵の告発が。わたしに色と名前を取り戻させてしまった。この色と名前が、わたしの罪だった。
いつだったか、留置場の窓から満月を見つけた時があった。
人差し指を掲げた。月の光は指に遮られ、もうわたしに夢を見せることはなかった。

【参考文献】
H・G・ウエルズ『透明人間』（橋本槙矩訳）岩波文庫
H・F・セイント『透明人間の告白』（高見浩訳）新潮文庫、河出文庫
G・K・チェスタトン「見えない男」（『ブラウン神父の童心』所収。中村保男訳）創元推理文庫
荒木飛呂彦『ジョジョの奇妙な冒険　Ｐａｒｔ４　ダイヤモンドは砕けない』より「やばいものを拾ったっス！」集英社

六人の熱狂する日本人

この公判中に、わたしは陪審室の中で何が起こるかを知っているのは陪審員しかいないことに気付いた。

レジナルド・ローズ『十二人の怒れる男』中、「作者のことば」より（額田やえ子訳）

手帳を音を立てて閉じ、裁判長は「すこぶる簡単な事件だったね」と漏らした。

右陪席にあたる判事の私は頷いた。

「犯人が自白していましたからね。証拠も揃っていました」

裁判長は口ひげをしごきながら重々しく頷いた。

もう一人の裁判官、左陪席にあたる若い判事補の男は「裁判員の人たちもいい人揃いで良かったですよ。証言もよく聞いてしっかり整理してるし、会話も弾んだし」と言った。

「ええ。裁判員制度が導入されてから九年。我々の方が市民の扱いに慣れたのもあるでしょうが、今回の六名とは充実した審議が出来た気がしますな」

「そうですね」と私は同意した。

「ところで、君が提げているその箱はなんですかな？」

裁判長は左陪席に聞いた。

「ああ、これは家内が作ったケーキですよ。評議の時に皆さんに振る舞ってちょうだいって、持たせてくれまして」

「君もいい奥さんを持ったね」

裁判長の目が寂しげに細められた。

裁判長の奥方が数年前に亡くなったのを、私は思い出した。裁判長夫妻には子供もなく、裁判長は独り身となって以来、ワーカホリック気味である。

「しかし、ケーキなど出して、問題にはなるまいな?」

「妻の作ったものですから金銭的価値はないですよ。店で買ってきたものとかなら、そりゃ、賄賂になりますが」

「なるほど。確かに、君が法律を犯すマネをするとは思えないしね」私は苦笑した。「しかし君、その言い草は奥方に失礼だろう」

「あっ、いけない。妻には黙っておいてくださいよ」

バツの悪そうな左陪席の顔に、私と裁判長は顔を見合わせて笑った。左陪席は性格が明るくムードメーカーだが、人一倍正義感が強いところが、私たち年配の裁判官からも特に気に入られているところだった。

評議室に入ると、中央に円形のテーブルがある。既に五人の男女が席についていた。

「ああ、裁判長さん」

裁判員1番、色の浅黒い、恰幅の良い男が立ち上がった。喫茶店を経営している。物腰は柔らかく、彼の経営する店はさぞ居心地が良かろうと思う。

「今、6番さんがトイレに行っているので、少しお待ちになってください」

裁判長が頷いた。

私たちは裁判員たちと番号で呼び合っていた。もちろん、裁判員の希望次第で、名前で呼び合うことも出来るが、今回は銀行員の6番から「番号で呼び合った方が、客観的に意見を聞けるのではないか」との意見があり、全員一致で採用された。

「これ、皆さんで食べてください。妻が作ってくれたケーキです」

「おお、ケーキ、いいですねえ」

2番が嬉しそうに言った。中学校教師をしている小柄な男だ。精悍そうな顔つきで体も引き締まっている。数学を教えているが、部活の顧問はバレー部なので自然と体も鍛えられるという。職業柄もあってか、よく通る声をして、口調もしゃっきりしている。

「私、甘いものには目がないのですよ」

「確か、給湯室に紅茶があっただろう」

裁判長が言った。

「あらあら。まあまあ。素敵な奥さんねえ。じゃあ私、皆さんの紅茶をご用意しますね」

3番がそそくさと立ち上がった。肉付きも元気も良い女性で、評議の雰囲気を常に和ませていた。主婦である彼女は、このような場でも動いていないと落ち着かないのかもしれない。

「私も手伝います」と言って1番も席を立ち、出ていった。

「うーん、ケーキかあ」

4番は首を傾げた。吊り目がちの顔立ちに派手な化粧をした女性で、フリーターだ。裁判員は公平に抽選で選出され、選ばれると「呼出状」が送られてくる。「呼出」との文言に義務感を感ずる向きも多く、実際、正当な理由なく拒否すると罰則があるから、こうした若者も真面目にやって来るのだ。

「あたしダイエット中なんですよねー。パスしようかな。ケーキって何ケーキです？」

「パウンドケーキです。実は、妻の得意料理でして」

「でも4番さん」と5番が口にした。「裁判員やって、ケーキも食えるなんて、こんな機会そうそう来ないっすよ。ここは一つ、いただいちゃいましょうよ」

「お、あんた良いこと言うねえ。じゃ、あたしも食べようっと」

「へへっ、絶対それがいいですって」

5番はにこやかに応じた。目尻の下がった優しい顔立ちで、おっとりした男性である。大学生で、ゼミの教授に断って裁判に参加している。法学系のゼミに通っているので、ぜひ有意義な体験をしてきなさいと、ゼミは出席扱いにしてもらっているという。4番とは年齢が近いこともあり、評議以外の場では、砕けた口調で打ち解け合っていた。

1番と3番が人数分の紅茶を用意して、ケーキを紙皿に取り分けると、ようやく各人は落ち着いて椅子に座った。もちろん、トイレ中の6番は除いてだが。

私たちは四日にわたるこの公判中、既に数回話し合いの席を設けている。その日に聞いた証言や情報を整理して、論点を探り、議論する。今日の評議はいよいよ有罪か無罪かを決する最終局面だ。

「すみません、遅くなりました」

「ああ、6番さん。それじゃ――」

裁判長がそのまま絶句した。その場にいた全員が同じ気持ちだったと思う。

四角四面の角縁メガネをかけて、小さな身長にやせこけた体の6番。銀行員である彼は、頭の回転も速く、私たちが提示する議論にもしっかりついてきて、裁判員同士の会話を主導してくれるような存在だった。むろん、我々職業裁判官三名からも、最も信頼の厚い裁判員だった。

その6番が今、どぎついピンク色のTシャツに着替えている。Tシャツの胸には、アイドルグループ『Cutie Girls』のロゴ。

「えー」裁判長は困惑を隠しきれない様子で、しかし厳かに述べた。「それではですな、我々はこれから評議に入ります。被告人につき、有罪か無罪かを議論し、有罪の場合、量刑判断に移ることになります。

結論は多数決で決します。ただし、多数派であっても、その中に一人でも職業裁判官が含まれなければ、有効とはなりません。例えば有罪が裁判員の皆様六名だったとしても、裁判官が三名とも無罪であれば、有罪にはならないということになります。有罪にならない多数決は、無罪ということで決定が出ます。この点、ご留意いただきたいと……」

裁判長はしかつめらしく話しながらも、ちらりちらりと視線を6番にやっていた。

「なお、この場で行われる議論の内容については非公開となります。外に公表されるのは有罪・無罪と量刑、つまり結論のみです。誰が有罪・無罪のどちらに投票したか、投票の内訳はどうだったか、などの議論の過程については外に漏らしてはいけません。この点、注意していただくとともに、皆さん安心して議論をしていただければと思います」

裁判長が目配せすると、左陪席が書記を務めるためにホワイトボードの横に立った。

私はそれを見計らって口火を切った。

「えーと、それでは、まずは一人ずつ意見を聞いてみるのはどうでしょうかね」

そう切り出したのは、6番というあからさまな面倒を、後回しにしてしまおうと考えたからだ。なお、これまで6番の服装についてツッコミを入れることの出来た人物はいない。

「あ、いいんじゃないでしょうか」1番は大げさに頷くと、立ち上がって言った。「ええと、それでは僭越ながら、1番の私からよろしいでしょうか。裁判には詳しくないですが、今回の事件ほど明確な事件もそうないと思います。被告人と被害者は二人とも、アイドルグループ『Cutie Girls』のライブのために、山梨から東京に旅行に来ていた。確か、春に開催された『Spring Festival』というタイトルのライブでしたね。今をときめく大きなアイドルグループですから、ライブが二日間に分かれていた。一日目のライブが終わった後、二人は宿泊先のホテルの部屋で口論になった。それで、カッとなった拍子に、被告人が被害者をこう、ポカリと、殴りつけちまったわけですね。

自白もしっかりしてましたし、被告人も別段、殺人の事実を争うつもりはないらしいですからなあ。これはもう、有罪でしょう。それで、カッとなって殴ったんだから、計画性は薄い、と。私はここのところ、注目して、少し刑を軽くしてやったら、いいんじゃないかと思いますね」

「いや、それはどうでしょう」

1番の主張を受けて、中学校教師の2番が言った。1番が「あ、それじゃあ、2番さんそのままどうぞ」と順番を譲った。

「ありがとうございます。確かに、1番さんの言う通り、計画性はなかったでしょう。凶器となったホテルの備品の電気ポットにも指紋がべったり残っており、犯行を隠そうという気さえ感じられません。

しかし、被告人は被害者の頭を、二度、殴りつけているのです。一度までなら衝動で、というストーリーも成り立つでしょうが、二度となればそうはいきません。

加えて、被告人は被害者を殴った後、被害者を助ける素振りはまるで見せていない。カッとなって殴りつけたのなら、殴った後、正気に返って救命行為を行うこともあります。ところが、被告人は、殴ってからしばらく茫然としていたと供述し、犯行後一時間経ってからようやく通報しているのです。

しかも話はそれだけでは済みません。被告人は現場で被害者と一緒にアイドルのライブのＤＶＤを見ていて、その際に口論となって殴ったと供述していますが、殴った後、通報よりも先にＤＶＤの再生を停止した、と言っています。あまりに冷静です。これらの事情は、残忍な被告人の一面を裏付けていると言えますね」

長い弁舌の後、２番は「こう見えて私、大学の頃は法学をかじったことがありましてな」と付け加えた。

「あ、ちょっとちょっと、そういうのずるくないです?」４番は口を尖らせた。「裁判員はみんな素人として対等なんでしょ」

「そうですよ」５番も同調した。「そんなこと言ったら、俺だって、こう見えて法学部なんですから」

「いや、これは失敬」

４番の物言いは無礼だったが、２番は寛大に受け止めた。中学校の教師だと、自分より若い人に生意気を言われるのは慣れているのかもしれない。

「あらあら。まあまあ。私の番でございますか？　ケーキ美味しゅうございました。奥様によろしくお伝えくださいましね」

「はい」左陪席は笑顔を見せてから言った。「3番さん、では意見をどうぞ」

「そうですねえ。本当に恐ろしい事件でございましたね。私、裁判にこれだけの証拠品がずらっと並ぶなんて思いもよりませんでした。凶器の電気ポットもそうですけど、アイドルのファンの皆さん方が使う、コンサートライトっていうのでしたっけ？　その容れ物にまで血がべったりついていて、私もう卒倒しそうでした」

「3番さん3番さん、感想ではなくて、意見をお願いします」

「あら。脱線してしまいました。私も有罪です。刑は少し軽めでいいんじゃないでしょうかね。二日目に来た、情状証人でしたっけ？　被告人のご友人の証言でも、普段は優しい子なんだと言われておりました。それに、なんだかおどおどしたところがうちの息子そっくりで……うちの息子も、たまにカッとすることがあるんですよ。これは今回の事件が起こった日と同じ日——今年の四月——だったんですが、秋葉原で息子を見かけましてね。家に帰ってから、何やってたのと聞いたら、怒られちゃって。普段は優しい子なんですよ。被告人も、そういう風に、ちょっとカッとしちゃっただけだと思いますよ」

「なるほど。分かりました」永遠に終わらない気がしてきたので、適当なところで打ち切らせた。「では4番さん、どうぞ」

「だいたい、アイドルのことで喧嘩（けんか）して人殺しちゃうなんて。信じらんないですよ。あたし、結構あのアイドルの曲気に入っていたのに、聴くたびにこの事件のこと思い出しちゃうかも。アイドルの方もいい迷惑じゃないですか。有罪」

4番はそれだけ言うと黙りこくって顔を背けてしまったので、私も面食らった。

「え、ええっと、それじゃあ5番さん」

「あ、俺ですか。うーん。俺ずっと気になってることがありまして。現場のゴミ箱のことなんすけど、アイドルグループのDVD、そのビニールの包装を破いたゴミが捨ててあったって話を、刑事さんがしてたじゃないっすか。被告人も自白で、発売されたばかりのDVDを見ながら口論になったと供述してたんで、それを裏付けるための証拠だった。で、実況見分調書でしたっけ。現場で見たアレソレを細かく細かく書いてありましたけど、ゴミ箱の中に、ビニールの他に、湿布薬のゴミもあった。でも、湿布なんて被害者も被告人も貼ってなかった。それじゃ、あの湿布のゴミはなんだったんだろうって……」

そういえば5番は、裁判長に申し立てて、証人に対する質問をした時にも、そんなことを聞いていたと思い出した。

「5番くん、何もそんな些細なことに……」と2番が苦々しげに言った。

「でも俺、夏休みにあのホテルでバイトしたことあるんですけど、あのホテルの清掃、メッチャ厳しいですよ。あの刑事さんだって、前日に清掃したことをホテルの従業員に確かめた、って言ってたじゃないですか。

それに、灰皿にだってゴミがありましたよ。何かの紙を燃やしたような燃えカス。復元には失敗したようですけど、あれだって、清掃できちんとチェックしたはずだし、事件当日のものに間違いないっすよね。でも、被告人の言うように、『ホテルのマッチって一本くらい使ってみたくなるじゃないですか』なんて説明では、なんかすっきりしないっていうか……」

「じゃあ、君の意見はどうなるんだね」

2番は物分かりの悪い生徒を諭すように、ややうんざりした口調で言った。

5番はしゅんとして言う。

「まあ、湿布のゴミと燃えカスくらいで、被告人の不利は揺るがないです。有罪です。刑は、カッとなったこととか、二回殴ったこととか、重くなる理由も軽くなる理由もあるんで、中くらいがいいんじゃないかと」

「はい。それじゃあ……」

次に進むのが気が重かった。

6番は四角四面のメガネの向こうで目を閉じ、どっしりと腕組みをしていた。泰然自若といった様子だ。しかしその姿に威厳はない。ピンク色のオタクTシャツを着ているからだ。

「死刑だ」

「は?」

6番が出し抜けに口を開いたので、私は驚いた。それに今、何と言ったのだ?

「あの男は、死刑だ」

左陪席は顎が外れそうなほど口を開いていたが、裁判長はさすがに冷静さを失っていなかった。

「6番さん。お渡しした量刑資料を読んでお分かりかと思いますが、計画性を持たない殺人、それも被害者は一人ですから、いきなり死刑というのは行きすぎではないかと」

「ええ、ええ。量刑資料は読み込みましたとも。しかるに、この事件は前例のないケースです。前例のないケースに当たっては、英断も必要ではありませんか、裁判長」

「ええと、前例がないって」1番が口を挟んだ。「そりゃ、ないんじゃないですかな。口論の末に相手をポカリなんて、ありふれた事件でしょう」

「しかし、あの男はこうして事件を起こすことで、『Cutie Girls』、ひいてはそのリーダー御子柴(みこしば)さきちゃんに悪影響を及ぼしたのであります!」6番は拳を震わせた。「このような事件が起きることによって、世間からまた『これだからオタクは』と非難されるキッカケになりましょう。こうして話題になること自体が、グループのメンバーにもたらす精神的悪影響その他も当然あり得る。アイドルオタクはその信奉するコンテンツのためにこそ、清廉(せいれん)であり、潔白であるべきなのであります。

しかし！　私は今日この時、被告人の最終陳述を聞くまでの間は、公正な判断をしようと努めたのです！　だが、今日ハッキリ確信した！　あいつは最後の瞬間まで、『Cutie Girls』への謝罪の言葉を口にしなかった！　あいつはアイドルオタクの風上にも置けない！　死刑にするべきなのだ！」

私は思わず茫然とした。

すると、6番は実直な銀行員の服装の下に、あのピンク色のオタクTシャツを着込んで、被告人がアイドルへの謝罪を口にする瞬間を待ちわびていたのだ。恐らく毎日……。それが今日になって堪忍袋(かんにんぶくろ)の緒(お)が切れた。私たち裁判官三名が信頼していた6番は幻にすぎなかったのか……。

左陪席はホワイトボードにペンを押し当てたまま硬直している。裁判長も、目を丸く見開いて、口を開く気配すらない。

ともかく、この流れはまずい。私が口を開きかけた時、2番が叫んだ。

「じゃあ、そういう君はどうなんだね！」

私は2番の顔を見た。もう聞いていられない、とでもいうような表情で、苦言を呈するように切り出した。

「君はどうせ、ライブTシャツをライブ会場から自宅までの道のりでも着たまま行くのでしょう？」

「ええ、もちろん」6番は眉をひそめた。「それがどうしました？」

「私はライブ会場で新しいTシャツに着替え、汗をかいたライブTシャツはそのままビニール袋に入れて帰りますよ。恥じらいというものがあるのでね。それに、汗だくのTシャツで電車に乗っては、周りの人に悪印象を与えて、『この人たちは〇〇っていうグループが好きなんだ。〇〇のオタクってこうなんだな』と思われることにもなりかねない。清廉、潔白にというが、あなたこそ実践出来ていないじゃないですか」

6番は「恥じらいと言いますが、教師だから外聞を憚っているだけでしょう」とムッとしたように言い返した。

2番は6番を睨みつけて、胸ポケットからスマホを取り出した。

「見たまえ！　このスマホカバーは『Cutie Girls』デザインのものだ……。それも御子柴さき——さっちゃん手描きのデザインで三年前の限定生産、羨ましいでしょう！」

6番の反応がしらけているのに気が付いて、2番は顔を紅潮させた。

「まあそれはひとまずおいておきましょう。重要なのは、これが一目ではオタクグッズとは分からないことです。普段使いにも優れたおしゃれなデザイン。これこそが主張しすぎない愛だ。それをあなたはどうだ」

2番は居丈高に6番に指を突き付けた。

「裁判員裁判という真面目な席で、自分は『Cutie Girls』のオタクで御座いますと声高に宣言せんばかりの服装！　この裁判を終えた後、ここに集まった人々は『ああ、やっぱりオタクってみんなああいう奴なのか』と思うでしょうね。要するに、みっともないと言っているのです！」

私は二人が何を議論しているのか分からなくなったし、ともすればこれが裁判員裁判の場であることすら忘れそうになった。分かったのは、6番の顔が赤から紫色に変わっていったことだ。

「何を！」

「ま、まあまあ6番さん」

「――だが」

いきり立った6番を、2番が素早く手で制した。

「被告人がアイドルオタクの風上にも置けないという意見には賛成だ」

「2番……」

二人が固く握手を交わした。

「い、いやあ、驚きましたね」左陪席が言った。「まさか同じアイドルのオタクが六人の中に二人もいるなんて。こんな偶然もあるんですねえ。じゃ、意見も一周したので一つ一つの論点について――」

私は左陪席に無言のエールを送った。彼はおどけた口調ではありながら、彼らのペースに呑まれないように話を戻そうとしている。

「いいえ」

1番が立ち上がった。

まさか。

私がそう思ったのと同じタイミングで、左陪席の表情が凍り付いた。

「この場にいるオタクは、三人ですよ」

「あらあら。まあまあ」

「もう勘弁してくれ」と私は小声で漏らした。

「1番さんも……」左陪席は目を丸くしていた。「私、アイドルオタクってもっと若い人がなるものだと思ってましたよ。失礼ですが、お三方とも……」

「四十代と五十代のはずですね、合ってますか？」

1番の言葉に2番と6番が頷いた。プロフィールによれば、1番は既に妻帯者のはずだが、オタクの世界というのは分からない。

「我々世代は若い頃に松田聖子（まつだせいこ）や中森明菜（なかもりあきな）、おニャン子クラブ……昭和アイドルの黄金期を通っているのですよ。あの頃のアイドルにはまった男子には、アイドル好きの血が流れているとさえ言ってもいい」

「説明臭いですね、教師の話というのは」と1番が鼻をこすりながら言った。「事実、アイドル現場にはロマンスグレーの、明らかに私より年上のおじさんもいますよ」

「……いやまあそう言われれば」と左陪席が頭を掻いた。「私が小さいころにはモーニング娘。が全盛期でしたし、高校生の頃にはＡＫＢが流行（はや）っていたし……」

「何かにはまっていたなら、あなたにもその血が騒ぐ時がくるかもしれないさ」

と6番はニヤリと笑った。左陪席は複雑な表情をしている。

「で、2番さんと6番さんですが……」1番は大きく頷きながら言った。「道理で、どこかで見覚えがあると思いました。よく『現場』でお見掛けする顔でしたな」

「あの、現場っていうのは」と左陪席が困惑したような顔で聞く。

「アイドルのイベントやライブのことですよ。確かに、独特の言い回しかもしれませんね」と2番が教師らしく解説する。

「ふうむ、そう言われてみれば、1番さんも見覚えがあるような……」と6番が頷く。

「まあ、それはよろしいでしょう。お二人の言う、被告人はアイドルオタクの風上にも置けないという表現は、私には、こう、どうにも頷けなくてですな」

「ほう、と言いますと」

6番は挑戦的に言った。

「あなた方はこう」1番は顎を撫でた。「全身でアイドルへの愛を表現するという方々でしょう。今の話を聞いていてもそう思いましたし、6番さんは最前でコールを入れているのをよくお見かけしますな」

「あの、最前っていうのは。あとコールっていうのは」と左陪席が聞いた。

2番が答えた。

「ライブの最前列のこと。あと歌に対してオタク側から行う掛け声のことです。あの、話が前に進まないので少し待ってもらえませんでしょうか」

「す、すみません」と左陪席は謝りながら、(これって俺が悪いんですか!)と言わんばかりの視線を私に送ってくる。

「ええと」1番が話を続けた。「どこまで話しましたっけ。ああ、そうそう。私が言いたいのは、私や被告人のようなオタクと、あなた方とは根本的にタイプが違うということなのですよ」

「まあ確かに」2番が興味深そうに言った。「アイドルへの関わり方は色々です。私たちのようにライブを一緒に創り上げようと思う人も、静かにライブを見て帰る人も、握手会やサイン会での会話に特別な価値を見出す人もいる。握手会のたびに、振り付けが間違っていたとか説教して、誰よりも君を見ているアピールをしないと気が済まない人もいるくらいですからね」

「あらあら。そうなんですのね」

「あ、私は違いますよ」３番が引いたような声音で言っていたので、２番が慌てたように付け加えた。

「……ともあれ」１番が苦々しそうに言った。「私はコールはしない派なのです。ペンライトも振り上げず、アイドルのライブは噛み締めるように聴く……歌に張り合うほどのコールをしてどうするというのか」

「ふん」６番が鼻を鳴らした。『地蔵』というやつですね。私も感極まった時にはそうなりますよ」

文脈から察するに、「地蔵」とはコールなどをせずにライブを鑑賞することを指すのだろう。

「しかし、基本路線は違います。アイドルの全力の歌に全力で応える、それこそが礼儀というものではありませんか。ライブ会場というのは、アイドルとオタクの両者で創り上げるものではありませんか」

「ライブの主役はアイドル達でしょう」１番は声高に主張した。「とにかく、私や被告のように静かにアイドルを愉しむようなタイプは、こういう事件を起こしただけでも恐縮してしまうと思うのですよ。口には出しませんでしたけど、十分反省してるんじゃないか、と」

「聞こえはいいご意見ですが」と2番は諭すような口調で言った。「口に出してもらわないと伝わらないこともありますよ」

「その通り」6番は感情が高ぶったのか、立ち上がった。「それは『現場』でも同じ。だからこそ我々は、声を上げ、ペンライトを振りかざすことで、アイドルへの思いを伝えるのだ」

6番はアイドルの話になり、ますます饒舌(じょうぜつ)になるとともに、口調もすっかり砕けてきた。

「『Cutie Girls』にはアイドルとオタクの幾つもの美しいエピソードがあるが、その中の一つに、御子柴さきの名曲『over the rainbow』に関するエピソードがある。ライブの前日のラジオで、〈あの虹を越えて　キミに会いに行く〉という歌詞の部分で、コンサートライトが一斉に、バーッと光ったら嬉しいなあ、と御子柴さきがコメントした。私のイメージカラーの赤以外も全部、会場に虹の橋をかけてほしい、と。そのラジオを聴いていないファンも、SNSでの情報共有を通じて彼女の願いを知り、ライブ当日には全員が持っているだけのコンサートライトを振りかざした。現にほら、『Spring Festival』の東京公演二日目に現場で配られたこのコールガイドには……」

6番はスマホの写真を提示した。

「このように、歌詞の当該部分に『全色一斉点灯』と手書きで書き加えてある。ラジオの放送時には、刷り上がっていたわけだからね、コールガイド制作の主催が、一枚一枚丁寧に書き加えたわけだ。

これを受けて、赤から紫まで、七色を綺麗に揃えた几帳面なファンも、自分が持っているだけのコンサートライトをすべて頭上に掲げた猛者もいた。ライブのMCでも、それに感動した御子柴さきの言及があった。こうした心の交流は、全力で歌を歌うアイドルと、全力でコールで応えるファンの間にしか生まれ得ないと思わないかね？」

「それは……」

と1番が絶句した。

「あらあら」3番が困惑気味に言った。「なんだか、面白い話になってまいりましたね」

頭の痛くなるような話が途切れたことで、ようやく意識が覚醒した。今、口を挟んで軌道修正しなければ、いっこうに評議は進まないだろう。

「えー、それでは――」

そう口火を切った時、2番が思いがけない事実を切り出した。

「コンサートライトといえば、現場に残されていたコンサートライトホルダーには、少しおかしな点がありましたね」

おかしな点？　オタクたちの議論が物証に及んだので、ハッと心を惹きつけられた。

「あ、2番さんも気付いていたか」

2番の言葉に、6番がすかさず反応した。

「2番さんの言うのは、関係ないライトが交ざっていたことでしょう？」

「そうです、そうです」

「待ってください」私は声を上げた。「コンサートライトがおかしいって、どういうことですか」

「え？」

6番が目をぱちくりさせた。まるでどうしてそんなことも分からないのかと言うように。

「それはですね……ああ、実物があった方が早い。裁判長、こういう時に、証拠品を見るための申請が出来るんでしたね」

釈然としない。

「ああ、はい。そうですな。少しお待ちを」

裁判長は部屋の外の廷吏に声をかけた。こんな時でも落ち着いているとはさすがだ。

しばらくすると、廷吏がコンサートライトホルダーを持ってやってくる。

ホルダーが6番の席に運ばれた。

「そもそも、このホルダーはどのように使うのですか？」

「基本的には」

6番は裁判長の許可を取ってから、白手袋をはめ、ホルダーに触った。血痕がついているので嫌そうにしていたが、体の前に斜めにホルダーをあてがった。

「証拠品ですから、前からあてがうにとどめておきますが……こうして、ショルダーバッグのように、肩から斜めにかける形で使うのです。すると、自分の体の前に、十五個のポケットが並びますよね。この一つ一つに、ライトをセットするのです」

今、十五個のポケットには、事件当時の状況そのままに、十五本のコンサートライトが収まっている。

コンサートライトは全長二十センチほどで、持ち手の部分と、発光する部分に大別される。それぞれが十センチ程度だ。ポケットに収めると、発光部の大部分がポケットの布地に覆われるようになっている。実際にセットしてみると、発光部の末端三センチほどと、持ち手の部分が外に出る形になる。

コンサートライトホルダーは、被害者が殴られた時近くにあり、殴られた頭から飛び散った血が付着している。ライトがポケットに収まった状態で上から血がかかったため、血痕も、ポケットの外側からライトの持ち手の部分までべったりと残っている。

「こんなにたくさんお色があるんですね」3番が言った。「赤、オレンジ、黄色、ピンク、青、ベージュ……色とりどり並んでますわ」

「ま、人数多いからね、『Cutie Girls』って。確か、それぞれのイメージカラーなんでしょ」と4番が乾いた声で言った。

「なるほど、イメージカラー」5番が大きく頷いている。「あ、さっきから話によく出てる、御子柴さきって子の色は赤、でしたっけ？」

「はい。これです」

6番は赤いライトを引き抜いた。

「へえ、面白いんですのね」3番が小刻みに頷いている。「これで、テレビでやるような、そのう、『ヲタ芸』というのをするんですか？　私、アイドルの、『現場』って言うんですか？　あまり詳しくないもので」

6番が「とんでもない！」と激しい勢いで口を開きかけたのをなだめて、2番が穏やかに言った。

「いえ、今はいわゆる『ヲタ芸』は多くのアイドル現場で禁止されております。激しい動きを伴いますし、手からライトが飛んでいけば事故にも繋がります。一部の地下アイドル現場などでは残っているところもありますが、例えば代表例として、『AKB48』の劇場を挙げますと、立ち上がること、ライトを含む応援グッズを肩より上に持ち上げることも禁止になっています」

「へえ……」と私は息を漏らした。実際のアイドル現場は、私の思っていたよりも統制の取れたものらしい。

「というのを踏まえた上で、『Cutie Girls』の現場について説明すれば、掛け声やコンサートライトによるコールが主になっています」

「コンサートライトというのは」1番が説明を引き取った。「本来、このように多く持つものではないのでしてな。被告人もそうだったように、色替え出来るペンライトを一本ないし二本だけ持つのが一般的です。あとは折ることで発光するサイリウムを大量に持ち込むとかですね。一分から三分ほどしか光りませんから、数が要るわけです。『Cutie Girls』は、メンバーが二十七人と多く、各メンバーにイメージカラーがあり、各メンバー専用のコンサートライトがありますので、このように大量にコンサートライトを持ち運ぶためのアイテムがあるんです。まあ、実際には、このホルダーを使うオタクは全体の一割から二割で、多くの人は色替え出来るペンライトを一本だけ持っています。

　確か、この事件でも、被害者がこのホルダーと色替えペンライト、被告人が色替えペンライトを持っていたはずですね」

「そういえば現場にも」5番が頷いた。「あったっすね。大量のサイリウム。オレンジ色でしたね」

「うむ」6番が説明を引き継いだ。「二日目はセットリスト、つまり曲目の予想でも、ボルテージの高い曲が多く予想されていた。UO、つまりウルトラオレンジのサイリウムを

〝焚(た)く〟機会は多いと踏んだのだろう」

私は、サイリウムって「焚く」と言い表すものなんだ、と衝撃を受けていた。

「で」左陪席はしびれを切らして先を促した。「おかしなこととはなんでしょうか？」

「今ここに十五本のコンサートライトがセットされているでしょう。そして、ライブは二日間に分かれていた。この二日間では、実は出演者が違うのです。

二十七名のうち、一日目に十四名、二日目は十三名。二日目の参加者十三名のコンサートライトは揃っていますが、一日目に出演したメンバーのライトが二本、交ざっているのです」

「んで、その問題の二本っていうのは？」

堪忍袋の緒が切れたといった勢いで4番が聞いた。

「これと、これです」

6番が二本を引き抜いて示した。彼の説明曰(いわ)く、それぞれ、天満蛍(あまみほたる)と桃瀬鈴(ももせりん)というメンバーのものだ。それぞれの色は藍と黄。

「ね」6番が裁判長の方を向いて言う。「関係のないライトが二つ。気になりませんか？」

「それは……」裁判長は明らかに困惑していた。「二つ空きがあると、気持ち悪いからではないでしょうか」

「いえ」2番が即座に否定した。「それだったら、色替え出来るタイプをセットしておくでしょうね。被害者のリュックの中には、事実そのタイプのライトがありました」

「あ、じゃあ」と1番が小さく手を挙げた。「こういうのはどうでしょうか？　その二本は、二日目にサプライズ出演があるかもしれない二人だったんですよ。それで、万が一に備えてセットしておいた」

「いや、それはないな」

　6番があっさりと切り捨てたので、1番は面食らったようだった。

「というのも、私もその仮説を立てて調べておいたからだ」6番はスマホを取り出した。「見てくれ。これは被害者の使っていたSNSアカウントなんだが……」

　私を含めた職業裁判官三名は雷に打たれたようになった。

「ちょ、ちょっと、ダメですよ！　そういうのは」私は机を叩いて立ち上がった。「裁判員の皆さんには、裁判で提出された証拠だけを正確に吟味してもらわなくては」

「ですが、実際のところ新聞報道やニュースだって、完全にシャットアウトは出来ないわけでしょう。それなら、被害者の本名やプロフィールを手がかりに、それらしいアカウントを特定してうっかり見てしまうこともあるというものです。へっへっへ」

　6番は悪びれもせず言った。

「で、このアカウントは事件前日、『「Cutie Girls」メンバーのライブ当日のスケジュール』をまとめた記事を共有しているんです。その上で、こうコメントをつけている。『さすがに「さきほた」サプライズデュエットはなしか。ＣＤ出したばっかだし期待してたけど』と」

「『さきほた』とは？」

「御子柴さきと天満蛍のコンビのことです」１番は鼻息を荒くして言った。「グループ内の同期で仲の良い二人組なので、デュエット曲も作られました。その曲が殺人事件の翌日――東京公演の二日目に歌われるのではないか、という憶測があったのです、御子柴さきは二日目に出演していますし。ですが、天満蛍はその日、テレビの生放送に出演する予定があったのです。そうでしたそうでした、６番さんに言われるまですっかり忘れてましたよ」

「鼻息が荒くなったところを見ると、あなた『さきほた』のオタクですね」６番にそう指摘されて、１番は顔を赤くしていた。「ともあれ、どうあっても、天満蛍はライブにサプライズ出演する見込みがなかった。それを被害者も認識していた。だから、サプライズに備えて二本をセットしておいた説はあり得ないんです」

「ふうむ」裁判長は眉根を寄せながら、頭を掻いた。「確かにこのようにお話を伺っていると、どうにも説明がつかず、違和感はあります。ですが、目くじらを立てるような事実でもないのでは」

「うーん」６番は頭を掻いた。「しかし、何かあると思うんですよねえ」

「あ、これちょっとおかしくないっすか」

5番がホルダーに顔を寄せて、首を傾げながら言った。

「問題になっている二本のライトとは別のものですけど、この、御子柴さきさんの赤いライト。このライトだけ、持ち手に血が飛び散っていないんっすよ」

見ると、確かに、他のライトには、持ち手にまでべったりと血が飛び散っているのに、御子柴さきのライトの持ち手は綺麗だった。湿布や燃えカスのことといい、本当に細かいことが気になる男らしい。

「あ、マジじゃん」4番が首を捻った。「でも、何でこれだけ？」

6番は御子柴さきの赤いライトが収まっていたポケットの内側を覗いて、アッ、と声を漏らした。

「み、見てくれ」

「どうしました」と2番が尋ねる。

「このポケットの内側だ。血痕がついている」

「あらあら！」

3番の叫び声を皮切りにして、私たちはホルダーを回覧した。確かに、ポケットの内側に血痕のこすれたような痕跡が残っている。

「これは一体……？」

「え、ちょっとこれマジでヤバくない？」４番が焦ったように言った。「ってか、警察の人は気付いてるんですか？　裁判でもこんな話出ていなくなかったです？」

「そう言われてみれば、どこかで血痕について記載があったような……少々お待ちください」

　裁判長は実況見分調書を取り寄せると、老眼鏡を取り出して、書類に指を滑らせた。

「ありました。鑑識が血痕を発見して、捜査本部に報告をしているようです。ただ、コンサートライトが凶器と考えられるなど、事件との関連性があれば、捜査本部もちゃんと取り上げたと思いますが、何かの拍子にこすれてついたと考えて、看過されたものかと」

「怠慢ですね！」６番が鼻息を荒くする。「よりにもよって、トップアイドルのさきちゃんのライトに、こんな痕跡が残っているんですよ。意味深長じゃありませんか」

　そこに特別な意味を見出せるのは、あなた方オタクだけだろう、と私は内心で反論した。

「ううむ」１番は唸った。「確かに、被害者の近くにあった品物ですからね。何らかの拍子に、こう、ベタッとついた……と考えられても不思議じゃありませんな。しかし、実際のところ、殴られた頭から血が飛び散って、ポケットの内側にまで血がつきますか？」

　１番が疑問を提起すると、「難しいんじゃないすかね」と５番が応じた。

「この内側に血痕がつく状況……どんなものが考えられるだろうか？」

　２番の言葉は、生徒の考えを促す教師そのものだった。１番が応じた。

「ライトの発光部分に血が飛び散って、その後で、ライトをポケットに収めた、とかですかね」

「でも、ライトの、ポケットで覆われていた部分に血がついた、ってことは」５番が言った。「つまり、殺害時に誰かがコンサートライトをホルダーから抜いた？」

「コンサートライトの持ち手に血がついていないこともそれを裏付けている」２番が興奮した様子で言った。「誰かが握っていたから、持ち手に血が飛び散らなかったんだ。ちょうど手が覆いになって」

「あらあら。まあまあ」

「ライトを持っていた？」裁判長は眉をひそめた。「待ってください。どうしてライトを握る必要があるのですか？」

「その誰かって、よーするに、被害者ってことでしょ？」４番が言う。

「そうだ！　被害者は二度頭を殴られた」と６番は手を叩いた。「一度殴られた後、ホルダーを自分の方に引き寄せ、御子柴さきのコンサートライトを引き抜いた。その直後に二度目の打撃が食らわされた。そこでライトの発光部分に血が飛び散ったんだ」

「どうして襲われながらライトなんか？」

２番が疑問を呈すると、まず左陪審が「反撃のためというのはどうですか」と答えた。

「いや、それはないでしょう」２番が首を振った。「持ってみれば分かりますが、このライトは案外軽い素材でできています」

私と左陪席が物珍しそうにライトを握って、2番の言を確かめた。

「ええと、私思うんですが、明かりのためではないでしょうか？」3番が常識的な案を出した。

「うーん」5番が納得していない顔で口にした。「つまり現場は真っ暗だったってことっすか？」

「事件当日、現場周辺で停電のあった事実はありません」と裁判長が補足する。

「そうなると」6番が唸った。「意図的に被害者か被告人が電気を落としていないといけなくなってくる。でも、一体なぜ？ それに、真っ暗ってことになると、被告人がどうやって被害者に狙いをつけたのか分からなくなる」

6番の指摘はもっともだった。

「あっ！」

5番が大きな声を上げたので、全員が一斉に彼の方を振り返った。彼は気まずそうな顔をして口を押さえ、首を激しく振っている。

「君、何か思いついたのか」6番は高圧的に言った。「言ってみたまえ。なに、どんな意見でも恥ずかしがることはない」

「いや、そのう、俺そんなに頭良くないし、それに、なんつうか、あんまりパッとしない想像っていうか……」

「なんでもいい。言ってみなさい」

「……ほんとに？　ほんとに言っていいんすか」

「じれったいなあもう」4番が5番の背中をバーンと叩いた。「シャキッと言っちゃいなさいよ！」

「いやー、その、じゃあ与太として聞いてください。皆さんあのライトを、武器とか、明かりと考えましたけど、そもそもあのライトは『御子柴さき』を象徴するものじゃないですか。この特徴に注目してみたら、どうなるかなって。するとですよ、被害者が死に際にライトを手に取ったのは——御子柴さきが犯人です、ってメッセージってことになるんじゃないすかね？」

「え、ええ、君。本気で言ってるのかい？」1番が呆れたように言った。「冗談にも限度ってものがありますよ。君の言った通りだとすると、あれはダイイングメッセージだったってことになりますな」

「でも、そう考えれば色々と辻褄が合うじゃないっすか。一度殴られた時、被害者は御子柴さきに殴られたことに気が付いた。そして、ホルダーからライトを取り出してダイイングメッセージの代わりにしたんですよ。

二回目に殴った後、御子柴さきは被害者がライトを握っていることに気付く。そのままにしておくとまずいっすよね。だから、ライトをホルダーに戻した。血が飛び散ってしまった後だから、拭っても、ルミノール反応でしたっけ、ああいうので検査されたらおしまいなわけです。自分のライト一本だけ拭ってしまって不自然にするよりは、血がべったり飛び散ったホルダーの中に交ぜてカモフラージュしてしまう方が良い。ね。ね。こうすると、持ち手に血が飛んでない理由も、あとからホルダーに戻されてポケットの内側に血がこすれた理由も、すっきり、説明がつくでしょう？」

私たちはその説明にしばし茫然となった。

「いや、しかし、それでは……」

この展開には、先ほどまで弁舌をふるっていた6番もさすがに気圧（けお）されたようだった。

「それでは……御子柴さきが被害者を殺した、ということになってしまうじゃないか」

彼の声も自然、震えていた。

6番が口にしてようやく、その事実が頭に浸透してくる。

いや、問題はそれだけではない。もしダイイングメッセージが本物ならば、真犯人は御子柴さきということになり、被告人に対する容疑は冤罪（えんざい）ということに――。

「そうよ！」

抗議の声を上げたのは、意外にも――3番だった。

「ちょっとねえあなた！　私だって、あなたみたいに若い人を、こんな風に叱りたくないんですけどね、いくらなんでもそれはないんじゃありませんか。さきちゃんが殺人だなんて、マア、口に出すだけでおぞましい！」

「さ、さきちゃん？」

裁判長が目を丸くして問い返した。

「すると、あなたも……」

左陪席がおずおずと尋ねると、3番は取り繕うように慌てて付け加えた。

「ああ、いえね、私はその現場？　というところは存じ上げないのよ。コンサートライトというのも今初めて見ましたし。でも、テレビとかラジオとかで、よく追っていると言いますか……なんて言うかね、可愛いんです、御子柴さきちゃん。天真爛漫で、無邪気で、いつもはじけるような笑顔を見せてくれて。ダンスも歌も上手いですし」

女性から見た率直な御子柴さき評に、1、2、6番は深く頷いている。

「私には息子がいるんですけどね、娘も欲しかったと思うことが、たまにありましてね。こんなこと言うのはおこがましいですけど、何か娘でも見るような気持ちで、こっそり応援してるんです」

「ファンの鑑のような奥さんですな！」

1番が声高に漏らした。噛み締めるように歌を聴くのが好きな自分とのシンパシーを感じたのかもしれない。

「あ、それで良ければ、俺だって『Cutie Girls』の活動はよく追ってますよ。テレビとか雑誌ですけど」5番はポリポリと頭を掻いた。「他のアイドル現場は行ったことあるんすけど、『Cutie Girls』はチケットの競争率がすごいっすから。いやー、なんか1番さんとか6番さんの剣幕すごいんで、ライブとかばりばり行ってないと名乗っちゃいけないのかと思いましたよ」

「そんなこともないさ」6番が5番の肩に手を置いた。「アイドルへのハマり方は人それぞれだ。現場には通わず、テレビやCD・DVDの購買で楽しむ『在宅オタ』も立派なオタクだ。オタクにも程度の差がある。

だけど、ライブは楽しいぞ？　どうだね、ここに来月の仙台公演のチケットが一枚余っているんだが、裁判員のよしみで一緒に……」

「仙台！　俺牛タン食いたいっす！」

5番はよだれを垂らさんばかりだ。

「うんうん、地元の名物も遠征の愉しみの一つだ。早めに現地入りすれば観光だって楽しめるよ。酒がいける口なら打ち上げにも連れていこうじゃないか」

また話が変な方向に盛り上がっている。私は思わず裁判長に目配せした。裁判長は、心得たという感じで頷くと、「えー、御子柴さきさんが容疑をかけられている件についてですが」と発声した。

「くっだらない！」

だが、4番が唐突に机を叩いたので場が静まり返った。

「関係ない話で延々と盛り上がっちゃって。あー、もうッ、これだからオタクって嫌。あいつが犯人なら犯人でいいじゃん。あいつが犯人ならせいせいするっていうか……」

「ちょっと待て、今の言葉は聞き捨てならないな」

6番が制した。

「そうよ」3番が怒ったように言う。「さきちゃんが犯人だなんて、そんなのないわ」

「いや、そうじゃないんだ奥さん。今、御子柴さきのことを『あいつ』と呼んだだろう」

4番が口を引き結んで、目をしばたたかせた。「まずい」と顔にでかでかと書いたような表情だった。

「なんだか随分と親しげな口ぶりだったじゃないか。オタクの中にもなれなれしい呼び方をする輩もいるが……」

「違う！」4番は力強く否定した。「あたしはなんつうか……その……どっちかっていうと、オタクじゃない方、的な……」

「は？」6番が首を傾げた。「君、それは一体どういう」

「あ、あ、あ」

するとまた声を上げたのは5番だった。この世ならざるものを見たかのような表情で、4番を指さして口をパクパクさせている。

「あーっ！」

「どうしましたか5番さん」裁判長が尋ねた。「また何か気が付いたことでもありましたか」

「あの」5番は裁判長には構わず、4番に駆け寄った。「つかぬことを、お伺いしますが、その、もしかして、昔、『桜色乙女』というアイドルのリーダーだった――」

「わー！　わー！　わー！」4番は慌てて5番の口を押さえつけた。「それ以上は言わなくていい！」

「もがもが」

「こそばゆいから喋らない！」

「え、ええっと、どういうことでしょうか」左陪席はつぶらな目をぱちくりとさせた。

「つまり、あなた、元アイドルってことですか？」

「え、いやー、あはは……」

4番は頰をポリポリと搔いてから、5番を解放すると、気まずそうに椅子に腰かけた。

「まあ、アイドルって言っても、『Cutie Girls』のような大層なもんじゃなくてさ。地下アイドルってやつ。小さいライブハウスとかで公演するようなね。ま、一昨年に解散したんだけど」

「俺」５番がずいっとにじり出てきた。「大ファンでした。というか、解散以来、なんだか俺も抜け殻みたいになっちゃって……それで、『Cutie Girls』は在宅オタ止まりだったんすよ」

「それはなんか」４番が顔を曇らせた。「悪いことしたかな」

「そんなことないです。『桜色乙女』を追いかけた日々も、グッズもライブDVDも、今でも俺の宝物っす。当時のツーショットチェキだって、ありますよ」

５番が定期入れをポケットから取り出して何かを見せようとするので、「わー、なしなし、それは！」と４番が全力で止めた。

「ん、でも待てよ、裁判員になれるのって確か二十歳からですよね。一昨年の解散の時、確かプロフィールは十七――」

「そ・こ・ま・で。女性の年齢を推測するなんて、もう、無粋なんだから」

「ううん、現役時代にも見せたことがないほどのアイドルスマイル！」

４番と５番の茶番をひとしきり見物した面々の中から、おずおずと左陪席の手が挙がり、「あのチェキ――」と言いかけるので、素早く察した２番が「インスタントカメラのこと、あるいはその写真のことで、アイドル現場でよく使われるものです」と説明を加えた。

「私たちが」裁判長が私の方を見て言った。「若い頃に使っていた、撮った端から印刷されるカメラに似たものらしいですね」

「なるほど」と私は頷いた。

「その場で現像出来ますからね」2番は言った。「サインをしてもらえることもありますし、何より、思い出になるわけですよ。お気に入りのツーショットチェキやブロマイドは、こうして」

2番は前にも見せたスマホカバーを開けて、カバーに付属したポケットから一枚の写真を取り出した。

「肌身離さず持っているものですよ」

「へーえ、どれどれ」6番がずいと顔を突き出して2番の手元を見た。「お、桃瀬鈴じゃないか。あんた、鈴推しだったのか。へー、なるほどね」

「べ、別にいいでしょう。彼女の生誕祭の時のものです。よく撮れてるでしょう？」

「生誕祭って……キリストみたいですね。誕生日会のことですよね？」

私の言葉にしみじみと2番が言った。

「それくらいアイドルの記念日というのは大切ということです。ひょっとすると、家族と同じくらいにね」

そういうものなのだろうか。妻帯者である1番が苦虫を嚙み潰したような顔になっているところを見ると、調整は結構大変らしい。

「そういや1番も、『桜色乙女』の現場でよく見た顔ね」4番が言った。「あなた、あの説教オタクでしょ？」

1番はたじろいだ。「な、なにを」という顔もひきつっている。

「覚えてるわよ、握手会のたびに振り付けが間違ってただの、動きが揃っていなかっただの――」

「あ、あなた、今この場でそんなこと言うことないでしょう」

「だって事実じゃないの」

「道理で、あなた見たことがあると思いましたよ」2番が頷いた。「あなた、『Cutie Girls』の握手会でも同じ事やっているでしょう。事件の時の東京公演の二日目にお見かけしましたよ――」

そう指摘された途端、1番がうめき声を上げてから、うなだれた。

「……ああ、そうですよ。そうなんです。東京公演二日目でも、言ってやりましたよ。御子柴さきに、今日は左へのステップの踏み込みが甘かったってね！　コールはしないだのなんだの言って、実はアイドルと一緒にライブを作れるあんたらが、盛り上がれるあんたらが羨ましいんだ……！　説教するようにしかアイドルと会話出来ない自分が情けないんだ。私は、私は、一度でいいから、率先してコールの掛け声を入れてみたいんだ……！」

1番がそう言ってから、机の上にくずおれておいおいと泣き出した。2番は1番の背中に手をやって、しばらくトントンと優しくさすっていた。

「最初から素直になりゃいいのに」

6番の言葉に1番がハッと顔を上げた。

「これが終わったら、一緒にカラオケ行って、コールの練習しようぜ」

「6番さん……！」

1番は感極まった表情で、「いやあ、今日は本当にいい日ですねえ。こんな風に、アイドルの話が皆さんと出来るなんて、今日は本当にいい日です」と漏らした。

「し、しかし、こんなことがあっていいのですか」と左陪席は動揺したように口にした。「国民から無作為に抽出したはずの六名が、全員同じアイドルのオタク、もしくは関係者だなどという偶然が……」

「裁判員候補者の名簿を作って、そこから更に選考して候補者七十名ほどを裁判所に呼び出す。そして裁判所で最終的に、裁判長――つまり今回は私ですが――との面談を経て忌避されなかった者が、くじで選ばれる。とある試算では、ある国民が裁判員候補者に選ばれる確率は約〇・〇一パーセントだといいます。そこから先の選考で、確率はより下がります」

「逆に考えるべきっすよ」と5番がうんうんと大きく頷いた。「初日に裁判所に呼び出された七十人余り。あの中に、僕ら以外にも『Cutie Girls』のファンはもっといた。いや、全国にだってもっといる。『Cutie Girls』はそれほどの人気を勝ち得たグループなんです」

「それに」2番が言った。「ここに集まっている人々も、重度のガチオタは1、6番さん、私くらいのものです。3、5番さんは軽度の在宅オタのようですし、4番さんは、そもそもオタクというわけじゃない。程度に差はあるのです」

「別に面談でも『Cutie Girls』のオタクです、とあえて名乗る必要があるわけでもありませんよね？」と1番が聞いた。

「それはまあ、そうですが……」

厳密に言えば、アイドルオタク同士の殺傷事件で、同じオタクが審理をすれば偏向が生じる可能性もあり、忌避理由に当たり得るとも言える。しかし逆に、オタクに過度の偏見を持つ人間が裁判員になるケースもある。だが、「あなたはオタクに偏見があるか」と聞いて回れるかと言えば、それは違う。その質問自体が、偏見になってしまうだろう。

「まあ」ひとしきりの疑問確認が終わると、4番がため息を吐きながら言った。「そんなことはいいの。あたしが言いたいのは、あたしと御子柴さきは小学生の時から、アイドルオタクの友人だったのね」

「えっ」5番が体を跳ねあがらせた。「そんなこと今まで誰も」

「言ってないよ。そりゃ、言ったところで売れるわけでもないしね。それに、こっちがコツコツやってる時、向こうはステップ駆け上がってくんだから、むやみに口にして比べられるのなんてゴメンだったたし。ま、小学生の頃にAKBを見始めて、あたしたちもアイドルに無邪気に憧れる少女だったわけですよ」

5番が瞳を潤ませ始めるのにペースを乱された4番が、わざとらしい咳払いをした。

「で、結論。あたしとさきは、そういうわけでアイドルになってからも親交があったんだけど、さきは駆け出しの頃ストーカーに悩んでいた。あたしも相談を受けて、一度撃退したことがあるんだけど、今思うと、今回の事件の被害者とそのストーカーが似てんのよね」

「えっ」

裁判長が目を丸くした。

「そ、それが本当なら、大問題ではないですか」

「どうしてそんな大事なことを今まで」

「余計な邪魔が色々入ったからでしょーがッ！」私の言葉に4番が机を叩いた。「……それに、ダイイングメッセージのことが明らかになるまでは、さきが事件に関係あるなんて分からなかったわけだし。後から気付いたなら仕方ないよね？」

「いや……まあ……それは確かに……」

裁判員が議論を重ねるうちに事件関係者との関わりが明らかになるなど、そうそうあることではない。裁判長もどう扱ってよいか決めかねているようだった。

「さき曰く、そのストーカー、何か自分の弱みを握っているような口ぶりだった、ってことでね。何か強請(ゆすり)のネタでも握っていたのかもしれない。ま、下世話な話、週刊誌に流せるような昔のプライベート写真とかね。その強請のネタを利用して、さきを当日呼び出したのかもしれない。もしそうなら動機だって……」

「それはいくらなんでも飛躍しすぎなのでは」

「でも繋がりはある」４番はぴしゃりと言った。「それに、この推理が正しければ、あいつを証言台まで引きずり出せるしね……さぞスキャンダラスで面白い光景になりそう」

その言葉が評議室に染み渡ると、まるで熱病のような雰囲気が裁判員たちを包み込んだ。

「そうだぞ、もし御子柴さきが犯人ということになれば！」と1番が叫んだ。

「御子柴さきは法廷に来ざるを得なくなる！」２番が指を鳴らした。

「あらあら。まあまあ。さきちゃんが法廷に来るの？」３番が立ち上がった。

「そうよ、あいつを……」４番は悪役の顔をしている。

「握手会やチェキの一瞬だけではない……ライブのように遠い距離からでもない……あの距離感に、御子柴さきが居続けるわけっすね」と5番がぶつぶつと呟いた。

「これまでの審理から考えてみても、ほとんど一日中ってことだ。ライブの長さなんて目じゃない……」６番が目をぎらつかせた。

私たち裁判官の反応は完全に出遅れた。

「裁判！」

「御子柴さきが！」

「裁判に来るぞ！」

「ウリャオイ！」

「ウリャオイ！」

その謎めいた掛け声はいわゆる現場で彼らが行っているコールらしい。

「ちょっ――」

ちょっと待て、と叫ぶ暇さえなく、評議室を熱狂が支配した。

「５番！」６番が指を鳴らす。「君の言ったダイイングメッセージの推理を基に考えるぞ！　御子柴さきが犯人だったとする。だとすれば、この時被告人の役割はなんだ？」

「はい６番さん。それは疑いようもないっす。御子柴さきを庇っているんですよ！」

「なんというオタクの鑑！」と芝居がかって２番が言う。

「ああ、まさしく！　私は先ほどの言葉を取り下げよう！」と６番は感慨深げに言った。

「えぇっと」１番は眉間を揉んだ。「でも、そうだとすると、いつ被告人は事件を知り、御子柴さきを庇うことを決心したのでしょう？」

「目の前で事件が起こったとしたら？」と3番が首を傾げる。

「だとすれば」6番が応えた。「なぜ被告人は御子柴さきを止めなかったのか？　そもそも、被告人は御子柴さきと被害者の関係を知っていたのか？　ううむ、分からん」

「あ」5番が手を打ち鳴らした。「被告人は犯行当時現場にいなかったってのはどうすか？」

「それよ！」4番が頷いた。「5番、現場のあんたはパッとしないオタクだったけど、今日のあんたは冴えてる！」

「お褒めにあずかり光栄っす！」

5番の推測を受けて、1番が言う。

「被告人は犯行当時は出かけていた。そして戻ってくると、被害者の死体と御子柴さきがいた。よし、ここまではいいですね。じゃあ、現場にいなかったとすれば、被告人はどこに行っていたんでしょうね？」

4番が噛んでいた爪から口を離して言った。

「被害者は二人きりであいつと会うために、被告人をどこかに行かせたんだ。何か口実があれば……くそっ。オタクども、一日目と二日目の公演の間に、出かけるとしたらどんな用？」

「打ち上げとか？」と2番が言った。

「二人で旅行しているのに、一人で？」４番は即座に否定した。

「分からんぞ」６番が食い下がった。「〇〇推し飲み会、とかで限定的に開かれる場合もある。……いや、なしだ。被害者はさきほたのオタク、そして被告人は御子柴さきのオタクだ。別々に行動する意味はない」

「それに、一緒に行った人とあれこれ言うのが、打ち上げは楽しいんですよ」１番はしみじみ言った。「あとは、そうですねえ。ライト用のボタン電池が切れたりしたら、買い出しに行きますが……」

「買い出し……」

４番の呟きに、２番が反応した。

「現場にあった大量のＵＯサイリウム！」

そう叫んだ２番を、全員が「それだ！」と指さした。

２番が言葉を続ける。

「二日目の予想セットリストは、ＵＯサイリウムを使いそうな曲が多かった。これは被害者にとっても、被告人を厄介払いする格好の口実になる。サイリウムを買って来いと言われ、被告人はホテルを後にした。そして帰ってきた時には、部屋に被害者の死体と御子柴さきがいた。被告人が驚いたことは想像に難(かた)くありません。舞台の上の存在、雲の上の存在が目の前に顕現(けんげん)し、しかもその手を汚しているのですから」

　2番の言葉に5番が何度も大きく頷いた。

「被告人はさきちゃんに事情を聴いた後、罪をかぶることに決めたんすね。それでさきちゃんはその場を後にした」

「それでも一つ分かったことがあるぞ」6番がニヤニヤと笑っていた。「灰皿で燃やされていた紙片だ。この推理によれば、被告人には一つ、どうしても燃やさなければならない書類があったのさ」

「レ、レシート！」4番が指を鳴らした。

「レシートには被告人がUOサイリウムを買った時の時刻が印字されています！」と2番。

「なるほど」1番がうわごとのように呟いた。「それが被告人のアリバイを証明したら、ほかに犯人がいると疑われることになる……」

「あらあら。でも燃やされたんじゃあ、被告人のアリバイは、証明出来ませんね……」

「……いや、一つありますよ」

　5番が重々しく切り出した。

「3番さん、被告人はあなたの息子に似ている、とおっしゃったことがありますね」

「え？　ええ、ええ、そうですよ。息子の写真もあります。見ます？」

　3番が手帳を開いて、家族写真を見せる。裁判員五名が一斉に見に行って、私や左陪席は出遅れた。裁判長は泰然自若として席に座ったままだ。

「ぜ、全然似てないじゃないか！」

私は思わず言った。ひょろ長い体形は似ているが、顔は似ても似つかない。

「待ってください」と5番が制した。「3番さん、あなたは事件当日、秋葉原で息子さんを見かけた、と言った。その時の状況を説明してもらえますか？」

「え……それは、ええ、そうですねえ。後ろ姿を見かけて、声をかけたんですけど、人込みに消えていってしまって……」

「後ろ姿なんですね」5番が頷いた。「今日、被告人が退廷する時の光景を思い出してください。その時、被告人を背中から見たはずです。あなたが秋葉原で見た息子さんと思われる背中は、その背中と似ていませんでしたか？」

私は思わずあんぐりと口を開けた。誘導尋問にしてもひどすぎる。

3番はしばらくきょとんとしていたが、その言葉を反芻（はんすう）するうちに自信が湧いてきたのか、何度も何度も激しく首を縦に振り始めた。「ええ、ええ、ええ！　そうですわね！」

「ということは、あなたが事件当日、秋葉原で見たのは？」

「間違いありません。私、すっかり思い出しました。事件の日、私は間違いなく被告人を秋葉原で見ました！　事件の日の夜、まさしく、被害者の死亡推定時刻です！」

「アリバイ成立だ！」と6番。

「ウリャオイ！」

「ウリャオイ！」

評議室の中は喧騒に包まれた。さながらお祭り騒ぎだった。

「こんな馬鹿なことが認められるか！」左陪席がホワイトボードを殴りつけた。「何がアリバイ成立だ！　司法は認めんぞ！」

「そ、そうです」私は慌てて加勢した。「5番さんの質問は立派な誘導尋問です。3番さんの今の証言を証拠として採用することは、とても出来ません」

「強情ですね」

2番が呆れたように言った。釈然としない。私たちが悪いわけではないはずなのだが。

「よおし、それじゃあもっと見せつけてやりましょう。これで被告人を現場から引き離したんだから、我らが御子柴さきちゃんを現場に引き付けてみましょう」

「でも、そんなこと一体どうやって」と1番が疑問を呈した。

「……湿布」

5番がハッとしたように呟いた。

「湿布薬はどうっすか？　被告人も被害者も貼っていなかったんすから、現場にいた第三者が貼っていたと考えるしかないっすよね。もし、御子柴さきが湿布を貼っていたとするなら……」

「いや確かにそうだけど」4番が呆れたように言った。「そんなのどうやって証明――」

「あああ！」

　2番が叫んだ。

「ちょ、ちょっとなになに、どうしたの？」

「……湿布を貼ったってことは」2番が震える声で言った。「筋肉痛になったか、ケガをしたって、ことですよね？」

「殺人現場で筋肉痛っていうのもなんだか間抜けっすけどね。ケガしたんじゃないですか。多分、捻挫（ねんざ）とか——あああ！」

　2番に続いて5番まで絶叫するものだから、私は二人の頭がいよいよおかしくなったのだと思った。それは4番も同じようだ。

「な、何よ、二人ともどうしたの？」

「1番さん、あなた、東京公演の二日目に、御子柴さきに説教したって言ったっすよね」

「いや、そのことはもう反省しましたから、あんまり蒸し返さないでもらえますと……」

「違うっす」5番が言った。「その時、左へのステップの踏み込みが甘い、って言ったんすよね」

「ええ、確かにそうですが——」

　1番は動きを硬直させてから、「まさか！」と悲鳴のような声を上げた。

「そうか！」6番が言った。「御子柴さきは現場でものにつまずくか何かして、左足をケガした。恐らく捻挫の類だろう。それを見かねた被告人は、持っていた湿布薬を左足に貼ってやったんだ。その時は湿布のゴミが大した証拠になるとも思わず、ゴミ箱にそのまま捨ててしまった」

「レシートは燃やしたのにね」と4番。

「まあ、レシートとは証拠の見かけ上の重みがまるで違う。気が付かないのも無理はない。ともかく、被告人も被害者も湿布を貼っていないなら、第三者が湿布を貼ったと考えるしかないわけだ」

「御子柴さきが殺害現場にやって来た！」

「ウリャオイ！」

「ウリャオイ！」

「無罪だ！」

「あの被告人は無罪！」

評議室に忽ち統制の取れたコールの嵐が吹き荒れた。

陪審員や裁判員をモチーフにしたフィクションには、無名の市民が集まって、それぞれの知を発揮して正義を勝ち取る……という一つの理想が表現されることがある。だが、ここまで偏向した知識を持った市民が結集してしまう、などという現実があってよいのだろうか？

職業裁判官三名のうち、最初に理性を失ったのは左陪席だった。

「馬鹿な！　馬鹿な！　馬鹿な！」左陪席は絶叫して抗議した。「認められるか、こんな茶番が！　裁判長！　ねえ、そうでしょう！」

持ち前の明るさの中にも、人一倍強い正義への信条を持つ男である。この乱痴気騒ぎを前にして、正気でいられるはずもなかった。

「ええ、はい」さすがに左陪席の形相には面食らったのか、裁判長が引き気味に言った。「それは確かにそうですが……」

「ね！　そうでしょう！　第一、殺害現場の部屋はツインベッドの部屋で広かった！　被告人も被害者も綺麗好きだったのか、ベッドの上以外には荷物もろくに広げていませんでした！　捻挫した？　一体どこで捻挫したっていうんですか？　そんな状況が成り立つには――」

「真っ暗だったらどうかしら？」

3番が得意げに言った途端、「そうだそうだ」という賛同の声が裁判員の間を行き交った。その瞬間、左陪席が肩を震わせて笑い始めた。

「言質を取りましたからね。現場は真っ暗だった！　それゆえに御子柴さきは捻挫した！　いいでしょう！　では、この問いにはどう答えますか？

だったらなぜ、被害者は頭を殴られた後、犯人の顔を見分けて、しかも、真っ暗闇の中で御子柴さきのペンライトをピンポイントで引き抜けたというのですか？」

あっ、と私は膝を打った。

「それは……」と2番が言いよどむ。

「そう。この瞬間、あなた方が言うダイイングメッセージ説は水泡に帰すのですよ。どうです、ないでしょう？　真っ暗闇であるにもかかわらず、一目で御子柴さきのペンライトが分かった状況。事件当時に停電はなかったのだから、犯人か被害者が電気をあえて消した理由もないとダメですよ。もっと言えば、犯人が真っ暗闇の中で被害者の頭を狙えた理由もね。どうですか、あなた方の推理が砂上の楼閣だったということが分かったでしょう！」

左陪席の問いかけに、遂に裁判員たちが押し黙った。私はホッと胸を撫で下ろして、この荒れ果てた評議を元の路線に戻す方針を模索し始めた。

「いや……ここまで来て諦めるものか」

「1番さん、よく言いました」2番が1番の肩を叩きながら言った。「きっと何か突破口があるはずです」

「あんたら、まだ言うつもりか――」

「では、一つだけ質問させてもらいましょう」6番が不敵に微笑んだ。「裁判長。当初、被告人と被害者は『Cutie Girls』のライブのＤＶＤを見て、その際に口論になって犯行が起きたとされていました。では、ライブのＤＶＤの再生位置は、どこに合わせられていましたか？」

「え？」

裁判長は目を丸くした。左陪席もこの意想外の問いには完全に硬直してしまっている。

私は慌てて、先ほど裁判長が読んでいた実況見分調書を引き寄せて、該当の記述を探した。私は問いに答える。

「ええと、ここには、発見時、ホテルのプレーヤーで再生し始めると、ディスク二枚目の一時間三十三分の位置から再生が始まった、とあります」

よくこんなことまで書き留めていたものだ、と思ったが、被告人もＤＶＤを殺害直後に止めたと証言している。現場の警官もそれが気になって調べたのだろう。

「なるほど。ディスク二枚目の一時間三十三分。恐らく、御子柴さきの名曲『over the rainbow』のところでしょう」

６番は微笑んだ。

「やはりそうでしたか。それでは、お尋ねの疑問はこれで全て解けました」

「……え？」左陪席は小馬鹿にしたように言った。「悪ふざけも大概にしなさい。現場でかかっていた曲がなんだと言うのです。そんなことで、私が挙げた疑問がすべて解けるわけが——」

「もし」6番が人差し指を立てた。「暗闇の中、被害者がコンサートライトホルダーの中のライトを、あらかじめすべてオンにしていたとしたら、一目で御子柴さきの色、赤を引き抜けただろう。それは認めるでしょうね？」

「……確かに、それならいいでしょう」

「ライブDVDを見る時、被害者はあることを練習するために自ら電気を消した。そしてコンサートライトホルダーのライトをすべてオンにした。被害者はそれをホルダーごと頭上に掲げていたのだ。犯人はだからこそ、被害者の頭を正確に殴ることが出来た――」

「だから、それはどういうことだと言っているんだ！」

「かの東京公演一日目！　夜のラジオで、翌日の出演を控えた御子柴さきは言ったのです。『「over the rainbow」には、〈あの虹を越えて　キミに会いに行く〉という歌詞があります。そこでファンの皆さんが――』」

1番と2番が声を揃えて叫んだ。

「全色一斉点灯！」

私は頭を抱えたくなった。そうだ。彼らは確かにそんな話をさっきしていたではないか。虹色に見立てるために手持ちのペンライトを一斉に点灯したら、きっと綺麗な眺めだろう。それを見てみたい。そしてそのアイドルの願いに、当意即妙で応えたオタクたちの話――。

「その通り！　被害者はあの日、過去のライブDVDを見ながら、全色一斉点灯のタイミングを練習していたのです！　脅迫者とはいえ、被害者もオタクです。ライブの特殊演出に乗っかるのは一種のお祭りですから、練習したくなるのもオタクの心情です。

もちろん、過去のライブの『over the rainbow』の映像では、まだ全色一斉点灯が実行されているわけではありませんが、歌は同じですから、タイミングを練習することは出来ます。その歌詞が歌われた瞬間に、ホルダーの中のスイッチをすべてオンにして、掲げる。ぶっつけ本番ではもたつく作業でしょう。だから、被害者は練習をしていた。ゆえに、い、い、い、い、い、い、い、い、あの時ライトはすべて点灯していい、い、い、い、い、い、い、い、い、いた」

6番の言葉に1番が唸った。

「二本のペンライトを混ぜていたのはそのせいですか。藍色と黄色を追加して、虹の色を作った……二日目のメンバー四人と御子柴さきの赤で、虹の七色が完成する。残り八本も一緒に光らせておけばより華やかだ」

「それなら」2番が引き継いだ。「ライトとテレビ画面の光で犯人の顔も見えたはずです。そして、御子柴さきのペンライトを選び取ることも出来る……」

「ライトの電源が発見時にオフだったのは」3番が言った。「きっと被告人がやったことですね。死亡時の状況を隠すためだった……」

「そして」

4番が悲しそうに言った。

「分かったよ。ライブDVDがその時点でちゃんと止めてあった理由。殺した後、冷静にDVDを止めたっていう被告人の申し出は、あまりにも不自然だったし。……さきは自分が人を殺した現場に、自分が創り上げた歌が流れているのに、耐えられなかったんだ。だからその場で即座に止めた。

まさかこんな形で手がかりを残してしまうなんて、思いもせずにね」

左陪席は体から力が抜けてしまったようで、ドサッと椅子に倒れこんだ。

「……えー」

裁判長はおずおずと身を乗り出した。

「では……評決ですが、これは先に言っておかなければフェアではないと思いますので、水を差すようで恐縮ですが……」

「え」1番が聞いた。「何ですか、一体」

「ここで無罪という評決が出た場合ですが、その場合は地裁の決定として、被告人は無罪という判決を出し、そこで皆さんの職務は終了になります」

裁判員が全員、「えっ」と口を揃えた。

私はハッとした。確かに裁判長の言う通りだ。常軌を逸した展開の連続に、そんな簡単なことにも気が付けなくなっていた。

「そんな……」と1番が言った。

「じゃあ、御子柴さきの立つ法廷は、我々とまったく無関係に開かれる、と?」と2番が噛みついた。

「そうなります」

「あらあら。まあまあ。でも、被告人も無罪になったら、さきちゃんを守るために放っておかないのじゃございませんこと? それに、さきちゃんが被告人となる審理も開かれますでしょう? 私たち裁判員なんだから、そうした関連審理には優先的に傍聴に呼んでくださるんでしょう?」

「そりゃそうだ」と4番が引き継いだ。「自分の関わった裁判だもの、気になるもんね」

「いいえ。こちらから関連審理について連絡を行うという制度は設けておりません」

「何だよそれ!」と5番が言った。

「だからお役所は人を馬鹿にしてるというんだ!」と6番がいきり立った。

「もし御子柴さきさんが犯罪を犯していたとしても、その罪についての審理はまた別途に行います。また別の裁判員を六名選出することになりますね」

裁判長は何も間違ったことは言っていない。今言わなければ、勘違いしていた彼らはあとで裁判所に文句を言いに来るに決まっている。ここで分からせてやった方がいいのだ。

あわよくば、彼らの愚にもつかない妄想を捨てさせた方がいいのだ。

熱病にうかされたようだった評議室からも、ようやく熱が引いていって、裁判員の皆も冷静になったようだった。私たち三人も、顔を見合わせて、ようやくため息を吐いた。

「……ねえ。皆さん」

1番が静かに身を乗り出した。

「私たちはたまたま、こうして同じアイドルへの愛で結ばれた六名でした。でも、次の六人はどうでしょう？　御子柴さきのことをよく知り、情をかけてくれる人々が選ばれるでしょうか？」

「いや、そもそも裁判員は裁判に上がってくる情報だけを吟味するべきで――」

私の反論は2番の声に遮（さえぎ）られた。

「そうとは言い切れません！」

「ええ、私たちの手から放してなるもんですか」3番が威勢よく言う。

5番がおずおずと言った。

「それなら、有罪ってことにしたらどうっすか？」

「え？」と4番が聞き返す。

「いや、裁判に上がってきた証拠は、被告人にとってメチャクチャ不利じゃないですか。で、自白もしている。この評議だって、最初から有罪ありきで、量刑をどうするかって方向性で始まったはずっすよ」

「確かに……」

「それに、有罪にするのには、もう一つ意味があるんす。もし、これまで俺たちが積み上げてきた、コンサートライト、ダイイングメッセージ、レシートの燃えカス、アリバイ、湿布薬、『over the rainbow』……これら一切合切(いっさいがっさい)の推理が真実だったとするなら、被告人の願いは、自分が有罪になって、御子柴さきが罪を免れることのはずっす」

「つまり、被告人が望んだ結果になるってわけか！」

6番が指を鳴らした。

「被害者はストーカー野郎だったんだ。こともあろうに御子柴さきちゃんの。そして強請までしていた。だとすれば、被害者は死ぬべき奴だったんだ」

6番の言葉は少々過激だったが、裁判員たちは特に異論を呈しなかった。

「評議の過程は非公開だから」4番が確認するように深く頷く。「あたしたちが真相を見つけ出したことも明らかにならない……」

「そう。俺たちは推理をした上で、その推理をすべて放棄するんすよ」

「ま、待ってください」と私は慌てて口を出した。「裁判というのは、当事者の望む判決を出す仕組みではないのです。あくまでも真実に合致した――」

「有罪だ！」

「そうだ、有罪にするべきだ！」

「ウリャオイ！」

「ウリャオイ！」

裁判員六名はまたも盛り上がり始めた。

「あらあら。でもいいんでしょうかねえ」３番は我に返って困惑したように言った。「こんなに皆さん頑張って推理しましたのに……」

「３番さんだって、御子柴さきのことを娘のように思っていると言ったでしょう」２番が微笑んだ。「私たちも実は、同じようなところがあるのです。ある時のMCで、彼女たちはね、グループが発足してから二年か三年見守っていただけの僕らを、『もうこんなに長い時間を過ごしたのだから、もはやファミリーですね』なんて言ってくれたことがあるんです。たかだか二年か三年、コールや差し入れ、生誕祭の贈り物以外で返すものもない僕らを、家族、だなんてね」

２番のしみじみとした言葉に、１番と６番が深々と頷き、５番も「俺、そういうのいいと思うんすよ。俺たちの『現場』も、そうでしたよね」と４番に話を振った。

「……そうだねえ」４番は遠い目をして言った。

「４番さんは、有罪でもいいっすか？　御子柴さきへの追及は、もう出来なくなりますけど。さきちゃんがどんなことで強請られてたかも、永遠に分からなくなるし……」

「……いいよ、それでも」４番は笑った。「なんか現金なもんで、熱冷めちゃった。そしたらさ、あたしも思い出したよ。あたしはあいつの笑顔と歌とダンスが好きだって。あたし、どうしようもないくらいあいつのファンなんだって」

彼女の言葉に、裁判員はそれぞれ感じ入ったように思われた。彼らにも御子柴さきを応援する彼らなりの理由があるのだろう。

4番は裁判員の面々に取り繕うように笑ってから、「あたし、御子柴さきのステージをまだ見ていたい。有罪以外ないよ。あたしらの有罪判決で、あの被告人を男にしてやろう」と言った。

その狂熱が再び左陪席を動かした。

「そうだ――」

また左陪席が何かに取り憑かれたような表情で言った。

「ふ、ふふふ。そうだ。お前ら素人がどんなに思いあがったってダメだぞ。最後の最後にきちんとストッパーが用意されているんだ」

左陪席はまるで映画の中の悪役のように両手を広げて高笑いし始めた。

「ふ、ふふふ、いいか。最初に説明した通り、評決は多数決だ。そして多数派の中に、最低でも一人職業裁判官を含まなくてはならない……」

この狂騒に揉まれるうちに、私の頭も鈍くなってしまったらしい。彼が口にするまで、そんなルールがあることもすっかり忘れていた。裁判長が冒頭で話してくれていたのに。

「……では、評決に移ろうか」

裁判長が重々しく言った。

「有罪です」「有罪ですね」「ええ、ええ、有罪ですとも」「有罪ってことで」「有罪でいきましょう」「有罪だ、紛れもなく」と裁判員六名が口々に言った。

「は、はは、知っていたさ。私は無罪、無罪だ！　お前らの推理を採るのは気に食わんが、こんな不正が行われるのを見過ごすわけにはいかない！」

「……無罪です」と私は言った。

裁判長は威厳を漂わせて言った。

「有罪だ、有罪だ」

「……今何と？」

左陪席の動きは硬直していた。私は急速な喉の渇きを覚えながら、椅子から立ち上がって、「裁判長！」と声をかけた。

裁判長は長い息をついてから、深々と椅子に腰かけた。天を仰ぎ見てから、何かを諦めたように瞑目して、「有罪だ」と繰り返した。

裁判員六名は勝利に歓声を上げた。

これからカラオケに行ってコールの練習をしようと1番に提案する2番と6番の声。大学生のノリで参加を申し出る5番と、ぜひ歌を聞きたいからと誘われて面倒くさそうにしている4番。そんな彼らの間を縫うように、幸福に満ちた表情で食器の後片付けをする3番。まだ量刑判断も残っているというのに、すっかりお祭り気分である。

何かひどく非現実的な光景でも見ているかのように、私の頭は熱を帯びていた。

「そんな……そんな、裁判長、一体どうして……」

「すまない」裁判長は目を覆った。「本当にすまない」

私はこれまでの成り行きを思い出した。アイドル現場に1番や2番より年嵩（としかさ）のロマンスグレーの紳士さえいること。彼らが何度も、アイドルを家族のように大切だと、娘のようだと表現したこと。裁判長が妻を亡くして以来、子供もなく一人で暮らしていること。

力なく椅子に座りこんだ裁判長の服のポケットから、彼の手帳が滑り落ちた。手帳の最後のページが開く。そこに挟まれた御子柴さきと裁判長の笑顔の記録。一葉の写真（チェキ）。

【参考文献】

『十二人の怒れる男』（シドニー・ルメット監督。アメリカ映画）
レジナルド・ローズ『十二人の怒れる男』（額田やえ子訳。戯曲）劇書房
筒井康隆「12人の浮かれる男」（『筒井康隆全集19』所収。小説）新潮社
筒井康隆「12人の浮かれる男」（『筒井康隆劇場　12人の浮かれる男』所収。戯曲）新潮文庫
『12人の優しい日本人』（中原俊監督。日本映画）
『キサラギ』（佐藤祐市監督。日本映画）
裁判員制度研究会編『よくわかる裁判員Q＆A』法学書院
三島聡編『裁判員裁判の評議デザイン　市民の知が活きる裁判をめざして』日本評論社
濱田邦夫・小池振一郎・牧野茂編著『裁判員裁判のいま――市民参加の裁判員制度7年経過の検証――』成文堂
小島和宏『中年がアイドルオタクでなぜ悪い！』ワニブックス

盗聴された殺人

「ワトスン、これから先、もし僕がおのれの能力を過信したり、事件捜査に骨惜しみするようなことがあったら、〝ノーベリ〟と耳打ちしてくれないか」

コナン・ドイル「黄色い顔」（駒月雅子訳）

6　現在

「犯人はあなたです」

わたし、山口美々香はすっかり得意になっていた。

何せ、今日はわたしが「解決編」を任せてもらえたからだ。

犯人の呼吸が荒くなった。吐き出す呼吸が震えている。

「俺が犯人だと？　ハン、くだらん言いがかりだ……」

だが、言葉では動揺の色を見せないようにしている。

「山口、話してやれ」

大野所長に背中を押される。わたしはますます気を良くして、話を始めた。

わたしと探偵事務所の所長・大野糺の二人は、浮気調査のために山奥の旅館を訪れ、そこで殺人事件に巻き込まれた。

そして今、犯人を追い詰めている。

わたしは淡々と説明を続けた。

犯人がどこから旅館に侵入し、どういう経路で被害者の部屋に辿り着き、どこでミスをし、そのミスを隠すためにどんな行動をし、その時どんなことを考えていたか……。

犯人は最初、わたしを侮るような態度を見せていたが、説明が進むごとに、顔色が青くなり、ゼエゼエと呼吸を乱し、しまいには、何か化け物でも見るような目でわたしを見た。

「俺だ！」犯人は絶叫した。「俺が殺した！」

犯人は崩れ落ち、イヤイヤするようにかぶりを振った。

「なあ……一つだけ聞かせてくれ。俺はどこで間違えたんだ。山口美々香、とか言ったな。あんた、どうしてそこまで、俺のやったことが分かる？」

犯人はすがりつくような目でわたしを見ていた。

「ええ、簡単なことです」

わたしは側頭部のあたりを二度、人差し指で叩いた。

「わたし、ここの出来が違うものですから……」

「なあ、山口」

犯人を警察に引き渡した後、旅館の部屋に戻った大野が言った。

「なんですか、所長？　今回のわたしの大活躍を称えたいんですか？」

「ああ、事件解決自体は、よくやったよ」

自体は、という部分を無視しながら、「そうでしょうそうでしょう、もっと言ってくれてもいいんですよ」とおどけてみせる。

「だけどな山口、あの決め台詞はそろそろ、変えるべきだ」

「どうしてですか？」

「誤解を生みやすいからだよ！」

大野が大きな声でがなるので、思わず耳を塞いだ。

「あのジェスチャーで『ここの出来が違う』と言ったら、大体は『頭の出来が違う』って意味だと思われる。だから、犯人にはきみのあの一言が『わたしの頭が良くて、あんたが馬鹿だったからだよ』と聞こえるんだよ」

「……なるほど、そうだったんですか」

「もしかして、気付いてなかったのか？　今日の犯人が逆上してきみに摑みかかりそうになった時も、気付いていなかったのか？」

大野に詰め寄られる。

彼をなだめながら言った。

「じゃあ、逆に聞きますけど、どうすればいいんですか」

「はっきり分かるように言えばいいんじゃないか。例えばジェスチャーを、こんな風に」

そう言って、大野はぐいと耳たぶを引っ張った。

「こうすれば、耳が良いからだって伝えられる。誤解は生じない」

「……なんかそのポーズ、可愛くないですね」

「きみねぇ――」

大野がため息を漏らした。

そう。犯人の犯行の経緯を、犯人が恐れるくらい言い当てることが出来たのは、わたしの耳のおかげだった。

旅館での夜は寝苦しく、寝ぼけながら、旅館を歩く何者かの足音を聞いていた。銃声や悲鳴など、目立った音がしなかったので、犯罪が行われているとは気付かなかったのだが、死体発見後、大野に足音のことを話したら、あれが殺人者のものである可能性に思い至った。

その音を思い出し、経過を追いかけただけだ。

もちろん、犯人はあの夜の物音を聞かれたとは思っていないだろう。微かな物音だったからだ。私の部屋は二階、大野と被害者の部屋は一階だった。それでも、大野は物音に気が付かなかった。

二階から、一階の微かな物音を聞ける――そのくらいわたしの耳はよく聞こえる。女子高生、女子大生の時、「地獄耳の美々香」と言われ続けてきた理由だ。

「……まあ今回が、俺と山口がコンビを組んでから五番目の事件だ。まだまだ試行錯誤の余地はある。山口が聞いた物音を分析したおかげで、犯人の行動はかなり克明に分かった」

「はい。あの夜に聞いた足音を、容疑者一人一人の足音と比べることで犯人が分かりました」

「足音一つにも特徴があるんだったな。体重のかけ方、歩くリズム……」

「足音の人物は右足をかばっていましたから、特に分かりやすかったです。あれは捻挫のせいだったみたいですね」

「いつもながら、呆れるほど聞こえる耳だな」

「……でも、あの行動の意味は大野所長の推理なしでは分かりませんでした。被害者の部屋で、犯人が机を一度ひっくり返した理由は」

「机をひっくり返したと分かったのは、音の細かい特徴まで捉えられるきみの耳のおかげだ。被害者の部屋に行って、手当たり次第に物を動かして、音を鳴らしてみたからな」

「そして、所長は机の裏に手掛かりが付着していたことを突き止めた。あれは悔しかったです。自分で気が付きたかった……」

「耳が良い山口が手掛かりを集め、俺が推理する――この分担が上手くいっている証拠じゃないか」

「まあ、それはそうなんですけど……」

生まれつき、耳が良かった。初めて人に話したのは大学二年の時だ。当時加入していた演劇サークルの先輩だった、大野に話した。

その時の縁がキッカケになり、わたしは大学を卒業後、探偵事務所の事務員になった。わたしと所長を含めても三人のこぢんまりとした事務所だが、今の環境は気に入っている(もう一人は留守番中だ)。

「俺としては、今のやり方が安心だよ」

大野はニヤリと笑う。

「でも、わたしだって推理くらい――」

「テディベア」

わたしは言葉を止めた。

「……その言葉を言うのは、ずるいです」

大野は肩をすくめる。

「あ、でも、今のはシャーロック・ホームズっぽいですね」

「どういうことだ？」

「ホームズの短編にあるんですよ、彼の失敗譚が。締めくくりの台詞で、ホームズがワトスンに言うんです。自分の力を過信するようなことがあったら、その失敗譚に関わりのある土地の名前を囁いてくれ、って……。つまり、戒めの言葉ですね」

「それだと、山口がホームズにならないか？」大野は首を傾げる。「どちらかというと、推理力があるのは俺の方だと思うが」

「でも所長だって、わたしの耳なしでは謎が解けないでしょう」

ぐぬぬぬ、と唸りながら、両者睨み合う。

私たち二人が今の協力関係を築き上げたのは、一年前の冬に起きたあの事件がキッカケだった。わたしと大野が、コンビで取り組んだ初めての事件。

テディベアが関わった、あの事件。

今でもあのテディベアは、わたしの戒めとするために、事務所のデスクに置かれている。

1　一年前

「盗聴器？」

探偵事務所で、わたしと大野は机越しに正対していた。大野の隣には、調査員の深沢青年が立っている。わたしたちの事務所の全員が揃い、少し物々しい雰囲気だった。

綺麗に磨かれたマホガニー製の机の上に、国崎千春の浮気調査の資料が整然と並べられている。大野のオフィスはいつも片付いていた。

「そうだ。山口にはまだ、見せたことがなかったよな」

大野は引き出しから小さな黒い機械を取り出す。人差し指の先ほどの大きさだ。

「なんですか、これ」

「高性能の盗聴器だ。電池式の駆動で十日はもつ」

「音も結構鮮明に取れるんですよ」と、深沢は説明を引き取った。「今回の調査の対象者、国崎千春さんは小物好きです。そこで、テディベアに仕込んで、おもちゃメーカーの試供品と偽って忍び込ませました。実際に国崎さんの家に行ってた『子』はもうここにはいないんですが、これと同じ製品です」

深沢は十センチほどの小さなテディベアを机に置く。持ってみると、ふわふわとした肌触りで心地よい。くりくりした目が可愛い。テディベアを「子」と呼ぶ深沢はちょっとあざといが。

「仕込んだ後、綺麗に縫合するのが難しかったんで、同じ製品を何個か買って、うまく出来たのを実地に使いました。いやー、苦労しましたよ」

「頭の部分に仕込まれている。そこは少し布地が硬くなっているから分からないだろう？」

わたしはテディベアの頭のあたりをぐいと押した。確かに、中に何かが入っているとは分からない。

「しかし、いくら調査のためとはいえ、プライバシーを侵害するのは……」

「探偵行為なんて、多かれ少なかれプライバシーを侵害するものだよ」

大野の悪びれもしない言葉に、わたしはため息をついた。

「今回の調査……確か、浮気調査でしたっけ」

「そうです。三週間前に、旦那の国崎昭彦(あきひこ)さんから依頼がありました。なんでも、自分が出張から帰って来たら、妻が普段飲まない日本酒の紙パックが開けられていたとかで。まあ、ベタですよね」

「そう言ってやるな深沢。結婚生活の悩みが俺たちの飯(めし)のタネなんだから」

大野の下卑(げび)た言葉に、深沢は苦笑いを浮かべている。

「それで？　結果から言うと、どうだったんですか」

「真っ黒だ。国崎千春には浮気相手がいた」

大野は机の上に数枚の写真を置いた。隠し撮りした写真のようで、まるで女優のような顔立ちをした女性と、浅黒く日焼けした筋肉質な男性が、熱烈な抱擁を交わしている。キスの瞬間を捉えた写真も一枚あった。

「この男だ。名前は黒田佑士(くろだゆうじ)。彼女の通っていたスポーツジムのインストラクター。国崎夫人は毎週火曜日と木曜日に彼のパーソナルレッスンを受講していた。夫が会社の会議で遅くなる木曜、自宅に連れ込んでいたようだ」

「盗聴器で分かったんですけどね」

「ああ。そして盗聴器は、もう一つの事実をも暴き立てた」

大野はやたらと芝居がかった言い方をしてみせる。

「なんと、夫の国崎昭彦もまた、社内の若い女性と不倫をしていた。名前は間宮亜紀。自宅で昭彦が彼女からの電話を受けているところが盗聴器に録音されていた」

「盗聴器に残ってた会話を聞いてると、夫婦の間にある溝が手に取るように分かって恐ろしかったですよ。二人とも仮面をかぶってるみたいに、声に抑揚がないんです。なのに、あの夫、自分の愛人には途端に猫なで声になるんですよ。妻相手の時とは、凄まじい温度差で、気色悪かったです」

「なんでも、昭彦と間宮亜紀は『結婚を前提とした』付き合いをしているそうだ。昭彦は千春と離婚するために、相手の不貞の証拠を押さえようとしたんだろうな。離婚調停で優位に立てる」

「なんだか」わたしは胸に溜まるもやもやを言葉にした。「わたしたち、いいように利用されたみたいですね。もちろん、わたしたちも客商売ですから、依頼人には奥さんのことを伝えざるを得ませんが」

「それは当たり前だ。俺たちは何も正義のために仕事をしているわけじゃない。あくまでビジネスだからな」

　大野はドライに言う。

「それならそれで、依頼人に調査結果を伝えて報酬をもらえば、この事件の話はおしまいじゃないですか。どうして所長は、わざわざわたしを呼びつけたんですか？」

わたしの言い方に、大野は眉をぴくりと動かしたが、さほど目くじらは立てずに本題に入った。

「今回の依頼、それだけでは済まなくなってきたからだ。一週間前、国崎千春が自宅のリビングで撲殺された」

　わたしは息を止めた。

「そしてこの盗聴器には、殺人の場面が録音されていたんだよ」

　深沢は別件での調査があるということで、事務所を後にした。

「……ようやく、所長がわたしを呼んだ意味が分かりましたよ」

「なんのことかな」

「とぼけないでください。わたしに、盗聴器の音声を聞かせるつもりでしょう。その、殺人事件の音声を……」

大野がニヤリと笑った。「ご名答」

大野だけが、わたしの耳のことを知っていた。他の誰にも打ち明けたことはない。深沢がいなくなったことで、わたしもようやく、耳のことを話題に出したというわけだ。

「事件のあらましから話そう」

大野は咳払いを一つした。わたしは椅子に座り直した。

「国崎千春は一週間前の木曜日の午後八時、帰宅した昭彦によって発見された。リビングにうつぶせに倒れ、後頭部に挫創（ざそう）、額に裂傷（れっしょう）が一か所ずつ。床には血痕が飛び散り、周囲に格闘の痕跡があった。死体の傍（かたわら）に落ちていたゴルフクラブが凶器とみられる。千春の部屋から宝石、アクセサリー類が盗まれていたことから、強盗殺人の疑いで捜査中だ」

「問題の盗聴器はどこに？」

「殺人現場のリビングで、テディベアごと踏み潰されていた。格闘の際に、犯人か千春が踏んだんだろう。警察は当然、テディベアの残骸から盗聴器を回収している。昭彦が、探偵に調査依頼していたと話したことで、警察は俺たちと盗聴器を結び付けたんだ」

「もしかして所長、それで昨日は一日事務所に来なかったんですか？」

「来られなかった、が正しい。重要参考人として、こってり絞られてな」

取調室でおとなしく縮こまっている大野を想像して、わたしは思わず笑いそうになった。

大野はわたしを不満げに睨んだ。

「とにかく、盗聴器は証拠物件として押収された。警察がすべてのデータを検証し、見つかったのが殺人時の記録だ。それを山口にも聞いてもらおうと思っている。殺人犯に繋がる唯一の手掛かりだ」

「質問や疑問が二つあります。よろしいでしょうか」

大野は両手を広げた気障な仕草で促した。

「一つ目。警察が盗聴器を押収したなら、わたしがそれを聞く術はもうないのでは？」

「事務所のパソコンとインターネットで繋げて、音声データを逐一保存していた。パソコンも押収されたが、USBメモリーにコピーを取っておいたんだ」

さすが抜け目がない。

「二つ目は？」

「浮気調査の案件で、わたしたちが殺人犯まで追及する必要はないはずです。どうも、所長は事件の解決に熱心すぎると思うのですが……」

「当たり前だろう」大野は鼻息を荒くした。「俺は疑われたんだぜ。盗聴器を仕掛けて、国崎の家の周辺を探っていた怪しい私立探偵としてな。このままじゃ俺の沽券に関わるんだ。犯人に報いを受けさせてやらないと気が済まん」

わたしは額を押さえた。

そうだった。所長はこういう人だった。

「俺が辛うじて容疑から外してもらえたのは、アリバイが成立していたからだ。事件が起きたのは盗聴器に内蔵された時計で十六時十三分と分かっている。俺と山口はちょうど、別件の失踪人調査で聞き込みに出ていたからな。このアリバイがなかったら、今頃勾留されていたかもしれない。それを思うとはらわたが煮えくり返るようだ」

「ですが……」

わたしはどうにも気乗りがしなかった。殺人の瞬間の音声……さぞ生々しい、残酷な音なのだろう。想像するだけで、不安に胃が締めつけられる。

「それに」

その時、大野が言う。

「これはチャンスだと思う。きみの就職以来、きみの耳をストレートに生かせる初めての事件だ。大丈夫だ、今回は俺もついている。同じ失敗は繰り返させない」

大野が勢い込んで言う。息が詰まった。大野にわたしの力を打ち明けた夜のことを思い出した。

＊

きっかけは、演劇サークル内での派閥争いだった。河野と西田、二人の女子が対立し、それぞれに親衛隊を作り、文化祭での主役を奪い合っていた。

そんな時、河野が西田のペットボトルに下剤を盛った。

それに気が付いたのは、やはりわたしの耳のおかげだった。比重の変わった水の音、楽屋に近付いていた怪しい足音、その足音の主の耳元で、チャリ、チャリ、と微かな音がしていたこと……ピアスだ、とわたしは思った。ピアスは河野のお気に入りのアクセサリーだった。

だからわたしは、河野と西田のペットボトルをすり替えたのだ。河野の自業自得だ、痛い目を見ればいい。そんな風に思っていた。

その夜、大野に呼び出され、居酒屋でサシ飲みすることになったのだ。

あまり親しい先輩ではなかったから、誘われた時困惑した。だが、大野がカバンからペットボトルを出した時、自分の顔から血の気が引くのが分かった。

——違うんです、わたしがやったわけじゃ……。

わたしが言い訳を始めると、大野はプッと吹き出した。

——分かってるよ。下剤入りのペットボトルは、俺が回収しといた、って意味だ。何せ、今回の一件の犯人は、河野じゃないんだからな。

彼が出し抜けに言ったので、わたしは驚いた。

大野はわたしがペットボトルをすり替えたのを目撃していたという。彼も二人の女性の対立には目をつけていて、このペットボトルに下剤が入っていることと、わたしが河野のしわざだと思っていることを推理で見抜いた。彼は、真犯人を突きとめた上でわたしを飲みに誘ったのだった。

わたしは間違えた。自業自得だ、と言って、ペットボトルをすり替えた自分の行いが、途端に恥ずかしく思えてきた。

――ごめんなさい、わたし……河野さんにひどいことを……。

自分の耳を、過信していたことに気が付いた。

――だから、河野が下剤を飲まないよう、俺が回収してきたのさ。でも、なんで誰かが下剤を入れたと分かった？

そうしてわたしは、大野に打ち明け話を始めた。

これまで、友達にも先生にも打ち明けるのが怖かった。小さい頃、自分の聞こえるようにはみんなが聞こえていないことに、気付いたからだ。

だけどなぜか、目の前の男には話すことが出来た。

耳が良いだなんて、特別な能力なのかどうかも微妙なところだ。最初は妄想と笑われるかと思ったが、大野は面白そうに色々聞いてきた。こういう場合はどうか、じゃあ、こういう音は？　明らかに面白がっていたが、わたしの話を信じてくれていた。その質問の仕方には、わたしの言葉を正面から受け止める誠実さがあった。それで、わたしも大野を信頼した。

――実は、大学を卒業したら、独立して探偵事務所を興そうと思ってる。

大野はニヤリと子供のような笑みを浮かべた。

――山口の能力は、俺の推理力と合わせれば、もっと上手く使える。どうだ？　俺のところに来る気はないか？

そう、わたしはあの夜、大野に口説かれたのだ。色気は一切なし。ただ純粋に、子供のような眼で、大野はわたしの耳に興味津々だった。

ちなみに、彼に聞いたところでは、演劇の小道具に使うべく、真犯人の女子が河野のピアスを借りていたのだという。「まさかピアスの音で間違えられるなんて、河野も思ってなかったろうな」と言って、大野はくっくっと笑っていた。

皮肉なことに、聞こえすぎたために、わたしは真相を見破れなかった。

＊

それなのに……。

「頼むよ山口、力を貸してくれ！　俺は警察にぎゃふんと言わせてやりたいんだよ！」

今、目の前にいる大野は、拳をわなわなと震わせていた。

——まさか、こんな人だったとはなあ。

わたしは長いため息をついた。

そういえば、あの日の飲み代だってわたしが立て替えているのだ。三千二百円。大野が下戸のくせに飲んで、先に酔い潰れたから、仕方なく大野の分も払った。

嫌なことを思い出した。

……でも、確かに、自分の力を試してみるにはいい機会かもしれない。探偵事務所に就職して以来、わたしの耳を生かせる事件はなかなかなかった。事務仕事は得意だったので、それだけでも重宝されていたが、自分の能力を生かすチャンスを待ち望んでいた。

よし、と自分を奮い立たせる。

「とりあえず音声を聞かせてください。話はそれからです」

大野は満足げな笑みを浮かべてパソコンを操作する。突然、パソコンからひときわ高い喘ぎ声と、スプリングの軋む音が鳴った。

「所長……そういうのは自宅でお聞きになってください」

恥ずかしさより呆れの方が先だった。さっきまでのピリリとした緊張感がどこかへ吹き飛び、どうにも締まりのない空気になった。

「ち、違うんだよ山口。これも盗聴データの音声なんだ。リビングのソファの上で、国崎千春と黒田がよろしくやっているところでね……」

……本当に、なんでこんな人についてきてしまったんだろう！

「分かりましたから」わたしはぴしゃりと言った。「早く殺人時のデータを出せ！」

パソコンに繋いだヘッドホンを装着する。遮音性（しゃおんせい）の高い、お気に入りの品だ。わたしが態勢を整えると、大野が頷いて、マウスを操作した。

扉が開く音から音声は始まった。

足音が聞こえる。パタ、パタ、という軽い音だ。踏みしめる一歩一歩のリズムは、間隔が少し開いている。

軽い音からして、靴下で歩いているのでも、素足でもなさそうだった。リズムはどう考えるべきだろう。何かを警戒しているのか。緊張しているのか。

足音が次第に大きくなる。

「あら、どうしたの？」

朗（ほが）らかな調子の女性の声がした。どこか肌にまとわりつくような媚態（びたい）のある声だ。

足音が停（と）まった。

「ちょっと――」

女性がそう言った次の瞬間、激しい物音が響く。ガッ、と足が何かに当たる音、キャーという女性の金切り声、ドタン、と物が倒れる音。次に、ドンッと低い音がした。重いものがぶつかる音だ。女性の鈍い呻き声が矢継ぎ早に聞こえる。

まさしくその瞬間だった。わたしに異変が訪れたのは。

キーーーーーーーーーン……

（えっ……）

思わずヘッドホンを外しそうになるほど不快な不協和音だった。

（一体、何が鳴っているんだ、これは？）

頭痛がしてきた。脂汗が額に滲む。

音がやんでようやく動揺が収まったが、まだ心臓はバクバクと脈打っている。

不協和音が鳴りやんでも、音声はまだ続いているようだ。

しばらく無音の状態が続いた。気味が悪い。

また足音が聞こえる。トン、トン、と重苦しい音が一定の大きさとリズムで聞こえた。

息遣いは荒いが、フーッと長い息を吐いている。

またも激しい揉み合いの音がして、足音やガラスの割れる音、ビターン、と何かがひっくり返る音が続けざまに聞こえた。

次に、耳のすぐ脇で、何かが炸裂するような破裂音。

テディベア自体に何かがぶつかったのだろうか。床に落ちたのかもしれない。その証拠に、足音が近くなった。大きく、激しくなる足音に、切迫感を覚えた。

終わりは唐突に訪れた。

鈍い音が響いた。硬いものと硬いものが触れ合う音だ。

わたしは思わず顔をしかめてしまう。

次いで、バキッ、と物が割れるような音が響く。

そこで音声が途切れた。


重苦しい沈黙を破ったのは大野だった。

「感想は？」

「……毒気に当てられました。人の悪意が、耳から全身に回っていくような。犯人の荒い息遣いを聞いている時、興奮が伝わってきて、体が震えそうでした。後半、女性が声を上げなくなるのも、恐怖のあまり、かもしれません……」

一人の女性が殺される瞬間なのだ。自然とその光景を想像してしまう。

「ゆっくりでいいから」

大野が気遣うように言う。わたしは頷いて、深呼吸を一つした。

「……何か、手掛かりはありそうか？」

「実際に現場のリビングを見てみないことには、分からない箇所が多いです。

気になるのは、まず足音ですね。殺人前の緊張した状態とはいえ、リズムや足の運び方の特徴は覚えました。国崎さんの家はフローリングですか？」

「ん？」大野は目を瞬(しばた)いた。「ああ。依頼を受けに行った時に見たが、フローリングだった」

「それなら、犯人はスリッパを履いていた可能性が高いですね。足音が、パタ、パタという軽い音でした。スリッパの底部とフローリングの音なら、イメージにぴったりです」

大野は目を見開いた。

「素晴らしい。実は、証拠物件として、血痕の付着したスリッパが押収されているんだ」

わたしは自分の想像が当たっていたことを内心喜んだ。

「あとは、音声の後半、格闘していると思われる部分。何かが倒れる音や、ガラスが割れる音がしましたが、これは実際にリビングを見てみないと何とも言えませんね。倒れたのがフローリングの上なら、何か木製のものだと思いますが、例えば、椅子なのか、コート掛けなのかまでは音だけでは……」

「うん。そこは現場写真から分かっている。ガラスが割れる音は、リビングのテーブルからグラスが落ちた時か、キャビネットのガラス戸を叩き割った時のもの。木製のものが倒れた音には、横倒しになっていた椅子が対応している。もちろん、山口がもっとよく聞き込めば、別の解釈が出てくるかもしれないが……」

大野はばつの悪そうな表情を浮かべた。

「すまなかった」

「はい？」

「音声を聞いている時、顔色が悪かった。眉根も寄せていたしな。悪趣味なものを聞かせてしまった」

そんなにひどい顔をしていたのか、とわたしは内心苦笑する。

「ああ……いえ。もちろん、恐ろしい音声ではありましたが、それだけではないんです。あの音声の中には一か所だけ、不協和音が聞こえた箇所があったんです」

「不協和音？」

大野がきょとんとした顔をした。

「はい。途中ですごく不快な音がして……頭痛がしてきて……」

「そんなにか。もう一度聞くことは出来るか？」

あまり気乗りしなかったが、しぶしぶ頷いた。大野はヘッドホンのコードをパソコンから外し、パソコンの音量を上げた。

「最初からもう一度再生する。不協和音が聞こえ始めたら手を上げて、終わったら手を下げてくれ」

聴力検査みたいだな、と思った。

大野が再生を再開する。犯人の足音、国崎千春の声、争う音、息の詰まるような沈黙、そして。

手を上げて、しばらく音に耐えているとやがて止んだ。手を下げる。

——来た。

「……何も聞こえないな」

「そんな。だってこんなに」

「山口だけに聞こえて、俺には聞こえない。恐らくここには二つの意味がある。

一つ目。同じ二つの音を山口と俺が聞いていたとしても、俺にも同じように聞こえるとは限らない。つまり、俺には不協和音と感じられないかもしれない。昔、ドラマの古畑任三郎(ふるはたにんざぶろう)に『絶対音感殺人事件』という回があってだな。市村正親(いちむらまさちか)が犯人のやつだ。あれには腹が立った。結局は絶対音感持ちの犯人の感じ方の問題で、視聴者には解(と)きようがないからな」

「あの。どうして急にドラマの話に——」

「ともかく、ある音とある音を掛け合わせた時、不協和音になるかどうかは、山口にしか確かめようがないということだ。

だが、もう一つの意味を重ねてみると、少しは道筋が立ってくる。二つ目。不協和音の聞こえる箇所では、俺の耳にはそもそもなんの音も聞こえていないという事実だ」

大野は顎を撫でた。

「山口の耳は良い。微細な音でも感知することが出来る。このタイミングで鳴った、微かな音を、山口の耳だけが捉えたんだ」

「なるほど……。つまり、囁き声とか、遠くで鳴った衣擦れの音とか、機械の作動音とか、家の外で鳴った物音とか、そういう微かな音ってことですね」

「そういうことだ。二つの音が重なり合うんだから、一つは不協和音が始まる前から鳴っていた音だろう。音が重なっている様子を、二つの層に例えれば、ずっと鳴っていた音は、基礎となる下の部分――つまり『下地の音』だ。そこに、不協和音の原因となった『もう一つの音』が乗っている」

大野はパソコンに目を落とした。

「山口が手を上げて下げるまでの時間は十四秒だった。『もう一つの音』が鳴っていたのは、この十四秒間ということになる」

「『下地の音』については、不協和音が始まる前に遡れば、突き止めることが出来そうですね」

わたしの言葉に大野が頷いた。不協和音が始まる五秒前――不気味なほどの沈黙が続いた時間に、彼はカーソルを合わせる。わたしはもう一度ヘッドホンを接続し、自分の息さえ潜めて、聞こえてくる音に集中した。

数秒後、不協和音が聞こえ始める瞬間に、大野が再生を止めた。

「何が聞こえた？」

わたしは目を閉じた。

「……鎮めようとしているのに抑えきれない、荒い息遣い。チッ、チッと鳴り続ける音が二つ。音の大きいものと、小さいもの。掛け時計と腕時計の秒針だと思います。窓の外に、くぐもった烏の鳴き声。屋根裏に微かな足音。音の軽さからしてネズミですね。あとは、微かに……単調で……一定な……機械の作動音……」

「まったく。きみの耳の良さには呆れるよ」大野はため息をついた。「それだけの情報量を処理し続けて、疲れないのか？」

「もちろん、集中して聞いている時は細かく聞き分けますけど、無意識に聞いている時は聞き流していますよ」

なるほどね、と呟いて、大野は顎を撫でた。

「時計の秒針の音と、機械の作動音……。このどちらかが怪しいな。どちらも鳴り続けるから『下地の音』にぴったりだ。どんな機械か、具体的に特定は出来るか？」

「時計は特徴的な音です。リズムや刻みが一定ですから。大きさの大小こそあれ、音も一定です。だから時計だと断定出来るんですよ。

ですが、機械は別です。フーッ、と空気を吐き出し続ける音がしますが、それだけで特定は不可能です。パソコンだってエアコンだって、あるいは据え置き型のゲーム機だって似たような音を立てます。扇風機と考えてもいいですね。ともかく、候補が多すぎて絞れないんです。もし、ここにあの人の家にある家電のリストと、同じものがあれば実験が出来るんですが……」

大野は大きくため息をついた。胃のあたりがキュッと痛んだ。

「山口の力には限界が多いな。結局、すべては経験に左右されるわけだからね。本当に不協和音の正体を突き止めようと思ったら、国崎の家にある家電を型番まで含めてすべて突き止め、実験しなければ分からないだろう。経費が報酬を圧倒的に上回ってしまうな。不協和音だなんて気がかりなことを言っておきながら、あまり役に立たない」

「……そんな言い方しなくても……」

もとより自分の力に絶対の自信があったわけではないが、そこまで言われるとさすがにへこんでくる。

「まあ、その限界を埋めるために、俺がいるんだ」

大野がニヤリと笑う。

「経費を安く抑える方法が一つだけある。分かるか？」

テストだ、と直感し、緊張する。大野の目を見た。澄んだ目でわたしを見つめ、口元には優しく笑みを浮かべている。

気持ちが落ち着いたら、答えは簡単に浮かんだ。

「……国崎さんの家に行く？」

「分かっているじゃないか」

大野は小さく拍手をした。馬鹿にされている気がして、わたしはムキになった。

「で、でもそんなのどうやって。わたしたちは警察とは違うんですよ！　現場に入る権限なんて……」

「権限ね。じゃあ、不法侵入でもするか？」

「言語道断（ごんごどうだん）です！」

わたしの必死な様子を見て、大野はカラカラと笑った。

「いやすまん。からかっただけだ。要は、国崎の家に上がるれっきとした口実さえあればいい」

大野は立ち上がり、キャビネットからファイルを取り出した。

「実は、まだ結果報告が済んでいないんだよ。事件の直後は、とてもではないがそんな話をする時機ではなかったからね。まあ、事件から二週間後というのも、故人の不倫の話をするのに適切な時期とは言えないが……」

とにかくだ、と大野は続けた。

「この一回の訪問が勝負だ。殺人現場のリビングに通されたなら、その場で音を聞き、部屋の中にあるものを観察し……。リビング以外、例えば客間とか応接間に通されたなら、もっとチャンスだな。俺が説明している間、トイレだなんだと言って適当に席を外し、殺人現場のリビングを調べ上げるんだ。電源をつけられるものは電源をつけ、実地でその音を聞く。きみの耳が、この謎を解き明かす唯一の鍵なんだ」

責任重大ではないか。わたしは重圧を感じ、胃のあたりに重いものを飲み込んだような気持ちになった。

「で、ですが。この不協和音は、そこまで重要なことなのでしょうか」

「十四秒間だ。何かを作動させ、消したのは犯人かもしれないし、あるいはひとりでに音が鳴ったのかもしれない。犯人の計画か、もしくは犯人を襲ったアクシデントか……どちらにせよ、犯人の尻尾を摑むのに有益な情報にはなり得る。現状、犯人はこれといった手掛かりをほとんど残していない。国崎千春が親しげに声をかけたことから、彼女の知っている人物なのが分かったくらいだな。不協和音は、か細いが、辿る価値のある手掛かりだ」

「ですが……」

「なあ。気に障ったなら謝るよ。俺はなんだかんだ言って、きみを買っているんだ」

わたしは逡巡していた。殺人事件の現場に足を踏み入れると思うだけで、身が竦む。

「決行は明日だ。やれるな？」

有無を言わせぬ口調だった。わたしは押し切られて大きく頷いた。

「ただし、俺が買っているのはきみの耳だ。現場で気付いたことはこの事務所まで持ち帰ってこい。現場では不用意なことを口にするな。きみの能力は不完全で、きみは軽率だ」

その言葉でわたしの闘志に火が付いた。

大学生の時の失敗のことを言われているのだ。確かにあの時、わたしは推理を間違えた。だけど、あれからもう数年経っている。もう、同じ失敗はしない。

……絶対に、目にもの見せてやる！

「承知しました」わたしは微笑んだ。「明日が楽しみです。所長」

2

国崎の家は閑静な住宅街にある。通り過ぎる人々から視線を感じるのは、彼の家で殺人事件が起きたばかりだからだろう。今も、冬の装いのご婦人方がひそひそと囁きあいながら、家の前に佇む俺たちに熱い視線を送っていた。

隣を見ると、美々香はガチガチに緊張していた。

思わず笑いそうになるが、顔を引き締めて、上司としての威厳を保った。

「山口。打ち合わせ通りに頼むぞ」

「はい」

彼女が俺の探偵事務所に勤め始めて半年。聞き込みに同行させたことはあるが、現場に足を踏み入れさせるのは初めてだ。

インターホンを鳴らす。三十秒ほど経って、俺がもう一度鳴らそうとした時、暗い声が聞こえた。

「……はい」

「国崎さん、すみません。大野探偵事務所の者ですが」

「探偵？　……ああ！　分かりました、分かりました。今開けます」

程なく玄関扉が開けられた。事件の余波は未だに残っている。玄関先で探偵などと名乗られては、外聞を憚るだろう。

家の住人、国崎昭彦が出てくる。襟付きのシャツにジーンズを身に着け、髭は綺麗に剃られていた。左手首には銀色の腕時計をつけている。

「もしかして、どこかに出かけようとしていたところでしたか？」

俺が問うと、「いえ、そんなことありませんよ。前に頼んでいた調査の件ですよね。どうぞお上がりください」と力なく笑う。ファーのついたスリッパを二足、玄関マットの上に出すと、自分は靴下のまま廊下を歩いていった。

「家の中に女性の方がいますね」

隣で美々香が小さく言った。

「そうなのか？」

「インターホンが鳴った後、慌てたような足音が二種類聞こえましたから。多分、玄関の靴を隠したんじゃないかと。ほら」

彼女は俺が止めるより先に、下駄箱を開け、ハイヒールを発見した。確かに、下の段に並んでいる女性ものの靴よりもサイズが小さいようだ。下の段にあるのは国崎千春のものだろう。

「それに、扉の向こうで三回、シュッ、と、何かのスプレーを使う音がしました。恐らく消臭剤じゃないでしょうか。女性の香水のにおいを消すために撒いたんですよ」

美々香はスリッパを履いて、フローリングの床を歩きながら、更に続けた。

「それに、このスリッパは犯人の履いていたもので間違いないと思います。つまり――」

「本当に山口は」

俺は遮り、自分の側頭部のあたりを、人差し指で二度、叩いた。

「ここだけは一流だな」

そう言うと、彼女はムッと頬を膨らませて押し黙った。彼女の癖をあえて真似したのだ。

俺も多少は嫌味のつもりでやっている。

「いいか。事前の打ち合わせ通りにと言ったはずだ。山口にはぜひ、この現場のすべてを観察してほしい。今日の真打ちはきみだ。俺は大いに期待している」

言葉をあえて切り、強調して告げる。

「だが、気付いたことは口にするな。事務所に戻ってから報告してくれ」

「……だから、国崎さんには聞こえないように言ったじゃないですか」

「分かったか？」

「はい」

よろしい。

素直なのは彼女の良いところだ。

俺と美々香は和室の仏壇に線香を上げさせてもらう。遺影の国崎千春は、柔らかな笑みを浮かべていた。

「ここではなんですから、どうぞこちらに」

そう言われ、客間に通される。国崎がお茶を用意し、客間のソファに向かい合って座ると、さっそく俺はお悔やみを口にした。

「この度は、とんだことで……」

俺が言うと、国崎は恐縮したように頭を下げた。

「さぞお力落としでしょう」

「ええ、まあ……妻が亡くなってから、もう二週間にもなりますでしょうか。葬儀は身内だけで済ませて、ようやく一息つけたところです」

亡くなってから、ね。俺は内心で鼻を鳴らした。むしろ殺されて、と言うべきだろう。

携帯の着信音が鳴った。国崎はスマートフォンを取り出して画面を見ると、「ちょっと失礼」と言って立ち上がった。

「はい、国崎です……ああ、はい、すみません、この度は……ええ、少しだけ落ち着いてきました……え、ファックスですか？　いいえ、届いていないようですが……はい、その番号で合っています……お手数かけて申し訳ありません……」

国崎は通話を終え、席に戻ってきた。「会社のサークル活動のチラシを送ってくれていたようで。同僚にも気を遣わせてしまって」と人のよさそうな笑みを浮かべた。

「ところで、今日は、依頼の件の報告に来てくださったんですよね」

「はい……もし、お聞きになりたくないということであれば、無理にご報告はいたしませんが」

「いや、いや」国崎は首を振った。「せっかく調べていただいたんです。ぜひとも伺いたいですね」

それに、と彼は目を伏せて続けた。

「彼女を喪(うしな)ってみて、彼女のことを、何も知らないことに気付いたんです。だから、少しでも……」

演技くさい。妻を喪って気落ちしている夫の役。彼には不倫中の女性がいるのだ。今は、彼女との再婚の時機を計っているところだろう。

俺は仏壇の写真を思い出した。あんな美人と結婚して、なお物足りないとは、贅沢な男である。

「あまりいい話ではないと思いますが」

「それでも、私のどこに問題があったのかを知るのに、いい機会になると思うのです」

「分かりました。山口」

「はい」

美々香は隣でブリーフケースを開ける。中には、今回の調査の結果報告書と、隠し撮りした写真等が入っている。

「今回の報告書になります」

国崎は差し出された書類に手を付けようともせず、深刻な顔つきで言った。

「大野さん。ぜひ、まずははっきりとおっしゃってください。妻には……」

俺は苦い顔を作り、頷いた。

「お相手がいらっしゃいました」

国崎の顔に浮かんだ表情は、沈痛の色を強くあらわしていたが、口の端が僅かに持ち上がっているのも見て取れた。彼の狙い通りになったのだ。

「で、相手は誰だったんですか」

国崎は急かすように言った。もう少し、事実を受け容れがたいといった演技をしないと、警察の目は欺けないだろう。山口が差し出した書類の中から、黒田の写真を探り当て、提示した。

「奥様が通われていたスポーツジムのインストラクターです。彼のパーソナルレッスンを受けていたようです」

国崎の顔が歪んだ。

「それで、最近は洋服を買っていなかったのか」

「パーソナルレッスンは高くつきますからね」

「写真は私の家の前で撮られているようですが、この男は家にも？」

「木曜日のレッスンは午後二時から一時間半なのですが、その後ご自宅に」

「木曜日は私が夜に会議があり、遅くなるのです。なるほど、そのタイミングで……」

彼は苦々し気な表情をしていた。

「この男が、千春を殺したのかもしれないな」

「ええっ」

俺はまるで、そんな考えは初めて聞いた、という顔をしてみせた。

「だってそうでしょう。軽い気持ちで妻と付き合って、後から憎たらしくなったのかもしれない。強盗に見せかけたのは偽装ですよ」

彼は鼻息も荒く言った。

「ううん……どうでしょうねえ」

口ではそう返答するが、もちろんその可能性は考えてあった。だが、国崎には不倫相手との結婚のために妻を殺す動機があるし、愛人の亜紀も、なかなか妻と別れない国崎にしびれを切らして殺人に及んだのかもしれない。俺からすると、国崎も亜紀も黒田も同程度に怪しい。もちろん、あなたを疑っています、と面と向かって言うほど、俺も軽率ではない。

その時、美々香がガタガタッと音を立てて腰を浮かせた。

「あの……」

「どうかされましたか」

国崎に問われ、彼女は少し身を固くした。ややあって、おずおずと申し出る。

「お手洗い……お借りしてもいいでしょうか」

俺は新人の無作法を咎め、相手に詫(わ)びる上司の顔を作る。

一切問題なし。打ち合わせ通りだ。

「ああ。構いませんよ。部屋を出て左の突き当たりです」

「はい、すみません……」

美々香はそそくさと客間を後にした。彼女は客間の扉をしっかり閉めた後、まだ扉の向こうに留(とど)まっているようだった。ゆっくりとドアノブが回る。

「あの、ところで」

国崎が言うので、俺は再び口元に営業スマイルを浮かべた。

「なんでしょうか」

「元々、二週間分の調査依頼を出していたわけですが、今回、このようなことになったわけですよね。それで……料金の方、もう少しお安くならないでしょうか？」

ここでゴネるか、と俺は内心苦笑した。未来の花嫁との前途のために、今は少しの金も惜(お)しいのだろう。

とはいえ、これで少しは時間稼ぎが出来そうだ。

玄関先でも言った通り、今日の真打ちは美々香である。

さて。彼女が捜査を終えるまでの間、俺は自分の出来ることをしよう。

つまり、目の前の男に、当初の料金を払った方がマシだと思わせてやるのだ。

3

わたしは国崎邸の客間を抜け出した。

ドアノブをゆっくり回す。キィィィ。特徴的な金属音が鳴る。この音をしっかり覚えておく。ドアノブが回った瞬間、客間の前に戻れるように。

ドアをそっと閉め、大きく息を吐いた。緊張して思考がまとまらない。ばれたらどうしようとか、そんなことばかり考える。

これではダメだ！

わたしは大野に煽(あお)られて発奮した時の気持ちを思い出した。

向かいのドアの向こうから、小さな足音が聞こえてきた。わたしは思わず身を固くしたが、扉の向こうの人物も状況は同じようだった。愛人の間宮亜紀だ。玄関先の下駄箱で見つけたハイヒールのことを思い出す。

「なんで、こんな時に来るのよ……」

微かな声で、ぽつりと呟いていた。

彼女はどこかに隠れたのか、扉を閉める音が聞こえた。彼女とて見つけられたくない状況は同じだろう。

愛人の足音を聞いた。だけど、たった数歩だったので、盗聴音声のデータと比べることが出来なかった。

——山口の力には限界が多いな。

ああ、もう！

わたしはかぶりを振って、頭の中でうるさく語りかけて来る大野を振り払う。

足音を忍ばせて、リビングを探す。

リビングを見つけると、気持ちを落ち着けるためにソファに座った。スプリングが古くなっているのか、弾(はず)まなかった。尻に硬い感触が当たり、痛い。しかしその痛みがわたしの目を覚まさせた。リビングにあるものを見渡す。

不協和音の正体。ここにはその答えがあるはずだ。

わたしは大学生の時、確かに自分の能力を過信していた。それを指摘して、ミスをカバーしてくれたことには、感謝している。

だけど、今はともかく、大野を見返したかった。

いつまでも侮られるわたしではない。

やってやろうじゃないか。

4

事務所に帰るまでの道すがら、美々香は憔悴(しょうすい)しきった顔色をしていて、一切口をきかなかった。

初めてのことに疲弊(ひへい)しているのだろう。俺は根掘り葉掘り問い詰めたい衝動を抑えながら、足取りの重い彼女に合わせて歩いた。

「――それで？」

事務所のソファに座らせて、俺は彼女の真向かいに座った。

「首尾はどうだったんだ？」

「分かりません」彼女は首を振る。「なにもかも分からなくなりました」

俺は天を仰ぎかけた。負荷をかけすぎてしまっただろうか。

「所長に言われた通り写真は撮って来ました。スマートフォンの静音カメラで」

「ありがとう。データをもらうよ」

仕事用に支給したスマホなので、美々香の個人情報は入っていない。彼女も抵抗なく渡してくれる。

数枚の写真を見て、リビングの様子が大体分かった。ダイニングキッチンと続き部屋になっている。キッチンからの見通しも良く、空間を広く使っている。食事をとるためのテーブルと、くつろぐためのソファとマッサージチェア。

……あの男、なかなかいい家に住んでやがるな。

インターホンのモニター横の台には、固定電話とファックス。大型の液晶テレビの下には、据え置き型のゲーム機や録画機器をセットした棚があり、壁際のキャビネットの上にぬいぐるみ類が整然と置かれていた。猫、犬、クマ、イルカ、ライオン……この中に、件のテディベアもいたのだろう。

「ともかく、まずは報告を聞くよ。ゆっくりでいい。体が冷えただろうから、紅茶を淹れてこよう」

俺が給湯室で用意してくると、彼女は角砂糖を三個入れてから、紅茶に手をつけた。甘いものを体内に入れてようやく頭が回り始めたのか、彼女はぽつり、ぽつりと言葉を吐き出し始めた。

「わたしがまず探ろうとしたのは、あの『下地の音』の正体です。あれになり得るものは何か。まずは、部屋の中にある機械類を考えてみました。エアコン、マッサージチェア、大型の液晶テレビ、インターホン、固定電話、ファックス、据え置き型のゲーム機……。わたしは、テディベアが置かれていたと思われる、キャビネットの位置を出発点にしました。盗聴器で録音できる、わたしが捉えたような微細な音は、盗聴器のマイクから最大十メートル半径くらいのなかで発生しているものです。これは、盗聴器を介している分、音の精度が落ちていることも想定しての見積もりです」

「さすが。俺では二メートル先でも無理だろうな」

茶化すと、彼女はようやく薄く笑った。

「盗聴音声は自前のｉＰｏｄにダウンロードしておいたので、イヤホンで聞きながら、それぞれの電子機器の電源を入れ、比較しました」

彼女は目を閉じた。その時の自分の行動を思い返しているのだろう。

「まずテレビとマッサージチェアは候補から消えました。テレビの液晶画面からはほとんど音がしません。放送されていないチャンネルに合わせた時の、光が音を立てているようなあの不思議で微かな音は、ブラウン管のテレビに特有の音です。マッサージチェアも、モーターの作動音とローラーの音はしますが、揉む位置が変わるので音が一定になりません。

もう一度盗聴音声を聞き直して、やはりこれは、機械が空気を吐き出す音だと思いました。例えば、歯を噛み合わせたまま、喉の奥から息を吐き出そうとすると、息が歯に触れあって少し揺らぎますよね。『下地の音』にはその揺らぎがありました。ゲーム機を起動し、エアコンをつけてみて、比較しました。ですが、何かがズレていたのです」

「どんな風にだ？」

「そうですね……ゲーム機も冬場のエアコンも、吐き出す空気は熱いんです。暖かい空気と冷たい空気では体積と密度が違います。歯の隙間を抜けていく時の、抵抗感と言いましょうか。それが微妙に違うんです。ゲーム機よりも、エアコンよりも、空気は歯の隙間を滑（なめ）らかに抜けている気がしたのです」

気がした、気がした。彼女は憶測に憶測を積み重ねて、手探りで自分の感覚をどうにか摑み取ろうとしている。言葉にして伝えようと努力しているうちは、まだ俺に理解させる気持ちがあるということだ。

正直に言って、俺は彼女の繊細な感覚についていくことは出来なかったが、彼女が正しい道を進んでいることは分かった。証拠の裏付けは後で取ればいい。今は、彼女の感覚に身を任せて、一つでも多くの手掛かりを積み上げる。

「わたしはもう一度音声を最初から聞き直しました。『下地の音』だけに意識を集中して。すると、千春さんの声が聞こえる直前、『下地の音』に違う音が交じったんです」

コポッ、と。

「コポッ？」

語感から思い浮かべたのは、水の音だ。水に空気が入って、泡が水面に浮いてくる時の音。水に……。

「加湿器か」

「その通りです。キャビネットの中を捜索して、小型の加湿器を見つけることが出来ました。空いているコンセントはテレビの後ろにしかなかったので、どうにか体を差し入れて繋ぎました。コードが短いので、テレビのコードの近くに加湿器を置くのが不安でしたが、タンクの中に水を入れて、起動させたら……」

「大当たりだった、というわけだな」

彼女は頷いた。

「そうなれば、次は『もう一つの音』──つまり、十四秒間だけ鳴った音です。ですが、さっぱり分かりませんでした。大野所長にはなんの音も聞こえなかったということは、この『音』もまた、集中しなければ気が付かないほどの微かな音のはずです。しかし、『下地の音』には機械の作動音というデータがありましたが、『十四秒』については確定する材料はほとんどありません」

「ないこともない。音が鳴った状況を具体的に想定すればいいんだ。音が鳴り、消えた。この現象の意味は四つ考えられる」

　俺は白紙を一枚手元に引き寄せると、ペンで場合分けを書き出した。

一　犯人が鳴らして、犯人が消した
二　意図せず鳴って、犯人が消した
三　犯人が鳴らして、自然に消えた
四　意図せず鳴って、自然に消えた

「あの」美々香は困惑気味の表情だ。「なんだかパズルみたいで、よく分からないです」

「つまり、鳴った時点と消した時点。この二か所について、意図的かそうでないかで分類する。意図、意図。自然、意図。意図、自然。自然、自然。論理的にはこの四つの可能性しかあり得ないはずだからな」

「はあ」

美々香は生返事する。まだ頭が付いてこない様子である。

「まず、一の『犯人が鳴らして、犯人が消した』を検討してみよう。これは分かりやすい。例えば、事件現場に証拠物品をバラまいてしまい、慌てて掃除機をかけた、とかだ」

「ああ、なるほど。所長の言っている意味が少し分かってきました。

ですが、掃除機はあり得ません。所長の耳には何も聞こえなかったのですから。騒音を立てる機器は候補から外れます」

「うむ。十四秒という短い時間だからな。掃除機以外に、具体的なケースは他にちょっと想定しにくい。

次に二の『意図せず鳴って、犯人が消した』だ。これは十四秒という時間幅には適合的だ。突然の音に犯人が驚き、慌てて消した。例えば、新型のテレビに備わっている視聴予約機能はどうだろう。時間指定でテレビの電源が入って、見たい番組を視聴出来る」

「リビングで殺人を犯そうとしていた時に、突然テレビがついて驚いた。十四秒は、テレビのリモコンを探した時間でしょう。ありそう、ですが……」

彼女は首を振った。

「いえ、やはりあり得ません。わたしもテレビはつけてみましたが、テレビの音と、加湿器の音では不協和音になりませんでした」

「ああ。それに、盗聴器に内蔵された時計から、問題の不協和音の時刻は十六時十三分と分かっている。そんな中途半端な時間に始まる番組はない」

早口で喋る俺に、美々香は呆れたような顔をした。

「二の場合、例えばインターホンが突然鳴った等のケースも考えられるが、そもそも犯人に音が聞こえていなければ、消そうという発想は出てこない。犯人が音を消すためには、犯人に音が聞こえていることが条件だ。つまり、犯人もお前と同じくらい耳の良い人物だと想定せざるを得なくなる。だから、一、二の可能性は除外してよいと思う」

「所長って、いつもこんなに細かく考えているんですか？」

「不便な能力を補ってやってるんだ。感謝されるならともかく、呆れられる筋合いはない」

俺が言うと、美々香は不満げに頬を膨らませた。

「三の『犯人が鳴らして、自然に消えた』は意味深長だ。つまり、犯人の殺害計画において、音を鳴らすことになんらかの意味があったことになる。例えば、犯人が携帯から誰かに電話をかけた、とかだ。携帯から微かに聞こえる呼出し音が、俺の耳に聞こえなかった可能性は高い。電話が通じなかったか、着信拒否をされているかで音が途切れた。これで辻褄は合いそうだ」

「タイマー式の何か、というのもありそうですね。例えば、キッチンタイマーなら鳴り始めてから十数秒後には自動的に止まります。オルゴールもありそうです。ねじを巻くのには誰かの意図が必要ですが、回り切ったら自然に音は止まる」

「キッチンタイマーやオルゴールでは音が大きいから、別の何かだろうが、タイマー式という可能性は大いにある。だが、どんな意図があって、殺人現場にタイマーを仕掛けないといけないんだろうな？」

「……殺人装置とか？」

思わず美々香を睨みつけてしまう。彼女はいたたまれなくなったのか目を伏せた。

「三の可能性は残し、四の検討に移るか。意図せず鳴って、自然に消えた。三に引き続き、あまりに微かな音だったので俺の耳に聞こえていない、という事実には整合的だ」

「……しかし、この類型は、カバーする範囲があまりに広範ではありませんか？」

「その通りだ。ここには犯人の意図という限定が一切介在しない。音が鳴ったことを、犯人が全く気付いていなくても問題ないんだ。極端に言えば、山口が聞いた窓の外の鳥の鳴き声であってもいい。天井裏のネズミの足音とかね」

「それなら、犯人を特定する手掛かりにはならないんじゃないですか？」

「そうだなあ」

俺は腕組みをして、うーんと唸った。

「三の類型で、もっと別の状況を考えてみるしかないか。いや、ちょっと目先を変えてみよう。あの音声で、他に気になったところはないか？」

「他に……」

「もう一度、山口自身の表現で、あの音声を最初から辿ってみてくれないか」

「はい……」

彼女は目を閉じた。

「……まず、扉を開く音が聞こえます。

次に、足音がします。次第に大きくなる足音。わたし達が来客用スリッパで歩いていた時と似た音です。

『あら、どうしたの？』これは女性の声。千春さんのものでしょう。そこで足音が停まります。

『ちょっと――』という慌て気味の千春さんの声。フローリングの上で足が暴れ回る音、格闘をしているものと思われます。壁にぶつかる音と、千春さんの鈍い呻き声が聞こえます。

そこで、例の不協和音が聞こえます」

「分かった。そこは後でまた検討しよう。続けてくれ」

「はい……そして、もう一度足音が聞こえます。トン、トン、と一定の大きさで――」

「なんだって？」

思わず声が鋭くなった。

彼女が目を見開いた。勢い大声を上げてしまっていたことに気が付き、恥ずかしくなった。

「いや、すまない。だが——今、なんと言ったんだ？」

「一定の大きさの足音……」

「それは来客用スリッパのもので間違いないか？」

「え、ええ。ファーが重さを受け止めている感じです。今日実際にあのスリッパを履いて歩いてみましたから、間違いありません」

「一定、というところも確かだろうな？」

「はい。大きさもリズムも一定で……」

「最初に聞こえた足音について、自分が言ったことを覚えているか？」

「え？　は、はい……来客用スリッパの足音がだんだん大きくなって……」

俺は思わず生唾を飲み込んだ。

それですべてが分かった。どんな質問をすればいいか、どんな検証をすればいいか……これから俺がなすべきことまで、すべて分かった。

「山口」

「はい」

　彼女は怯(おび)えたような声音で言った。

「リビングで調査をしていた時、ソファには座ったか？」

「え？　え、ええ。音をじっくり聞こうと思って、腰を落ち着けたくなったので……」

「座ったんだな」

「はい」

「その時何か気が付かなかったか。そのソファに、何か変なところがあったりしなかったか？」

「ソファに……ですか？」彼女は首をひねった。「ああ、そう言えば、座った時、お尻が痛いなって。皮の部分がよれていて。スプリングが壊れているんじゃないでしょうか。音も鈍かったですし……」

「素晴らしい。きみは最高だ」

　俺は立ち上がり、コートを羽織(はお)った。

「ちょっと所長！　一体どこへ？」

　振り返ると、美々香は立ち上がって身を乗り出し、唖然(あぜん)とした表情を浮かべていた。

「すぐに戻る。なに、ちょっとしたショッピングさ」

「ちょっと待ってください。不協和音の正体はなんだったんですか？」

俺は彼女の慌てぶりがおかしくなり、いっそ陽気な気分で答えた。

「それを、今からきみに教えるのさ」

5

大野が去った後、わたしは一人で呆れ果てていた。

国崎の家に行き、事務所に帰ってきたのは昼前だった。今はもう午後七時を回っている。

書類仕事が残っていなかったら、とっくに帰宅しているところだ。

どうしてあの人は、わたしに何の説明もせずに行ってしまうのだろう。自分が軽んじられているような気がした。

次いで襲ってきたのは、チクリと胸を刺す不安だった。

もしかしてわたしは、また間違えたのだろうか。能力の使い方を。だから、わたしは見限られて、ここに取り残されているのだろうか。

その時、事務所の扉が開いた。

「ただいま戻りましたー」

少し間延びした声がした。振り返ると調査員の深沢がいた。

「おかえりなさい。そっちの調査は終わったの？」

「ああ、実はね、大野さんから頼まれて、美々香さんたちと同じ事件の調査をしてたんだ」

「えっ、そうだったんだ」

深沢は大野のいる前では敬語だが、わたしとは二つしか年が離れていないせいか、わたし相手だと少し口調が砕けるところがあった。

「そうそう。新しい浮気調査をやってたんだけどね、大野さんから携帯に電話がかかって来てさ。黒田と間宮、二人の容疑者に会いに行ってこい、ってさ……ほんと、あの人も人使いが荒いよね」

「ほんとにねー」わたしは笑った。「コーヒー淹れるけど、いる？」

「うん、飲みたい。ありがとう」

二人分のコーヒーを淹れると、応接スペースのソファに向かい合って座った。

「それで、どんな話を聞いてきたの？」

「ああ、うん。大野さんの指示通りに質問してきたんだ。黒田さんのところには、スポーツジムの見学の振りをして、間宮さんのところには、訪問販売の振りをしてね」

指示通りに。大野はさっき、何かに思い至ったような顔つきをして事務所を出て行った。このタイミングで指示を出すからには、重要な意味があるに違いない。

でも、それならわたしに指示してくれれば良かったのに。まだ現場経験が浅いから、気を遣ってくれたのかもしれないが。

「それで、どんなことを聞いてきたの？」

「まず、黒田さんについては、事件当日のアリバイと、学生時代にやっていたスポーツについて」

「スポーツ？　それに、何の関係があるの？」

「さっぱりだよ」深沢は肩をすくめた。「黒田さんは、話しぶりは結構明るいんだけど、乱暴なところもあるし、少しうっとうしい感じだった。まったく、千春さんも、あんなのどこが良かったんだか」

深沢は吐き捨てるように言った。

「自己愛の強いタイプだから、自分から進んで話してくれたよ。大学時代はワンダーフォーゲル部に入っていたらしい。延々と武勇伝を聞かされてね。あれには参ったよ。事件当日のアリバイは、世間話の振りをして聞いた。そしたら、黒田さんは事件当日、欠勤だったらしいんだ。体調が悪くなったってことで。それで今、警察からかなり疑われているらしいよ」

「ふうん。それで、間宮さんにはどんな話を？」

「訪問販売の振りをして、例のテディベアを見せてみろ、っていう指示だった。最初は『結構です』ってぴしゃりと断られそうになったから、どうにかこうにか口説いてさ。なんとか家に上げてもらえた時には、ほっとしたよ」

「間宮さんって、どんな人だった？」

わたしは扉越しに声を聞いたことしかない。

「うーん、綺麗な人だったよ。自分の武器を分かっている、っていうのかな。僕が話している時も、長い脚を何度か組み替えていたよ」

深沢は首を振る。

「……でも、反応は全然だったんだ。他の品物に交ぜて、テディベアを見せてみたら、ぱあっと顔を明るくして、『まあ、可愛いですねえ』だって。動揺したり、口ごもったりとかは、全然なかった」

「でも、演技かもしれない」

「だとしたら役者だなあ」

しかし、深沢から話を聞いてなお、質問をさせた意図が分からなかった。でも、このタイミングで聞き込みに行かせたからには、何か意味があるはずなのだ。

大野の意図が読めないのが、悔しかった。

深沢は腕を組んだまま、首を捻った。

「……それで、大野所長と美々香さんは、どうだったの？」

自分の胸に留めておくのはもう辛抱たまらなかったので、彼にも聞いてみることにした。

「確かに歩いているはずなのに、足音が一定に聞こえる……ってどういうことだと思う？」

「えっ？」

彼は虚を衝かれたような顔をした。

「どうしたの……急にそんなこと聞いて」

「いえね。所長に言われて、例の事件の盗聴音声聞いてみたの」

「ああ、あれのことか」

「そう。警察に疑われた、って所長がカンカンでね」

「はは。美々香ちゃんも大変だったね」

深沢はカップを持って立ち上がった。「コーヒーのお代わり、もらおうかな」と言いながら、わたしの背後にあるキッチンに向かった。

「そう。そしたら、音声の中盤くらいなんだけどね」

深沢には自分の耳のことを話したことはないので、不協和音のことは伏せて口にした。

「足音が一定に聞こえてきたの……大きさもリズムも全然変わらないってことね。これってどうしてだと思う？　わたしとしては――」

その時、聞き覚えのある足音がした。

決意を秘めて踏み込む時の、緊迫をはらんだ足音。

チッ、チッという腕時計の秒針の音。

わたしはそれらの音を、最近どこかで聞いた。特に足音だ。音はまるで違うが、リズムと呼吸が似ている。

わたしは咄嗟に前に転がっていた。背後で、ガン、という音が響く。

「うっ」

テーブルにしたたかに肩をぶつけてしまう。じんじんとした痛みを感じた。顔をそっと上げると、鉄パイプを持った深沢が息を荒くして立っていた。

「……勘が良いね、美々香ちゃん」

「ふ、深沢君？」

「あーあ。誰にも気付かれていないと思ったのにな。あ、今の話、誰にも言っていないよね、美々香ちゃん？」

もちろん所長には話してあるが、そんな返答も出来ないくらいわたしは動揺していた。

「だって仕方ないじゃないか。あの女、僕というものがありながら、あんな筋肉男とも不倫してたんだ。所長から調査を依頼された時には、旦那の名字があの女と同じだな、と思ってただけだった。だから、尾行してみてひっくり返りそうになったよ……。結婚してた上に、不倫相手も二股かけてるとはな。調査中ははらわたが煮えくり返りそうだったけど、僕もプロだからね、どうにか我慢してやりきったんだよ……」

深沢は鉄パイプで素振りをした。

「でも、やっぱりどうしても許せなかった……だから、会いに行った。話し合おう、って。だけど結局口論になって、突き飛ばしちゃった。ベッドのサイドボードで頭打って動かなくなったから、驚いたよ……殺すつもりはなかったんだけどね……」

「ふ、深沢君、一体何言って……」

彼は一瞬、きょとんとした顔をした。あどけないとさえ言えるほどの顔で、この期に及んで可愛げがあるのが憎たらしかった。その顔がくしゃっと歪み、彼は声を上げて笑い始めた。

「あれ……？　もしかして、足音のことまで言っておいて、何も気付いていなかったの？　そしたら、とんだ藪蛇だったね……」

体がひとりでに震えた。これほどの悪意を向けられたことがなかった。

足がすくんで立つことが出来ない。立ち向かうことも、逃げることも出来ない。見慣れた顔が怒りと哄笑に歪んでいるのが恐ろしかった。目の前で武器を振るい、わたしを始末しようとしているこの悪意に、わたしはどうしようもなく無力だった。

「いや……来ないで」

首を振った。深沢の顔がますます笑みで歪む。

「誰か助けて――」

目を閉じた時、声が聞こえた。

「本当に残念だよ、深沢」

目を瞑(つむ)っていてもすぐに分かった。聞き慣れた声。わたしを叱りつけ、肝心なことは何も教えてくれない、自由人の先輩の声だった。ため息が漏れるのが分かった。心の緊張が解けるのが分かった。

「こんな形で別れなければいけないなんてな」

目を開くと、怒りの形相を浮かべた大野が、深沢の振り上げた鉄パイプを摑んでいた。大野の後ろに制服警官が二人待機していた。大野が呼んだのだろう。

深沢の体から力が抜け、そのまま床に崩れ落ちた。

深沢の身柄を刑事に引き渡し、しばらくすると、ようやくわたしも気持ちが落ち着いてきた。大野は何も言わず私の傍にいて、落ち着くのを待ってくれていた。

「大野所長」

「どうした」

彼の声はいつになく優しかった。

「結局……突然事務所を飛び出していったのは、なんだったんですか？」

「ああ。そのことか」

彼は立ち上がると、玄関を出ていった。しばらくして、大きな箱を抱えて戻って来る。

「俺を取り調べた刑事に、情報提供をしたのと、あとはこれを買いに行っていた。中古の家電ショップで、固定電話機をな」

「どうしてそんなものを」

「国崎の家にある複合機と同じ型なんだ。山口が写真を撮っておいてくれたから調べがついた」

「だから、どうしてそんなものを」

「実験だよ。設定にしばらく時間がかかるから、温かいものでも飲んで休んでいてくれ」

そう言ってから三十分間ほど、彼は中古のファックスの初期設定を黙々と行った。わたしは先ほどの事件のショックで気もそぞろだったので、待つのも苦にならない。

「よし。出来た。そしたら山口。iPodで例の音声を出して、加湿器の音だけが聞こえるところに合わせてみてくれ」

わたしはもはや質問する気力もなかったので、言われるままにした。再生が始まる。この足音が深沢のものだと思うと、また一層薄ら寒さが強まった。

「前に検討した通り、音については四つの解釈しかない。一　犯人が鳴らして、犯人が消した。二　意図せず鳴って、犯人が消した。三　犯人が鳴らして、自然に消えた。そして四　意図せず鳴って、自然に消えた。最後の場合分けはカバーする範囲が広範すぎると山口も言ったが、これが正解だったんだ。音は犯人の関知しないところで自然と鳴り、自然に消えた。しかし、後から犯人は、その音の鳴ったことに気付いたんだよ。やはりこの音は重大な手掛かりだった」

大野の言っていることは謎めいていた。

その時、突然わたしの耳を強烈な不協和音が襲った。

(これって――！)

頭痛と吐き気が襲い掛かって来る。わたしは体を折ってうずくまった。

「音声を止めるんだ」

彼の鋭い声を聞き、どうにかｉＰｏｄの停止ボタンを押す。加湿器の音が消えた時、後に残ったのは、ファックスの機械が紙を吐き出す、ズッ、ズッ、という音だけだった。

「山口の体で実験をしてすまなかった。つまり不協和音は、このファックスと加湿器が干渉したことによって生じたものだったんだよ」

わたしがポカンと口を開けていると、大野が立ち上がって微笑みかけた。

「順を追って説明しよう。なぜ俺が、深沢が犯人であると突き止めることが出来たか。まず、俺たちが執着してきた不協和音についてだ。今聞いてもらった通り、ファックスと加湿器のせいだとすると、一つ矛盾が生じる。俺の耳にはファックスの音は聞こえていないんだ」

「あ……」

そうだった。今自分の耳でファックスの音を聞いて分かる通り、少し古い型の機械であるせいか音が大きい。複合機とテディベアの位置関係なら、十分に音が録れておかしくない距離なのだ。

「だが、俺としては山口の耳を信じるほかない。だから俺は、山口にだけファックスの音が聞こえ、俺には聞こえない状況を想定してみることにしたんだ」

「それって――?」

「要するに、ファックスの音が微かに聞こえた、ということだよ。扉越しにファックスの音がしていたなら、その微かな音に俺は気が付くことが出来なかっただろう。その部屋の中で作動している加湿器の物音にも、俺は注意を払わなければ気が付けない。こういう状況下でなら、一般的な耳の俺には無音に聞こえ、耳の良い山口には不協和音が聞こえる、という状況になるだろう?」

「それはそうですが、所長、盗聴器はリビングにあったんですよ。電話機もです。この状況で、ファックスの音が録音されていないなんてあり得ません」

大野は笑みを浮かべて頷いた。

「それなら前提が間違っているんだよ。盗聴器がリビングにあったなら、聞いた通りの録音にならない。しかし、現実に録音はそのようになっているんだ。したがって、盗聴器はリ、リビング、リビングにはなかった、なかった」
「は？」

わたしの反応が面白いのか、大野は気を良くした様子だった。

「国崎千春と黒田の情交の様子を記録した音声があっただろう。山口も一瞬聞いたね？」

顔が思わず熱くなるのが分かる。「それが何か」と答える口調はぶっきらぼうになった。

「あの時、盗聴器の音声からはスプリングの音がした。しかし、山口が見てきた通り、リビングのソファのスプリングは馬鹿になっていた。山口が実際に座ってみた時の音とも違ったんだろう？　それなら、あの音声はどこで録られたんだろうね？」

「あ……」

考えてみれば、確かにそうだ。それで所長はあの時、ソファのことを聞いたのだ。

「加湿器のコードは短くて、電話機やテレビのコードの傍に加湿器を置くことになってしまう。水のタンク付きの加湿器を置いておくには、いかにも具合が悪い。だとすれば、加湿器はあのリビングで使うものではない、と考えればどうだろう」

「まさか、千春さんの寝室？」

寝室にはベッドもある。ソファの矛盾も解ける。

「そうだ。加湿器は小型のものだ。千春さんが移動させて、使いたいところで使っていたのだろう。リビングにいる時はリビングで、部屋で使いたい時は部屋で。山口が調査した時リビングに置いてあったのは、千春さんの死後に昭彦が片付けたからだ。事件直後の臨場の時、加湿器が千春さんの部屋にあったことは、さっき刑事に確認を取っている」

「つまり所長は、殺人現場は千春さんの部屋だった、と考えているんですね。そこで加湿器が使われており、リビングにあるファックスの音もそこから拾った。だから、所長には聞こえないほど微かなものになった」

「うん。正解だ」

「ですが、それじゃおかしいじゃありませんか。盗聴音声の最後の方には、格闘する物音が入っていて、ガラスの割れる音も、椅子のひっくり返る音もあった。それらはすべて、死体発見時のリビングの様子と一致していたんですよ？」

大野は不敵な笑みを浮かべて頷いた。

「ここでヒントになるのが、不協和音の後、格闘の音がする前に聞こえた一定の足音に関する疑問なんだよ」

「ああ。所長がとても執心していたあれですね」

「盗聴器から聞こえてくる足音には、通常は二種類しかないはずなんだ」

「二種類……」

「ああ。盗聴器は固定されているから。これがヒントだ」

わたしはすぐに閃いた。

「近付いてくる足音と、遠ざかる足音」

「その通りだ。近付いてくるものは大きくなり、遠ざかるものは小さくなる。録音機器が固定されているのなら、これは当然の帰結だ」

「つまり、一定の足音というのは」

「そうだ。盗聴器と足の距離が常に一定に保たれているということになる。その場で足踏みをしているか、盗聴器を持っているか。しかし、我々は不協和音を巡る疑問から既に、殺人現場である千春さんの部屋から、盗聴器が発見されたリビングまで盗聴器が移動していることを知っているんだ。足踏みの可能性はもちろんない」

　さあ、と大野は続けた。

「盗聴器を仕掛けていたのはテディベアの中だ。つまり、犯人は殺人現場において、テディベアを手に持って移動したことになる。殺人中、テディベアに一体どんな用事があるというんだ？

　答えはたった一つだ。犯人は盗聴器に用事があった。犯行現場を偽装するために、盗聴器を移動させる必要があったんだ。あの格闘の物音は自作自演だったんだよ。

　よって、犯人はテディベアに盗聴器が仕掛けられていることをあらかじめ知っていた。それを知っていたのは、仕掛けた探偵事務所のメンバーだけ。まず、何も知らなかった山口は除く。次に、警察にも確認された通り、俺には別件で調査中だったというアリバイがある。ゆえに、犯人は盗聴器を仕掛けた本人——深沢調査員というわけだよ」

「盗聴器に残っていた音声をもとに、彼の犯行を追ってみると、次のようになるだろうな」

未だ衝撃冷めやらぬわたしをよそに、大野は解説を続けていた。

「まず前段階として、千春さんがテディベアを自分の部屋に運んでいたことを確定させる必要があるだろうな。しばらくはリビングに飾っていたのを、気に入って自分の部屋に置こうと考えたんだろう。刑事と録音音声を確認しなおしたところ、千春さんがテディベアを移動させた時の『一定の足音』も記録されていた。ちょうど事件の前日のことだったよ」

その検討のために時間をかけていたら、わたしが犯人に襲われていた、というわけか。少しだけ恨みがましい気持ちになる。

「彼は千春さんが二股、旦那を含めれば三股をかけていた事実を突き止め、彼女への怒りを溜め込んでいた。千春さんの部屋に上がり込んでも『あら、どうしたの』程度で済むんだから、よほど親しい間柄だったと見える。

しかし、深沢の様子がおかしいことから、千春さんも立ち上がって応戦し、格闘となった。そして深沢が千春さんを突き飛ばし、彼女はベッドのサイドボードで頭を打って死亡。

盗聴器に残っていた、壁にぶつかるような音はこれのことだ。

深沢はその時動揺したはずだ。何せ盗聴器の仕込まれたテディベアが千春さんの部屋に移っていたんだからな。その後続いた無音状態は、まさしくこの事態にいかに対処するか、彼が息を潜めて考えていたからさ」

「そこで、例の不協和音が聞こえた」

「ああ。千春さんの部屋で作動していた加湿器と、リビングのファックス音が干渉した。ファックスは国崎宅を訪問した時、彼が電話で言っていたように、同僚からのサークル活動の連絡だったらしいな。そのことは後でもう一度話そう。

さて。動揺した深沢だが、その後は方針を決めて動き始めた。殺害現場をリビングに見せかける。千春さんの部屋に上がり込める、親しい間柄の人間が犯人であることを隠すためだ。寝室で犯行が起きたとなれば、千春さんの男性関係に捜査の目が行くのは必然だからな。事件のあった日は黒田が仕事に出ているはずの日だから、アリバイが成立してしまうのではないかと不安だったのだろう。幸い、サイドボードで頭を打って死んだ千春さんは、挫創のみでまだ出血は少なかった。

そうして、彼はテディベアを持ってリビングに行き、格闘の一人芝居をした。ガラスを割り、椅子をひっくり返し、その音を記録しておく。そして最後に、テディベアが床に落ち、偶然犯人がそれを踏みつけてしまったように装って、盗聴器を破壊した」

「破壊したのはなんのためですか？」

「その後の音を記録させないためだよ。千春さんの死体を部屋からリビングに移す物音、千春さんの頭蓋骨をゴルフクラブで殴り、死因を偽装する音をね。生活反応はあったというから、サイドボードに頭をぶつけた時点では気を失っていただけかもしれない」

わたしは思わず、ほう、と息を吐いた。

「でも、所長が言っていた、犯人を捕まえるための証拠っていうのはなんだったんですか？」

「ああ。それは現場のゴミ箱に残っていたであろう、破られたファックス用紙だよ」

「ファックス……」

「今日の訪問時、国崎氏に電話をした同僚は、ファックスを送ったはずだった。でも、国崎氏は何も知らない様子だった。なぜだと思う？」

「本当に届いていないから？」

大野はまた呆れたようなため息をついた。

「盗聴音声の中に、ファックスの微かな音が残っていた、と証明してみせたのはお前だろう」

「ああ、そうでしたね。だから、届いているのは間違いない。しかし、それが残っていない、となると……犯人が処分した、ということですね」

「その通りだ。犯行現場の偽装を終えた深沢は、電話機を見て青ざめた。ファックスには送受信した時刻が残るからな。ほんの数分前に届いたことは分かったはずだ。だからこそ、彼は送受信の履歴を消去し、ファックスで届いた紙も処分せざるを得なくなった」

「どうしてですか？」

「だって、盗聴器はリビングにずっと仕掛けられていたはずだったんだからな」

あっ、とわたしは声を上げた。

「もしそうなら、ファックスの音が残っていないとおかしい！」

「そうだ。聞こえるはずの音が聞こえない。ここから犯行現場の偽装がバレる恐れがある」

わたしは何も見えていなかったのか。考えれば考えるほど、自分が情けなくなってくる。

「俺も自分の推理とお前の耳には、九割以上の確信があったが、警察が押収したくず入れの中からファックスの紙が見つけられれば、自分の仮説を裏付けてくれると思ったんだ。びりびりに破られていたから、つぎはぎ状態になったが、時刻もばっちり確認出来たよ。今頃は警察も、千春さんの部屋を調べて、血痕やら何やら探している頃だろう」

「なるほど……」

すべての謎が解けたように見えたが、もう一つだけ思い出した。

「ま、待ってください！　深沢調査員が犯人だと分かっていたなら、どうして今日、深沢調査員に追加の調査をさせたんですか？　黒田さんにスポーツ経験を聞きに行かせて、間宮さんにテディベアを見せに行かせたのは、一体……？」

「ん？」大野は事もなげに言う。「どうしても何も、深沢を事務所に近付けたくなかったからだよ。少なくとも、俺が確たる証拠を掴むまでの間は、彼が山口と接触するのを避けたかった」

わたしはあんぐりと口を開けた。

「……それなら、わたしを家に帰せば良かったじゃないですか」

「……あ」

大野もぽかんと口を開ける。しまった、と言わんばかりの顔だ。

体から力が抜けた。呆れてものも言えない。

大野と顔を見合わせた。大野も虚脱しきった顔をしている。きっと、わたしも似たようなものだろう。しばらくそのままでいると、どちらが先だったか、二人で大声を上げて笑い出した。

「今回の件では、国崎さんに報酬を請求出来ないな。俺の部下が起こしたことだから」

「じゃあ、ビジネス的には丸損ですね」

「ああ。深沢もクビになるから、新しい調査員を雇うために人件費もかかる。大損だ」

「あとは三千二百円」

「え？」

大野がきょとんとした顔をする。わたしはニヤリと笑って見せた。

「今回の事件のことで、思い出したんです。わたしたちが大学生だった時、わたしの耳のことを打ち明けた日がありましたよね。二人でサシ飲みしたあの日」

「ああ……懐かしいな」

「あの時、所長の方が先に酔い潰れたんです。下戸なのに飲むから。それで、あの日の飲み会は、わたしがお金を立て替えていたんです」

大野は笑い出した。

「あーあ、余計なことを思い出させちまった。それじゃあ、本当に丸損だ」

大野は長いため息をついた。彼だって疲れているはずだ。部下に裏切られ、しかもその原因が自分の引き受けた調査依頼のせいだった。

「払ってくださるなら、これからもここで働きますよ。これじゃ、立て直しも大変でしょうから。わたしの事務スキルとこの耳で、所長を支えて差し上げます。どうですか？」

わたしが冗談めかして言うと、大野はニヤリと笑った。自信満々な笑み。

いつもの、先輩の笑みだ。

「契約成立だ」

7 現在

「でもわたし、『テディベア』の一件は所長も反省するべきだと思うんですよ」

「出し抜けに、なんの話だ」

山奥の旅館から東京に戻ってきた。事務所に向かう道を大野と歩く。吐く息が白い。

あの事件から、ちょうど一年経った。

「所長が思い出させたんじゃないですか。あの事件、そりゃ、わたしの発言も軽率でしたよ。まさか深沢君が犯人だとは思いませんでしたから。わたしの考え足らずでした。でも、所長だって考えが足りなかったと思います。わたしを自宅に帰しておけば、そもそも襲われる危険だってなかった」

大野は頭を掻いた。

「……本当に悪かったと思ってるよ。でも、その話はもう何度も――」

「何度言ったって、物足りないから言ってるんです」わたしはべーっと舌を出した。「一生言い続けてやりますから。覚悟してください」

事務所の扉を開けると、新規採用したメンバー――望田（もちだ）が出迎えてくれた。

「ああ、お二人ともおかえりなさい！　それにしても……いくら私が他に仕事があったとはいえ、二人だけで温泉に行くのはずるくないですか？」

「あのなあ望田。何度も言っている通り、れっきとした仕事で行っているんだぞ」

「ま、温泉は入ったけどね」

わたしが言うと、また望田が悔しそうに顔をしかめた。

荷物を自分のデスクに置く。デスクの上には、あの事件のテディベアがちょこんと座っている。もちろん、事件現場にあったものは押収されたので、同じ商品のテディベアという意味だ。深沢の私物を整理する時、余りが出てきた。きっと、盗聴器を仕込む練習をするために、同じものを大量に購入していたのだろう。

望田がコーヒーを淹れるためにキッチンに行くと、わたしは再度所長に向き直った。所長は既にコートを脱ぎ、いつもの所長席に戻っていた。

「……でも所長、わたし考え直してみたんです」

大野は振り返り、眉の動きだけでわたしを促した。

「わたしの耳は、何も特別なことじゃないんだって」

「今さらだな」

「茶化さないでください」わたしは言う。「わたしは耳が良い。だけど、推理力がない。所長は頭が良い。だけど、耳は普通です。だから、わたしたちはただ、互いに互いの足りないところを補いあってるだけじゃないか、って」

大野は目を丸くして、しばらくわたしを見つめていた。

フッ、と笑って、彼は言う。

「山口の耳は限られた時にしか役に立たないだろう。俺の頭の良さはいつでも発揮されるがな。随分不公平な差だ」

「そう言いながら、ちょっと嬉しいんでしょう。発声前に歯に当たる息の勢いがいつもより強かったです。息も少し乱れていました。鼻がツーンとするのをこらえて、無理に声を出そうとすると、そうなるんですよ」

所長が目を丸くした。ため息をついて、首を振る。

「……そんなことまで、分かるのか」

わたしは「ええ」と飛び切りの笑顔を見せ、耳たぶを軽く引っ張って言う。

「い、ここの出来が、違いますから」

【参考文献】
コナン・ドイル「黄色い顔」(『シャーロック・ホームズの回想』所収。駒月雅子訳)角川文庫

第13号船室からの脱出

「どんなことにも理由があるはずだ」とフットレルは言い、やけに固いロールパンをかじった——彼の意見では、イギリス人が唯一ものにした食べ物である。「それにこの世の中にただのものなどない——とくにタイタニック号の上ではね」

マックス・アラン・コリンズ『タイタニック号の殺人』（羽地和世訳）

0　ルール説明

カイト（僕）　午後10時
ゲーム開始から4時間

楽しいゲームのはずだった。

それがどうしてこんなことに？

頭が重い。どこかで頭を打ったのかもしれない。

後ろ手に縛られていて、身動きが取れない。顔に袋か何かが被（かぶ）せられている。呼吸が苦しい。暗闇への恐怖も手伝って、自分はこのまま死ぬのではないかと焦燥感に駆られる。胃が締め付けられるような感覚が襲う。

ここはどこだ？　どうして僕はこんなことに？

かすかな揺れを感じる。地震とは違う揺れ。船の上だ。さっきまでいた客船の中。どこかは分からないが、ここは船内のどこかだ。

ふいに、手首に温かな感触を感じた。

体が震える。

誰だ？　僕にこんなことをした人物か？　それとも誰か助けに来たのか？

ベリッ、と激しい音がして、手首に鋭い痛みが走る。思わず呻き声を上げた。じんじんとした痛みが残っているが、手首が解放されていた。動かせる。

助けが来たのだ。

袋が程なく取り去られる。凄まじい解放感だった。大きく息を吸いこむ。

部屋の中は明るい。一瞬、目が眩んだ。

「大丈夫ですかっ」

声が聞こえた。高い声で、男か女か判別がつかない。次第に相手の顔に焦点が合う。

少年だった。顔に見覚えがある。

「スグル君……？」

友人の弟のスグルだ。心配そうな目でこちらを見ている。

「君が拘束を解いてくれたんだな。ありがとう。ここは、一体……？」

「どこかの船室みたいです……。ぼくもさっき目を覚ましたところなんです。子供だから、ぼくの手首には拘束がなかったので、まずはカイトさんを起こさなくちゃって」

立ち上がって室内を見渡す。室内には簡単なベッドと書き物机、小さなクローゼットがある。内装が質素なので、僕が宿泊するはずだったB級船室よりもう一つ下、C級の部屋だろう。

出入り口の扉に手をかけた。ノブを下ろし、押したり引いたりする。開かない。内側からつまみを回してみても開かないので、外側から何らかのロックが施されているらしい。バリケードか何かだろうか？

窓は？　丸形の船窓を見る。嵌め殺しだし、窓の外は海だ。外は真っ暗で、眼下の海も黒々としている。どうやら夜になっているらしい。何時間経ったのだろう。

「閉じ込められている……」

口にすると、絶望的な思いが深まった。

船内の廊下――「事件現場」近くの廊下に立っていた時のことだ。

僕はスグルと立ち話をしていた。その時、後ろから羽交い締めにされた。筋肉質な男で、船員の服を着ていたのを覚えている。半ズボンから覗くすね毛が濃かったことが、いやに印象に残っていた。反射的に、何かヤバいことが起きていると悟った。スグルに「逃げろ」と言おうとした時、袋のような何かを被せられ、視界を奪われた。

そこから先の記憶がない。薬でも嗅がされたのだろうか。

監禁。そんな言葉が頭に浮かび、体が震える。

これはなんだ？

僕たちは一体、何に巻き込まれているんだ？

足元には手提げ型の半透明なクリアファイルバッグが二つ。それぞれ僕とスグルのものだ。

乗船した時に一人に一つずつ渡された「謎解きキット」。バッグの前面には、「名探偵・櫻木桂馬、豪華客船からの脱出！」の文字がぎらぎらと躍っている。

船で一泊二日の旅行。推理にどっぷり浸れる、楽しい脱出ゲームのはずだったのだ。

それがどうして、こんなことに？

＊午後5時30分
ゲーム開始まで30分

「でっかい船だなあ」

僕は思わず口に出す。

港には大勢の人が押しかけていた。

潮風が汗ばんだ肌を撫でる。海の匂いに包まれ、一気に気分が高まった。

季節は秋に入っていたが、まだ残暑が続く九月の初めである。日はだんだん短くなっており、太陽が水平線に没しようとしていた。

港には客船が一隻停泊している。客室は百室程度のもので、豪華客船とまでは言えない。喫水線から最上甲板までの高さは七メートル、船首から船尾までの長さは五十メートルだ。サイトの情報によると、乗り込んだ部分が第三甲板で、上に第二甲板、上甲板、最上甲板と続いている。建物で言えば四階建てだ。

船なんて乗るのも初めてで、どうにも気持ちが浮き立ってしまう。

タラップのところで、女性客が招待状を提示していた。

一泊二日の東京湾クルーズ。高校生の身に余る贅沢だった。

「すげえよなあ、船を借り切っての脱出ゲームなんてよ」

「さすが名探偵櫻木シリーズだよ。気合入ってるぜ」

大学生くらいの年格好の男性二人が話しながら横を通り過ぎる。

彼らの後に続いて、乗船の列に並ぶ。彼らも招待状を取り出すが、そこには金色の縁取りはなかった。改めて自分の招待状に目を落とす。

本当だったんだな……招待プレーヤーって。

手元の招待状には、「招待プレーヤー　猪狩海斗様」の文字が躍っている。

今回行われるのは、脱出ゲーム企画会社「ＢＲＥＡＫ」が主催する新作のテストプレイだ。推理小説家・緑川史郎の人気シリーズとコラボし、緑川の書き下ろし脚本を使用する、かなり大掛かりな企画になっている。

「それにしても驚いたよな、テストプレイだなんて。ダメ元で応募してみてよかったぜ。タダで船に乗せてもらえるし、マジラッキー」

「それだけの勝負企画ってことだろ、ＢＲＥＡＫも。ゲームバランスの調整も難しいし」

「脱出ゲームなんてまったくやったこともない緑川ファンも来るだろうし。ほら、あの女の人とか」

彼が指し示す先には、緑川の作家生活五十周年記念の時に制作されたファンＴシャツと、バッグに大量の櫻木缶バッジをつけた女性がいた。かなり思いの強いファンらしい。

「客層が色々だから。正直、あんま難易度高くないいんじゃないかな」

男は肩を揺らしながら笑っていた。

ベータテストへの参加方法は二種類ある。一つは一般公募で、大学生二人組はこちらだ。もう一つが「招待プレーヤー」だ。過去一年間にＢＲＥＡＫが主催したイベントで、優秀な成績を収めたプレーヤーから選出したという。

受付で招待状を回収される。代わりに、謎解き用のキットが入ったクリアファイルバッグと乗船チケットを渡された。「キットの中にお名前入りのアンケート用紙が入っていますので、ぜひご協力ください」と言い添えられる。

船内に入ると、羅紗（らしゃ）張りの絨毯（じゅうたん）や煌（きら）びやかなシャンデリアが目に飛び込んでくる。さながら海上を移動するホテルの趣（おもむき）だ。船員たちも水兵スタイルで、半ズボンまで穿（は）いている。異世界に分け入っていく感覚だ。

「こちら、今回のイベントのために用意した衣装です。身に着けてお過ごしください」

執事風の男がこげ茶色のベレー帽と薄い上衣を渡してくる。上衣はスポーツの時に着るビブス、つまりゼッケンだ。チェックが入ったおしゃれなデザインで、ベストを模している。帽子と合わせれば、まさに名探偵・櫻木のトレードマークである。

「へえ、こりゃ凝っているな。プレーヤーは櫻木になりきるわけだ。合繊だから安く作れて、チケット代にグッズの代金も含まれるんだろう。お土産としちゃよく出来てるな……」彼は帽子を頭にあてがって笑った。「どう？　サマになってるだろ？」

「似合わねー」

もう一人の大学生がゲラゲラと笑う。

手に持ったベレー帽に目を落とすと、これにも金縁の刺繍（ししゅう）がしてあった。運営側が一目で一般プレーヤーと招待プレーヤーを区別するためか。僕はなんとなく気まずくなり、帽子を後ろ手に隠すように持った。

「こちらで手荷物検査を行っております。カメラ等はお持ちでないですか?」

カバンの口を開き、僕は頷いた。

「あらかじめ携帯電話等の電源はお切りください」

映像パートか何かがあるんだろう。どのみち、ゲーム中は携帯電話での調べ物等は禁止されるはずだ。今回はテストプレイでもあるので、ネタバレ防止の意味も兼ねている。

「階段を上がって、Aデッキのホールへお集まりください。Aデッキのホールへお集まりください……」

単調に繰り返されるアナウンスに導かれるように階段を上がり、ホールへ入る。

「おお……」

思わず声が漏れた。

ホールの正面には巨大なスクリーンが展開されていた。数十卓のテーブルが並んでいて、カナッペやマカロンなど軽食とお菓子が供されている。テーブルを囲む人々の年齢層は様々だ。大学生と思しき若い人々。三十代くらいの男女。中高生くらいの人は全然いない。ホールに集まる一部の人々の口から、出資とか、うちの製品をとか、そんな言葉が聞こえる。彼らはプレーヤーではなく、スポンサーのようだ。道理で、脱出ゲームのマニアとは思いがたい年格好の紳士やマダムがいるわけだ。だが、彼らもビブスと帽子を身に着けている。それがなんだかおかしくて、思わずニヤッとする。気恥ずかしさが薄れて、帽子とビブスを身にまとった。コスプレも相まって、ゲームへの没入感が増し、わくわくしてくる。

「あれっ？」

背後から素っ頓狂な声がして、思わず振り返る。

マサル――同じクラスの男子生徒だ。

彼は手にしていたベレー帽を被る。

金縁の刺繍がきらりと光った。

「マサル……お前も来ていたのか」

「ああ……そうなんだよ。こんなところで会うなんて奇遇だね。いやまったく」

彼はどこかばつの悪そうな顔をして目をそらした。こんなところで知り合いに遭遇するとは思っておらず、ちょっと動揺しているのだろう。

僕とマサルは同級生。この前の定期テストでは学年一位が僕で二位がマサル。この順位関係は入学時から変わっていない。最初の中間テストで目をつけられて以来、事あるごとにライバル視されるようになり、勉強や模試、体育の授業の時までよく絡まれる。

僕はごく普通の家庭に育ち、書店のアルバイトをした金で推理小説と脱出ゲームを嗜む、一般的な高校生だ。一方、マサルは大富豪のボンボン。金に不自由したことがないお坊ちゃまである。

　正直、いけ好かない奴だ。

　それにしても、彼に脱出ゲームの趣味があるとは思ってもみなかった。教室では互いの趣味の話をあまりしない。

「ほら、お前も挨拶しろよ。兄ちゃんの友達なんだから」

　彼は自分の背後に向け、やや乱暴な口調で言う。

　おずおずと後ろから進み出てきたのは、儚げな少年だ。線が細く、折れてしまいそうだ。顔は青白く、快活な兄とはまるで正反対だった。

「……スグル、です。よろしくお願いします」

　彼は刺繍のない、普通のベレー帽を目深に被った。

「うちのパパの会社が今回の企画に出資しててね。スポンサーの招待枠兼、招待プレーヤーで呼ばれたんだ。帽子を見る限り、君も招待されたんだね」

　高校生にもなってパパ呼びかよ。僕はどうにか笑いをこらえながら、肩をすくめて余裕をアピールしてみせる。

「ま、こういうのは得意なんでな」

「これも何かの縁だ。どうだい？　今日も勝負というのは……」

　マサルはどこか乾いた笑いを浮かべながら言った。

うわ、また来たよ。参ったな。毎回同じパターンなんだよな……。

でもまあ、と思い直す。それも悪くはないか。むしろ、ベータテストを盛り上げる素材としてはうってつけだろう。

返事をしようとしたその時。

ホールの照明が落ち、スクリーンに映像が投影された。会場に、小さな歓声が一瞬響く。はやし立てるような口笛も。

ゲームが始まる。

＊　午後10時10分
ゲーム開始から4時間10分

楽しいゲームになるはずだった。

それがどうして、僕はマサルの弟と――スグルと、こんな部屋の中に閉じ込められている？

「カイトさん……」

スグルはもじもじした様子で言う。顔が青白くなっている。

「ぼく……あの時、聞いちゃったんです。あの人たちが……船員の人たちが……」

彼の瞳が揺れた。何かを振り払うように小刻みに首を振る。恐怖をこらえているのだろうか。

「ぼくらを誘拐するって、言っているのを」

誘拐——。

ショックで頭が真っ白になった。

誘拐。それなら納得できる。僕らを拉致し、監禁しておく理由も。

恐怖が襲ってくる。犯罪に巻き込まれたという恐怖が。どうして、こんなことに巻き込まれなきゃいけないんだ？　僕を誘拐して何になる。だが、スグルの家のことを思い出してハッとする。

まさか、本当の標的はスグルなのか？

すると今度は、責任感がのしかかってきた。

目の前の少年を守らなければならない。彼は怯えている。僕は年上なのだ。僕が怖がっていてどうする？　心を奮い立たせようとするが、ダメだった。予想外の事態にまだ動揺している。

「ど、どうしましょうカイトさん。このままぼくたち、ここに閉じ込められて……」

スグルが追いすがるような声音で続けた。

「もし、殺されでもしたら？　ぼくらは犯人の顔を見ているんです。もし、もし口封じを

「……」

「大丈夫だ、少し悪い想像が過ぎるよ」と根拠のない励ましを繰り返す。

だが、果たして想像と言いきれるか？

ゾクリとする。

ここから逃げ出さなければ。

スグルを連れて、二人で逃げ出す。

参った、と僕は思わず呟く。僕らは脱出ゲームに来た。それは遊戯性の高い遊びで、あくまでも知的な快感を満たすためのゲームだ。

ゲームは得意さ、僕だって。

だけど現実は違う。

マジで脱出しなくちゃいけない事態なんて――これっぽっちも望んじゃいない。

1　第一問

マサル（兄）　午後8時30分

ゲーム開始から2時間30分

堂々としていればいいのさ。

俺は自分にそう言い聞かせる。

Aデッキの食堂には参加者たちがひしめいていた。夕食の時間だ。皆、思い思いに一夜の宴を愉しんでいる。腹ごしらえを済ませたら問題に取り組もうとしている者、食後は船内のバーに流れようと算段を立てている者。愉しみ方もまた、それぞれである。

ビュッフェスタイルなので、たらふく食べてやろうと思っていたが、俺の食欲はすっかり失われていた。ステーキも一切れ食べたら十分だった。

温かい紅茶を飲んで、どうにか心を落ち着けようとする。

手元の紙に視線を落とす。

『第一問　風土玲流が殺害された時刻は何時何分か？』

キットの中には事件現場の写真が同封されている。廊下から船室の中を写したアングルだ。机に向かう風土の背中が写っており、その手の下には原稿用紙がある。死因は撲殺なので、風土の頭のあたりに赤黒い血がついている。彼の上方に、掛け時計がかけられていた。

時計ははっきりとは読めない。

つまり第一問は『船内を探索し、事件現場を見つけ、時計の実物を見よ』という問題だ。初歩もいいところだ。

隣のオタク風の男性二人が早口で語り始める。

「一問目からこれだと拍子抜けじゃない？」

「いや、今回は櫻木シリーズのミーハーなファンも来る。このくらいの難易度でちょうどいいだろ。船を探索して自分の足で答えを見つけるのが大事なんだよ」

「ま、簡単だなんて言ってると、足をすくわれるかもしれないしな。全体に大仕掛けが施してあるのが、この手の脱出ゲームの常道なんだから」

そう。全体の大仕掛け。個々の問題にも多くのヒントがちりばめられている。最後には、張り巡らされた伏線が回収され、仕掛けが姿を現す。

罠(わな)はゲームが始まった瞬間からその口を開けている。

俺はこのゲームの始まりを思い起こした。

＊　午後5時58分
ゲーム開始まで2分

会場でカイトの顔を見た瞬間、俺の頭は一瞬、真っ白になった。

どうしてこんなところで――。

だがそんな動揺も一瞬で呑み込んだ。次には「勝負しよう」という台詞を吐けていた。

俺とカイトの間柄なら、自然な発想だ。

俺は少なからず狼狽していたが、カイトは謎を目の前にすると熱中しすぎるタイプだ。推理小説を語ると、鼻息が荒くなって、周りが見えなくなるのだ。ゲームさえ始まれば、俺のことなんて気にならなくなるに違いない。

堂々としていればいいのさ。

ウェルカムドリンクのジュースに口をつけながら、俺は自分をなだめていた。

「皆さまお待たせいたしました。お召し物がよくお似合いでいらっしゃいますね」

ホールの壇上にタキシードを着た男が立っていた。「お召し物」と言われ、身に着けたビブスに目を落とした。

「それではスクリーンをご覧ください」

スクリーンに映し出されたのは、この船の第三甲板のホールらしい。俺たちが入船してきたところだ。ホールには一人、見覚えのある男が立っていた。カーキ色のスーツ、蓄えた口ひげ。彼はカメラに近付いてくる。

「えっ、マジで？」

背後の女性が嬉しそうに言う。次いで黄色い悲鳴が上がった。

『こんなところで君に会うとはな、櫻木君。今日はまた、いつもと違う変装をしているようだね。いやあ、すぐに分かるさ。その帽子とベストを見れば、ね』

笑みをたたえながら淀みなく台詞を口にした男は、櫻木の相棒刑事・田島役の俳優だった。男性アイドルグループ出身で、今なおダンディ俳優として女性たちを虜にしている。

隣で年嵩の男女が感想を交わす。

「へええ、結構豪華じゃないの」

「ちゃんとしたコラボになっているじゃないか！　広告を出した甲斐がある」

名探偵・櫻木は変装が得意だった。老若男女を問わず、様々な人物に成りすまして潜入捜査する。その設定を生かして、プレーヤー一人一人が櫻木に「なれる」ようにあつらえたわけだ。ビブスと帽子もただのオマケではなく、「プレーヤー＝櫻木」という趣向のための小道具となる。ゲームへの没入感を一気に高めるのだ。

よく出来ている、と感心した。

『昨晩の夕食の時には、お見掛けしませんでしたな。えっ、そうですか、七時から寝ておられた。旅のお疲れが出たんですかね』

『田島さん、何こんなところで油を売っているんですか』

今度は男連中が歓声を上げた。

現れたのは、田島の後輩・会田役の女性だ。肉感的な唇と童顔が特徴で、映画にドラマに舞台に幅広い活躍を見せている。

ペンを走らせる音が背後に聞こえる。俳優そっちのけで、オープニング映像にも何かあるに違いないとメモを取っているのだろう。熱心なことだ。

『おお会田か。櫻木君を見つけたものだからね。今回の一件にも協力してもらえるんじゃないかと思って』

『櫻木さん……？　なんかいつもと雰囲気違う気がしますけど』

『バカ、変装だよ。いつもと違うのは当然だ』

『そういうもんですかね。とにかく、私は応援を頼むために一度下船します』

彼女は出入り口から下船しようとし、スタッフに呼び止められる。『下船の際にはチケットの回収をしております』『すぐに戻って来るんですが……』『規則ですから』と押し問答が交わされ、会田が画面から消えた。

田島が咳払いをする。

『あー、実はだね、櫻木君。この船内で殺人事件が起きたのだ。ガイシャは推理小説家だ。灰皿で頭を一発、殴られている』

カットバックとして、初老の男性が何者かに撲殺される映像が流れる。机に突っ伏した男性の顔はぼやけており、映ったのも一瞬だった。

田島は拳を握りしめた。

『いいかね、櫻木君！　私はこの船から絶対に犯人を逃がさない！　君も肝に銘じたまえ——ホシを船から下ろすな！　必ず我々の手で、犯人を捕まえるのだ！』

そこで場面が切り替わる。『名探偵・櫻木桂馬、豪華客船からの脱出！』とタイトルロゴが躍り、ドラマの有名なBGMが流れる。ホールは拍手に包まれた。わずか五分ほどの映像で、すっかり世界に引き込まれる。

無精ひげを生やした二人組の男がああでもないこうでもないと意見を交わし合う。

「すごいねこれ。BGMまで使ってるんだから、しっかり許諾も取ってるんでしょ？」

「俳優も本物が出てるし。ああでも、プレーヤーが櫻木だと、櫻木役の安齋チャンが出られないじゃない。出たらオイシイよねえ。今から脚本変えられないの？」

声をかけられたスタッフは困ったような笑みを浮かべていた。

「さて」

映写が終わると、タキシードの男が戻って説明を再開する。

「本船は東京湾を航行し、沖合まで出て停泊。その後、元の港に帰港します。旅程は一泊二日、その間、途中での下船は禁じます。何せ——」

タキシードの男は不敵に微笑む。

「あなた方には、殺人犯を捕まえるという使命がありますから」

なかなかの雰囲気だ。カイトの顔が引き締まるのを見た。

その後、男は——下船は禁じると言ったが、と前置きして——万が一、体調不良のゲストが出た場合には、救護室に船医を待機させていること、緊急対応が必要な場合には近海に用意している小型船で運び、医療機関まで搬送することを伝える。

「それでは、お手元のキットの中身をご確認ください。問題用紙と解答用紙がそれぞれ四枚、写真と図面、チケットが各一枚入っております」

手元のキットを開ける。クリアファイルバッグの中に、B5サイズの用紙が入っている。問題用紙には各問題が印字されているが、まだ意味の分からないものが多い。きっと、一問ずつ解答するにしたがって、ヒントが出て来る仕掛けだろう。

解答用紙は短冊形で、「A1」「A2」等の問題番号の表示と、「書き損じ、汚損の場合は再交付します。係員までお声がけください」という案内書きが添えてある。

チケットはこのイベントの入場券だ。テストプレイでは招待券がチケットの代わりになったが、本番ではこのチケットを購入して入場すると、説明があった。チケットは乗船券を模したデザインだが、船名は作中のものになっている。A4を三つ折りにしたデザインで、表面にはイベントのタイトルや案内、プレーヤー名が、裏面には「memo」という表記が左肩に書かれ、罫線が引いてある。

船の図面もある。最上甲板から上、第二、第三甲板までの図面が一枚の用紙にまとまっていた。プレイエリアが明示してあり、各客室や機関室などは立ち入り禁止となっている。

「同封の写真は、第一問に関わるものとなっております。後程ご確認ください。また、アンケート用紙を一枚同封しております。こちらも併せてお使いください」

男は次に、壇上の鉄製の箱を示した。

「プレーヤーの皆様には、第一問から第四問の各問題、および、最終問題である『犯人は誰か？』に答えていただきます。各問題への解答は、最終問題へのヒントにもなっておりますから、順番に取り組むことを推奨（すいしょう）いたします。

第一問から第四問までの解答は、このホール内に設置した事務局ブースに提出していただきます。第一問を解答すると、第二問のヒントになるものをお渡しします。今、お手元にある同封の写真と同じようなものですね。これを順次繰り返していき、最終問題に答えるための手掛かりを集めてください。ちなみに、第一問から第四問までは、何度でも解答可能ですから、謎解きゲームに慣れていない皆様も、積極的に解答してください」

俺は手元の解答用紙に目を落とした。「再交付」というのはそういう意味か。

「なお、最終問題は解答の提出先が異なります。最終問題への解答は壇上の投票箱に投函（とうかん）していただきます。なお、こちらは一度しか解答は出来ませんので、慎重にご解答いただきますよう。皆様に求められるのは、唯一無二の解答とその理由、でございます。

複数枚の投票がある場合は、最初になされた投票を有効とします。解答用紙は箱のなかで積み重なっていくため、投票された順番が分かるようになっております。解答用紙にはお名前の記載がありますので、不正は出来ないようになっておりますが……」

男は芝居がかった仕草で首を振る。

「投函は明日の午後二時で締め切りとさせていただきます。今から約二十時間後です。その後、午後四時から解決編の上映および結果発表と表彰をし、閉会となります。最優秀賞から特別賞まで様々な賞をご用意しております。各設問への解答状況、解答の内容、早さ等を根拠に、厳正なる審査のもと決めさせていただきます。配点から言うと、第一問から第四問までは各5点、最終問題が80点です。第一問から第四問については、複数回解答された方については、最終的に正解を提出されていれば5点獲得、という考え方です。各用紙にはプレーヤーのお名前が印字されていますから、事務局で取りまとめて集計します。最終問題の配点がかなり大きいですが、解答に至った根拠、気付いたヒント等も採点の対象となりますので、どうぞ気付いた点は色々と書いていただければと」

つまり、全プレーヤー5点×4問の20点までは取れて当然ということだ。最終問題でどれだけ書き込めるか、どれだけ早く正答に辿り着けるかで、勝負が分かれる。

それでは、と男は続ける。

「めくるめく迷宮へ足を踏み入れていただきましょう。これより、脱出ゲーム『名探偵・櫻木桂馬、豪華客船からの脱出！』を開始いたします」

ホールに拍手が鳴り響いた。

「おい、意外と出来が良さそうだな」

カイトが隣から話しかけてくる。口元がニヤついていた。

「勝負にふさわしい舞台だ」などと言葉を返し、俺はなんとか笑う。

「兄ちゃんたち仲良いんだね」

スグルが言う。「ただのクラスメイトさ」と俺は応える。

「今のルール説明、最終問題の解答用紙の話、あったか？」

例の大学生が背後で口にした。

「キットの中で使えそうなのは、乗船チケットの裏だろ。Ａ４サイズでまるまる罫線引いてあるし、名前の印字もある」

「えーっ、チケット入れるの？　俺、こういうの集めてるのに」

「キットもビブスも持ち帰れるんだから、むしろ土産は十分だろ」

確かに、解答用紙のことがハッキリ言及されなかったのは気にかかる。覚えておこう。

「あっ！」

スグルがドリンクのグラスを倒してしまった。カイトのキットにジュースがこぼれ、用紙が水浸しになった。

「ああっ、すみません！」

スグルが大声で謝る。俺も兄として弟の不始末を詫びた。

係員が素早くやってきて、「お取り替えしますね」と小声で言った。五分ほどして、アンケート用紙を含め、新品と交換してもらい、カイトは胸を撫で下ろしていた。

「どうなるかと思ったよ。アンケート用紙にまで名前が入っているからね。どうやら僕の名前でもう一度出力してくれたみたいだ」

「本当にごめんなさい」

「謝ることないって。どっちみち、無事に済んだんだから」

カイトは笑って言い、スグルはようやくホッとした顔を見せた。

「スグルはほんとにどんくさいな。しっかり周りに気を付けろよ」

「……ごめん、兄ちゃん」

スグルは顔を俯ける。友人の前ですることではないな、と思い、ばつが悪くなって顔をそらした。

やれやれ、先が思いやられる。

なんだって、こんな日にカイトなんかに会わなくちゃいけないんだ？

＊午後9時
ゲーム開始から3時間

殺人現場に設定された船室に辿り着く。

事件の概要はこうだ。推理作家・風土玲流が自室で殺害され、未発表原稿が盗まれた。容疑者は編集者A、風土の妻B、過激派ファンCの三名。プレーヤー＝名探偵・櫻木は、風土の部屋を訪れて手掛かりを探し、A〜Cの部屋を訪れて証言を集める、というのがおおまかな流れらしい。

現場は第二甲板にある、B級船室の一室だ。廊下の端に位置した部屋で、部屋の左手に一階層上の上甲板への階段、右手に他の客室と、その奥に下層の第三甲板への階段がある。部屋の前には多くのプレーヤーたちがたむろしている。スポンサーと思しき男たちが「もっと違う場所に現場を置いた方がいいですかね」「広い部屋でないと厳しいかもな。もしくは観覧時間をずらすとか」などと会話する中を、俺は潜（くぐ）り抜ける。

室内には机と引き出し、クローゼット、ベッドがある。風土の死体役の人形は机に突っ伏して、顔を左に向けている。頭には赤い絵の具が塗られ、近くにガラス製の灰皿が落ちていた。手の下には原稿用紙が一枚置かれている。よくよく見ると、文章がきちんと書かれていて、どうやらこれが未発表原稿のうちの一枚という設定らしい。犯人は風土を殺害後、この一枚だけは現場から回収し損ねたようだ。

原稿用紙の中身をざっと読むと、短編小説の一部と言われても納得が出来るものだった。このゲーム、意外と凝っているな。

机から視線を上に移すと、壁に丸形の痕跡がある。掛け時計はなく、痕跡の右下に大きな写真が掲示されている。初めに配られた写真の、時計の部分を拡大したものだ。【図①】

パッと見、時計は二時半を指しているように見えるが、時計には血痕が飛び散っている。血は右下に流れていた。犯人が風土の頭を殴った時、血は時計の文字盤に飛び散った。血は重力に従って下に流れるはずだ。右下に流れることはない。スタッフから分度器を借り(用意しているあたり、想定済みということだ)、長針と短針の内角を測ると、二時半の時とはズレており、殺害後、時計が違う角度に掛け替えられたことが分かる。

血痕が真下に流れるように時計を回転させると、『四時四十分』の時間が浮かび上がった。したがってこれが犯行時刻になる。俺は解答用紙にその時刻を書いた。

ふと、部屋の前に出て、廊下の壁に大きな日焼け跡があるのが目に留まった。縦六十センチ×横三十センチほどの痕跡で、絵でも掛けていたらしい。このイベントのために急な内装の変更を迫られたのだろう。ご苦労なことだ。

ホールのスタッフに用紙を提出しに行くと、既に多くの人が列に並んでいた。第一問の難易度は低い。つまずくものはいないだろう。

「それでは次の問題にお進みください」

船員は微笑んでから、二問目のヒントをくれた。

【図①】

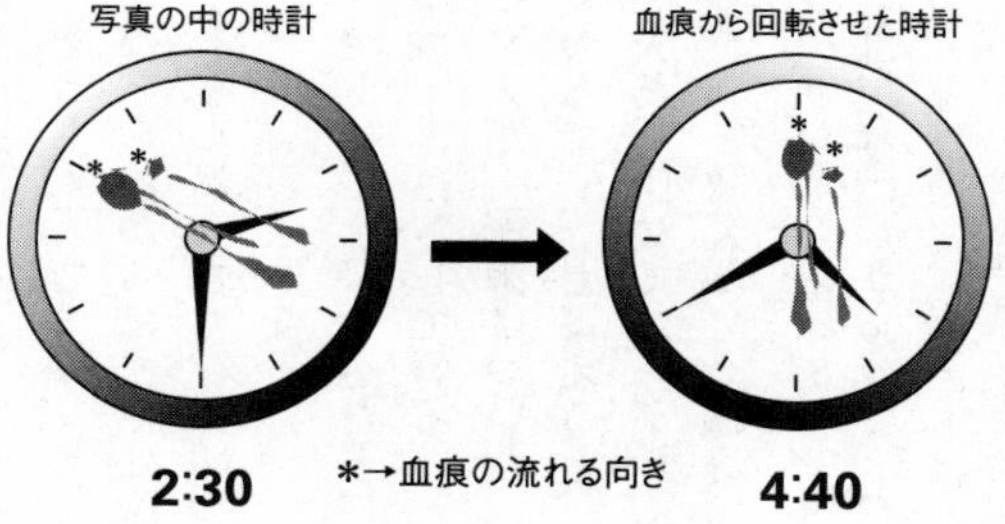

「猪狩海斗様」

俺は頷いた。ぎこちなく見えなかっただろうか。

自分でない誰かの振りをするのは難しい。櫻木はその点、すごいよな——そんなどうでもいいことを考えながら、俺はカイトになりすましてゲームに参加している。

スグル（弟）　午後10時30分
ゲーム開始から4時間30分

「ぼくらを誘拐するって、言っているのを」

カイトさんの顔が白くなって、唇が震えた。びっくりしているのが分かる。

ぼくは続けて、殺されてしまうかも、という不安を訴えた。船内には独特の揺れがあり、初めて船に乗るぼくは気分が悪くなっていた。

カイトさんはしばらく、何か考え込むような表情を浮かべていた。

次に彼は突然立ち上がり、部屋の中を歩き回る。

「ど、どうしたんですか、カイトさん」

「こんなところからはすぐに脱出しないといけない」

カイトさんは力強く言い切った。その目はぎらぎらと輝き、使命感に燃えているように見える。

ポケットに手を突っ込むと、まずは携帯電話を取り出していた。電源を入れるのに時間がかかって舌打ちしている。

「……ダメだ。電源はついたけど、電波が入らない」

ぼくのもです、と答えると、カイトさんは笑った。

「大丈夫だ、任せてよスグルくん。頭を使うのは得意だからさ」

にっこりと微笑んでくれる。自分も不安だろうに、ぼくを励ますために勇気を振り絞っているのだろう。ぼくはカイトさんに好感を持った。

「この部屋は内装から見て、C級船室の一室だろうな。第三甲板の端っこの方だ」

あっ、と言って、カイトさんがキットの中身を開ける。「あった。船内図だ。これで確かめよう」と言う。ぼくはカイトさんの手元を覗き込む。

「第三甲板のどこか……。客室の中は全部プレイエリア外になっていて……あっ」カイトさんが第三甲板の図面の右下を指さした。「ここが怪しい。わざわざ『立ち入り禁止』と書いて、大きく×が打たれている」

「どうしてここだけ区別されているんでしょう。近くの部屋は普通に使われてるのに」

「多分、この部屋に近付けさせないことにゲーム上何か意味があるんだ。その意味までは分からないけど……ただ、犯人たちがこの部屋を利用しようと思ったのは間違いなさそうだ」

「あっ」

なるほど、と膝を打った。ここにぼくたちを閉じ込めておけば、プレーヤーもスタッフも近付かないことが明らかである。

「この部屋は……図面によると、C13号船室らしいな」

すると、カイトさんは何やらニヤニヤと笑い始めた。正直ちょっと気持ち悪い。

「カ、カイトさん？」

「あ、ああ。すまない」

彼は目をぱちくりとさせ、取り繕うように言う。

「昔のミステリーの名作短編に、ジャック・フットレルの『十三号独房の問題』というのがあってな。思考機械という探偵が知恵比べのために刑務所の独房に入って、知恵と工夫で脱出する話なんだが、船室の番号を見てそれを思い出していたんだ。まるで自分が思考機械になったみたいでな」

ぼくは兄ちゃんからカイトさんの話をあまり聞いたことがない。けど、少なくとも、重度のミステリオタクなのは理解できた。

ぼくは急に不安になった。本当にぼくたち、助かるんだろうか？

「考えてみれば、船というのもいいな。ジャック・フットレルの最期（さいご）はタイタニック号の中だ。マックス・アラン・コリンズや若竹七海（わかたけななみ）がそれを主題に長編をものしている。脱出ゲーム自体のシナリオも、推理作家があんな名前だし、絶対にフットレルを意識してる……なかなかいいぞ……燃えてきた……」

カイトさんはどこかウキウキしたような顔で船室内を調べ始めた。さっきまで白い顔をしていたのが嘘のようだ。

ぼくは内心呆れ返る。

C級船室は机にベッド、クローゼットと引き出しがあるだけの簡単なつくりだ。廊下に通じるドアが一つと、シャワー室とトイレに通じるドアがそれぞれ一つずつ。船窓はあるが、嵌め殺しであり、おまけに外は海だ。

脱出手段はない。

「あっ、カイトさん、電話がありますよ」

ぼくは机の上の電話に駆け寄る。船内にのみ通じる内線電話らしい。勢いよく取り上げて耳に当ててみるも、何も聞こえてこない。

「ダメだよ」

カイトさんはしゃがみ込んで、何やらケーブルのようなものを手に持っていた。ケーブルの断面は綺麗に切られている。

「電話線が切られている。鋭利な刃物での仕事だね。犯人たちもその点は抜かりない」

カイトさんは首を振る。

「さて……とりあえずは、脱出手段か、助けを呼ぶ手段を探す必要があるね」

カイトさんが廊下に通じるドアに向かう。外開きのドアだ。ドアにはドアスコープがあるが、覗くと向こうは真っ暗だ。部屋の前に何か置かれているのだろうか。

カギはかかっていない。ドアノブは回るが、ドアが動かないのだ。

「そうらっ！」

カイトさんが反動をつけてドアに体当たりするが、びくともしなかった。

「思い切り叩けば、蝶番（ちょうつがい）の部分がわずかに浮くな……だけど、紙一枚通るかどうかって隙間だ」

「カイトさん、僕もやります」

「いや、よした方がいい。体を痛めるよ」顔をしかめながら言う。「扉の向こうに何か重いものが置かれているみたいだ。倉庫に見えるように、扉の前に物を無造作に積んであるんじゃないかな。バリケード代わりだ」

「そんな。じゃあ、中から出る方法はないんですか？」

「そいつを今探しているところだ」

とはいえ、開口部は廊下へのドアしかない。二人でベッドを動かすと、カイトさんがベッドの上に立って天井の通気口を調べる。室内で見つけた災害用の懐中電灯を持って、通気口に頭を突っ込んでいた。

「通れそうですか？」

「ダメだ」

カイトさんは通気口から顔を出し、咳（せ）き込んだ。

「僕の体格だと肩がつかえる。スグル君なら入れるかもしれないけど、縦穴が長いから、そうそう登れないと思う」

あの中に……。通気ダクトを一人行くことを想像すると、思わず体が震えた。

「今から大きな声を出すから、びっくりしないでくれよ」

カイトさんはそう言うと、深呼吸して胸を反らせ、大声で通気口に向けて叫んだ。

「助けてー！」

声がしばらくの間反響する。しんと静寂が戻って来るが、何か物音が返ってくるわけでもない。

「どこかには繋がっているはずなんだがな。すぐには反応がないか」

カイトさんはトイレや風呂場の排水パイプも検討していたようだが、とても人間の出入りはできない。

カイトさんは謎解きキットのクリアファイルバッグを丸め、天井をつつき始めた。

「何をしているんですか？」

「天井の作りに弱いところがないかと思ってね。壊せないかと」

「壊すって——」

「壊して外に出るのさ。合理的だろ？」

乱暴じゃないかな、とぼくはちょっと驚いた。少なくとも、ぼくの好きなやり方じゃない。

カイトさんは引き出しを開け、使えそうな品物がないか調べていた。引き出しの中から、セロハンテープ、ハサミ、メモ帳を見つける。

「とりあえず紙を確保だね」

ぼくは困惑した。カイトさんが何を考えているのか分からなくなってきたのだ。「カイトさん」と呼びかけると、「安心して。僕が必ずここから助けるから。スグル君は、謎解きキットの中身を開けて、出来るところまで解いてみててよ」と言う。ぼくを安心させるために、気をまぎらわせる何かを与えておきたいのだろう。でも、ぼくだって、そんな子供じゃない。

「カイトさん――」

「だけど、誘拐っていうのはおかしいな」

カイトさんは早口で言った。ぼくに聞かせるというより、独り言を言っているように見える。

「僕らを攫ったのは、服装からして船員らしかった。船の上で誘拐？　あまりにリスクが高いよ。逃げ場はないし、身代金はどうやって受け取る？」

自分を取り巻く状況に興味が湧いてきたようだ。ぼくはあの時のことをじっくり思い出し、口にする。

「えっと……あの時船員の人たちは、ぼくたちを閉じ込めておけって、言ってたんです。それからぼくたちのパパに連絡して、身代金を要求するって」

「待て、待ってくれ」

カイトさんは目を白黒させていた。

「『ぼくたちのパパ』？　どういうことだ？　僕と君は……」

彼はそこまで言って、はたと気付いて言葉を止めた。

「まさか？」

「ああ……そうなんです」

スグルが頷いた。

「カイトさんは、兄ちゃんと間違えられて、誘拐されたんですよ」

2　第二問

マサル（兄）　午後10時45分
ゲーム開始から4時間45分

解答用紙の再交付が出来ることは、スグルがジュースをこぼした時の騒動で確認している。

俺と間違えて、カイトが攫われた——その「事態」に気付いた時、俺が真っ先にやったのは、カイトになりすますことだった。

幸い、ビブスと帽子を身に着けているから、薄暗いところでは服装や顔の違いが区別しにくい。同い年で背格好も似ているから怪しまれない。解答用紙の再発行をカイトの名前で依頼した時も、特段不審に思われなかった。

——堂々としていればいいのさ。

俺は自分に再度言い聞かせ、第二問に挑む。決して目立たないように。このゲームで目立たないようにするためには、進みすぎず、かといって遅れすぎないことだ。いつまでも第一問を解いているようでは、「招待プレーヤー」としてあまりに不自然だ。

第二問は難易度は高くないが手数がかかった。


『第二問　現場となった船室の近くには、ア、イ、ウ、エ、四人の乗船客がいた。しかし、このうち一人は、真犯人に丸め込まれて偽証をさせられているという。ア～エのうち、嘘つきは誰か？』


例の大学生二人組は、この問題を評して言う。

「何の変哲もない論理パズルだよ。矛盾する証言を突き合わせれば、嘘つきが分かる」

「四人の証言は船内を歩き回って集めないといけないから、ゲーム性は担保されているさ。足で手掛かりを集めさせる辺りは、『マチアソビ』の手法を取り入れてるんじゃないか」

「歩き回ると言ったって、四人の立ち位置は地図で示されている。親切設計だよ。歯ごたえがないなあ」

二人の評価は手厳しいが、確かに簡単な問題ではある。

第一問を事務局ブースに解答すると、紙を一枚渡された。ア～エの四人の立ち位置を示した図だ。その立ち位置、及び図に従って動くことで得た各証言は次のようになっている。

【図②】

ア「逃げていく犯人を見ました。ウさんにケガはなかったんでしょうか？」

イ「犯人が後ろからぶつかってきたんだ！　心底驚いたよ！」

ウ「部屋を出ていこうとしたら、犯人の野郎に思いっきり足を踏まれたんだよ！　俺の部屋に匿(かくま)ってるだって？　馬鹿言うんじゃねえよ！」

エ「犯人が部屋から出てきてイさんの背中にぶつかるのを見ました。すると私の方に向かってきて、身動きも出来ませんでした。ああ、恐ろしい」

アの証言だけ読むと、犯人はエの立っている下り階段の方に逃げてきたと思われる。だが、アの立っている位置からして、ウが足を踏まれる様子を視認出来るとは思えない。ここまで検討すれば、嘘つきはアと簡単に分かる。

また、論理パズルの定石を使っても解ける。エの証言の中にイの様子が言及されているから、エが真であるなら、イも真になる。すると嘘つきはアかウになるが、イとエが真なら、逃走経路はイからエの立ち位置へ、で矛盾がない。したがって、ウが足を踏まれたとする証言は真。残るアが嘘つきだ。

証言は所定の位置で配布されるカードで集める。地図の誘導に従わなければいけないの

【図②】

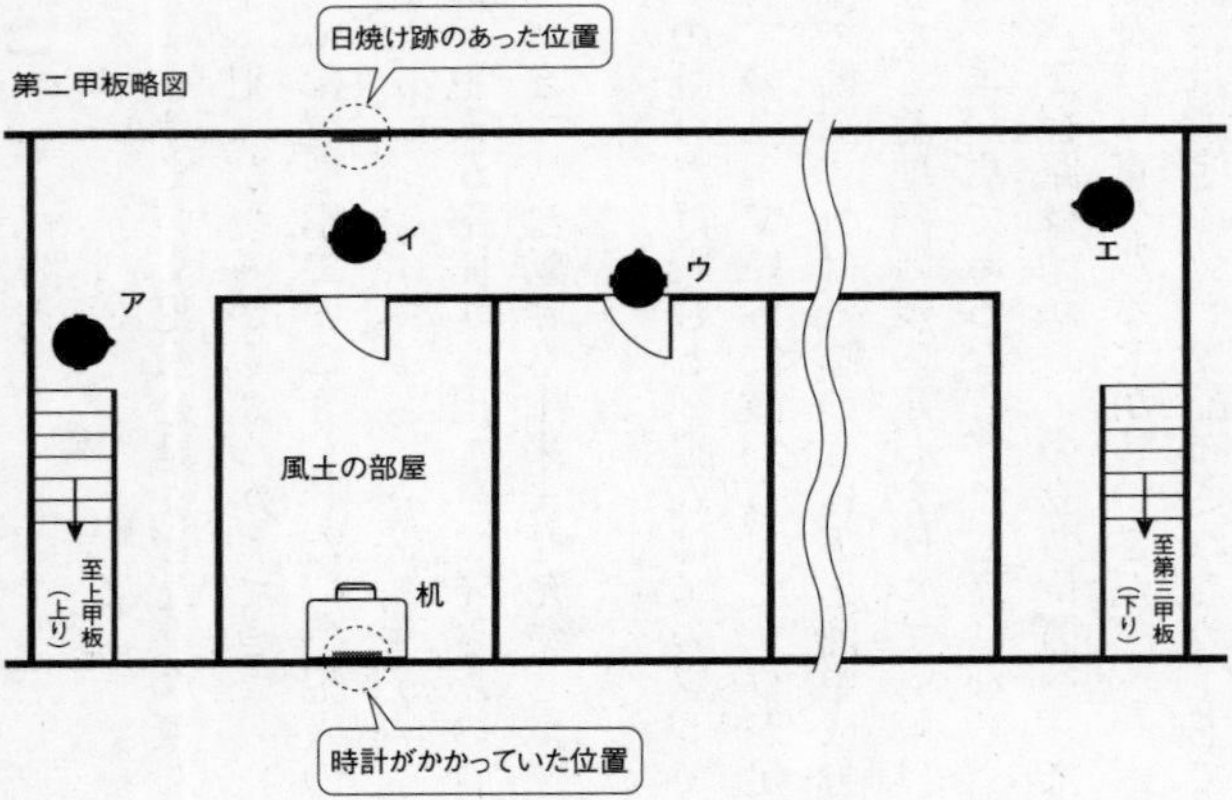

で、時間こそかかるが、集めてみれば大したことはない。ありがちな嘘つきのパズルだ。

嘘つき――。

自分を嘲(あざけ)って笑う。この船内で一番の大嘘つきは、間違いなく俺だ。

いや、俺の雇った船員たちも嘘つきだ。任せてください、などと中国語で口にしていたが、結局しくじったじゃないか。

船員には俺と弟を誘拐するように依頼してあった。

それを、船員どもは間違えやがったのだ。

デッキに出ると、夜風が心地よく頬を撫でた。黒い海がさざ波を立てている。デッキ上のプールには、夜用の照明が灯されていた。カクテルグラスを持った大人たちがプールサイドで談笑している。ナイトプールの風情だ。海の上で水浴びとは、贅沢なことだ。

デッキの手すりにもたれて、夜空を見上げる。

ふう、と長い息を吐く。

……今頃、執事の益田（ますだ）がパパに写真を見せている頃だろう。縛られ、猿轡（さるぐつわ）をされた俺の写真――誘拐された「振り」をしてあらかじめ撮影したものだ。益田にデータを渡しておいたのだ。益田が「誘拐犯から送られてきた」と言えば、パパはすぐに信じるだろう。益田は最も古株で、パパからの信頼も厚い。

裏を返せば、俺たち兄弟とも最も親交が深い。

パパに特定のビットコインを複数の取引所で大量買いさせ、価格を急騰させる。乗り遅れたと思ったプレーヤーたちも購入し、急騰を後押ししてくれるだろう。株式よりも流動性が高く、一人のバイヤーが大きな影響を与えられる世界だ。そうして急騰したところで、俺が売る。出た利益は船員たちと分ける予定だ――そのはずだった。

だが、その計画がどうだ？

俺が仕組んだ狂言誘拐のシナリオは、完全に狂わされていた。

だが、焦ることはない。トラブルにも完璧に対処した。

どのみち、あの部屋に閉じ込められているカイトとスグルには何も出来ない……。

俺はひとりほくそ笑んだ。エのカードは図の位置から離れた第三甲板に置かれていた。

それを取りに下りた時のことを思い出したのだ。

例の二人組の大学生が何やら議論をしていた。第三甲板は、C級の船室があるフロアだ。

「なあ、今変な声がしなかったか？『助けてくれ！』って声が」

「やめろよ気味が悪い」

「でも、さっき自分の部屋に入った時も、『助けて』って声がした気がしたんだ。……なあ、ちょっと怖いよ。何か起こってるんじゃないか」

まさか、近くにカイトとスグルがいるのか？　俺は息が詰まった。

二人だって、当然、おとなしく閉じ込められているわけじゃない。助けを求めるに決まっている。

「いや、この部屋を見てみろよ。『立ち入り禁止』の貼り紙があるし、船内図でも×が打ってあるだろ。そういう部屋から声がするんだから、これはゲームの趣向だ」

「でも……」

「いい加減にしろよ。考えすぎだ。こういうゲームの最中なんだぞ。大体、謎解きゲーム中に事件が起こるなんて、そんな話があるもんか」

大学生の声が、少し大きくなった。

「……そうかも。まあ、声だって、俺の気のせいかもしれないしな」

俺はホッと胸を撫で下ろした。こういうゲームだから……なるほど、そんな隠れ蓑もあったのか。

堂々としていればいいんだ。バレることはない。

「猪狩海斗様」

その時、背後から名前を呼ばれた。

びくりと体が震える。振り返ると、スーツを着た女性が立っていた。

「猪狩海斗様……でしたよね。さっき解答ブースにいらっしゃった」

「ああ、はい。そうです」

彼女はボールペンを差し出した。

「先ほど、忘れ物をしていかれましたので。お届けにあがりました」

「あ、ああ……そうでしたか。それはどうも、ありがとうございます……」

俺は帽子を深く被り直し、ボールペンを受け取った。女性が立ち去った後も、まだ心臓がバックン、バックンと高鳴っていた。

その時、船室の方から、ドン、と鈍い音が聞こえた。

また体が跳ねる。

扉の隙間から、紙が一枚、ひらりと舞い降りた。

カイトたちか？　俺は周囲に誰もいないことを確認してから、紙を拾う。

『マサルへ』

宛名を読んだ時は、俺が目の前にいるのがバレているのかと思って、マジに震えた。だが、分かるはずがない。こちらの様子を窺える（うかが）はずがないのだから。この紙を拾った誰かが、俺に届けることを期待しているんだろう。

俺に助けを求める文面だった。

小さく、クスクスと笑った。

——なあんだ。

掌（てのひら）の中で、紙を握りつぶす。

さっきから叫んでみたり、色々とやっているようだが、結局、俺に助けを求めるほど追い詰められているんじゃないか。さっきまで怯えていたのが馬鹿みたいだった。

俺が黒幕であることさえ、カイトは気付かないだろう……。

カイト、今回ばかりは俺の勝ちだ。

俺はこの狂言誘拐を、必ず成功させる。

スグル（弟）

午後11時　ゲーム開始から5時間

「僕とマサルが間違えられた？」

カイトさんは一瞬、きょとんとした表情をするけれど、すぐに目を見開いて、鼻息を荒くした。何度も大きく頷き始める。壊れてしまったくるみ割り人形のようだ。閉ざされた船室の中を、カイトさんは落ち着かなげに歩き始める。

「そうか、そういうことだったのか。それなら全部辻褄が合うぞ」

「でも、間違えるなんてこと、あるんでしょうか。現にこうして起こってしまっているわけですけど……」

「あり得るさ」カイトさんは頬を紅潮させながら話し続ける。「恐らく誘拐犯は、ターゲット、つまりマサルの年齢や背格好、写真くらいの情報しかもっていなかったんだろう。僕とマサルは同級生で、背格好も近い。廊下は薄暗かったから、よく確認できなかった」

「それだけで間違えられちゃったんですか？」

「原因は他にもある。例えば君もその一つだ」

「ぼくが？」

「誘拐犯はマサルに弟がいることは知っていた。だから、君と一緒にいた僕が兄のマサルだと即断したんだ。

そして、犯人が間違えた最大の理由は、今僕たちが身に着けているビブスとベレー帽だよ」

あっ、とぼくは声を出す。

「全員が同じ格好をしているから、判別がつきにくいんだ。加えて、帽子を目深に被っていると顔の確認がしづらい。僕とマサルはどっちも招待プレーヤーだったから、同じ刺繍入りの帽子を身に着けていたしね」

「なるほど……色んな要因が積み重なって、『間違い誘拐』が起こってしまったんですね」

カイトさんは頷き、次いで深刻そうな表情で俯く。

ぼくは、自分がカイトさんをこんな事態に巻き込んでしまったことに思い至り、申し訳なく思った。同時に、間違いに気付いた犯人たちが逆上しかねないとも思い、恐怖に身がすくむ。屈強な男たちに暴力を振るわれれば、子供のぼくはどうしようもない。

「ほら……怖がらなくていい。僕が絶対なんとかしてやるからな」

カイトさんの声はわずかに震えている。ぼくと同じで怖いんだ。

その時、ぼくのお腹が激しく鳴った。ぐぎゅるるる、という遠慮のない音に、ぼくは恥ずかしくなってお腹を押さえる。

カイトさんは少し笑いながら言った。

「そういえば、腹が減ったね。水道があるから水には困らないけど、誘拐犯たちは食料を持ってきてくれるつもりはないのかな……」

「……あっ！」

ぼくはポケットの中に手を入れた。

ポケットから、チョコバーやナッツ類、クッキーの包みを続々と取り出した。

「おやつに食べようと思って、ラウンジにあったお菓子類をもらっていたんです……二人で食べませんか？」

「こんなに持ってきていたのか。見かけによらず食いしん坊だな」

カイトさんが笑うので、「からかうならあげませんよ！」と言い返す。

チョコバーは二本あったので、一本ずつ食べた。長期戦になるかもしれないので、あとの食料は取っておくことになった。頭の中に食堂でのビュッフェのことが浮かぶ。どんなに豪華な料理が出るんだろう。こんな船だから、きっと美味しいものが出たんだろうな。思い浮かべるだけでよだれが出そうになって、同時に、ぼくから美味い夕食を奪った人たちのことを恨んだ。

「どうすれば、助けが来てくれるんでしょう……」

「犯人も見回りに来ないしな。外部と接触する機会があれば……」

外から声が聞こえた。男二人のものだ。「犯人が戻ってきた！」とぼくは叫ぶ。カイトさんのまとう雰囲気が変わった。扉に鋭く視線を向け、「早すぎる」と呟く。

扉の向こうから男たちの会話が聞こえる。「あった……カード……」。扉の向こうの声は、くぐもって途切れ途切れにしか聞こえない。

内容から、ゲーム参加者のものだと理解する。体の力が抜けた。

「どうやらこの近くに、参加者が通るチェックポイントがあるらしいな」

カイトさんが言う。彼は立ち上がって扉の前に行く。扉を拳でドンドンと叩き、「助けてくれ！」と数度叫ぶ。しん、と静寂が走る。

二人で扉に耳をつける。ぼそぼそした声で聞き取れない。なんだ？　何を話している？

「いい加減にしろ……こういうゲームの最中なんだぞ……大体、謎解きゲーム中に事件が……」

片方の男の声が、突然大きくなった。押し問答になって、片方がしびれをきらした。そんなところだろう。

体から力が抜けた。

「ゲーム中だから……か。二人組だから、片方が『誰かが助けてくれと叫んでいる』と言ってくれたんだろう。でも、もう片方に突っぱねられた」

「どうしてですか？」

「謎解きゲームの最中だから、何かの演出に違いないとか……そんな風に言われたんじゃないか。そう思われたら、さすがにキツイな」

カイトさんが首を振った。肩が下がっていて、気落ちしているのが分かる。

「でも、ここがチェックポイントなんだとすれば……マサルもいつかこの前を通ることになるな」

「ほんとだ！」

カイトさんは引き出しから見つけたメモ帳を取り出して、鉛筆で文字を書きつけた。

『マサルへ
カイトです。いまぼくたちは部屋のなかにかんきんされている。すぐちかくだ。早くみつけて助け出してくれ。

じかんがない。このままでは殺される。ぶざまだと思うかもしれないけど、君をしんじて待っている。』

カイトさんは急いでそう書くと、扉に耳をくっつけた。

「カイトさん、そのメモ、どう渡すんですか？」

「もちろん、誰かに拾わせるんだよ。この紙にはマサルの名前が入っている。誰かが拾えば、運営に届けられて、館内放送でマサルが呼び出されるはずだ」

カイトさんのその考えには大きな穴がある。それなら、拾った人に事態を伝えてもらえばいいのでは？　兄ちゃん宛てにこだわる必要はない。

その時、扉の近くで誰かの足音が停まった。

「猪狩海斗様」

女性の声だった。高く、よく通る声で、扉越しでも聞こえた。

名前を呼ばれたカイトさんは、肩をぴくりと震わせた。「なんで僕の名前？」と呟いて、ぼくを振り返る。ぼくは反射的に首を振った。

「――いや、今はいい。僕が扉に体当たりするから、その時、扉の隙間から紙を落としてくれ」

せー、のッ！　の掛け声でカイトさんが体をぶつける。ぼくも考えている暇がなかった。

蝶番と反対側がわずかに浮くので、その隙間にメモを投げ入れた。

通った！

足音が、再び部屋の前で停まる。

沈黙には並々ならぬ緊張感があった。カイトさんは固唾を呑んで見守り、扉の前の誰かも立ち止まったまま微動だにしない。ぼくも思わず息が詰まった。

次の瞬間、扉の向こうからかすかに、グシャッという音が聞こえた。

「あ――」

　ぼくは声を上げた。

「どうして……、助けを求めているのに、無視するなんて、ひどいです」

　足音が遠ざかっていく。

「やっぱりか――」

　カイトさんは首を振っていた。眉根を寄せ、無念そうな顔だ。

「さっきの女性は、僕がここにいるのを知って呼びかけたんじゃない。女性の他に、もう一人誰かがいた。扉の前に立っていたその誰かに、女性が声をかけたんだ」

「えっ。じゃあ、その誰かは……」

「ああ。僕の名前で呼ばれていた」

「でも、カイトさんはここにいるのに……」

「不思議だよな。でも、その誰かがマサルだとすれば、納得がいく」

「ええっ」

　ぼくは大きな声を出した。

「どうしてそうなるんですか。今のが、兄ちゃん……？」

　カイトさんは迷うようなそぶりを見せた。

「言いづらいんだが、この誘拐事件を仕組んだのは、マサルかもしれない」

「ええっ！」

ぼくはますます大きな声を出し、首をぶんぶんと振る。

「あり得ません。兄ちゃんがそんなことを考えるなんて」

「もちろん、僕の推理だけどね。でも、そう考えれば多くの疑問に説明がつく。

まず疑問に思ったのは、船内でこんな事件を起こしたことだ」

「船内で……つまり、お金を奪うのが、船だと難しいからですか？」

「そうじゃない。株式の操作とか、直接相手方と接触せずとも身代金を得る方法は考えられる。

問題は別のところにある。船の上で犯罪をしたら、誘拐犯たちには逃げ場がないじゃないか。海上から脱出する手段はないし、警察に通報されて、帰港時に警官でも配備されたら一巻の終わりだ。誘拐としてはあまりにリスキーだよ」

「でもそれなら、誰もそんなことはしないいんじゃないですか？」

「ところが、一人だけいるんだよ」カイトさんはニヤリと笑う。「こんなリスキーな場所で犯行をするメリットのある人物がね。その人物は誰からも疑われず、しかも、誘拐事件の間、父親の目の前から行方をくらまして、身代金を用意せざるを得ない状況を作ることが出来る」

そこまで言われれば、十歳の子供でも理解できる。

「兄ちゃん……」

「そういうことだ。本当は誘拐されていなくても、ゲームの注意説明に則（のっと）って、携帯電話の電源は落としてあるわけだからね。いくら父親が連絡を取ろうとしても、電波は通じない。運営会社に連絡をとり、マサルの所在を確かめてもらうことは出来る。だが身を隠しているのだから、どのみち安否を確かめる術はない。父親の不安は高まるだろう。むしろ、こんなリスキーな犯罪をやるメリットのある人物は、マサルしかいないんだよ。つまり、これはマサルによる狂言誘拐なんだ」

　カイトさんの口元に笑みが浮かぶ。

「さあ。そんな狂言誘拐を仕組んだマサルだが、思わぬアクシデントが発生した。言うまでもなく、実行部隊がマサルと僕を間違えて誘拐してしまったことだ。そこで、マサルは必死に頭を巡らせた。今すぐ誘拐を中止すべきか？　いや、中止したら元も子もない。そんなことをすれば、第三者である僕の目の前で、自分が狂言誘拐を企んだことがバレてしまうからだ。

　とすれば、『間違い誘拐』というシナリオを強引に推し進めるしかない。父親から身を隠し、かつ、自分が無事であることも隠す。ここでマサルの回路は繋がった。自分がカイトになりすませばいい！」

「ああっ！」ぼくは手を打った。「そこで、『カイト』という呼び方に繋がるんですね！」

「体調不良の振りをするのも目立つからね。木の葉を隠すなら森へ。プレーヤーを隠すならゲーム会場へ。プレーヤーとしてゲームに参加するのが、実は一番目立たないんだ。だが、マサルと同じく僕も招待プレーヤーだったから、マサルものんびり構えてはいられなくなった。招待プレーヤーが問題に手こずっていたら不自然だろう?」

「確かに……」

カイトさんは何度も頷いて見せる。

「しかし、これで条件は整ってきた……もしマサルがそのつもりなら……くっくく、これは面白くなってきたぞ」

ぼくは独り言をまくしたてるカイトさんが段々怖くなってきた。

「リアル脱出ゲームでマサルと対決しようって話したのに、まさかこっちまでマサルとの知恵比べになるとはね。燃えるぜ」

冗談めかして言っているが、目は伏せ、真剣な表情で船室の扉を見つめている。顔こそ笑っているが、目は笑っていない。ここからどう脱出するべきか、必死に頭を巡らせているのだろう。

あるいは、どうやったら兄ちゃんの鼻を明かせるか、かもしれない。

ぼくはカイトさんの考えていることが、よく分からなくなった。

3　第三問

マサル（兄）　午前6時10分
ゲーム開始から12時間10分

頭が重い。

なんだかよく眠れなかった。

悩みの種は、誘拐が変な方向に転がっていったことと、あとは、第三問が解けないことだ。

『第三問　謎はここに隠れている。よく見てみよう。さあ、目の端に輪っかを当てて。人の名前が見えたならそれが解答だ。これは恐らく、風土の遺（のこ）したダイイングメッセージ。答えはすぐ近くにあるぞ』

第二問までと比べ、文体まで変えてあるのが鼻につく。

事務局ブースに第二問の解答を提出すると、薄い紙が一枚渡された。トレーシングペーパーでA4サイズだ。端の方に小さな丸が一つ書かれ、それよりも大きい×印が真ん中の方に四つ散らばっている。

ここまでくれば、謎解きゲームマニアはピンと来る。「目の端に輪っかを当てて」の「輪っか」とは紙の端に描かれた小さな丸のことだ。トレーシングペーパーなのは透かして見るため。つまり、なんらかの用紙に、この薄い紙の「輪っか」を「目の端」に「当て」るように配置すれば、名前が浮かび上がる仕組みだ。

そんなことは分かっている！　だが、どの紙を使うのだ？　いくら暗号の解き方が分かっていても、「鍵」が分からなくては前に進めない。

制限時間が長いから気が緩んでいたのと、通常の脱出ゲームと違って、参加者とのディスカッションをせず、孤軍奮闘で問題に取り組んでいたのが手痛かった。

手持ちの紙は全て試してみた。問題用紙、アンケート用紙、証言シート。だが、意味のある文字列になる紙はなかった。乗船チケットではサイズが合わない。「目の端」。この言葉をもっと突き詰めなくては……。

アメニティのコーヒーを淹れ、ミルクと砂糖を大量に入れて飲み下した。

問題文に立ち返る――。

脱出ゲームだけでなくて、日ごろの勉強でも耳にタコが出来るほど言い聞かせられていることだ。

するると、俺はようやく糸口を発見した。

風土の遺したダイイングメッセージ！

これだ。ここに注目しなければいけなかった。問題用紙もアンケート用紙も、風土の手元にはない。俺は現場写真を取り出した。

すると——あった！

風土の手元に一枚だけ残された、書きかけの原稿用紙。これこそが「鍵」だ。

しかし、「目の端」とは？

自問した瞬間、原稿用紙のマス目に視線が引き寄せられた——マス目！　マス目の端に印を合わせろ、ということだ！

写真の画像は不鮮明なので、事件現場の船室に行って原稿用紙の現物を確認する。

階下に下りて事件現場に行くと、まだ早朝であるためか、人影はない。もしかして、みんなとっくに第三問なんて通り越したのか？　俺だけ後れをとっているのか？　くそっ、今すぐにでも追いついて——。

そこまで考えて、俺は思わず自分の口を押さえた。

茫然として、次いで、自分に笑いそうになる。

——ゲームに熱中している場合かよ。

頭が冷えてきた。自分が置かれている状況を再認識する。

【図③】（トレーシングペーパーを重ねた状態）

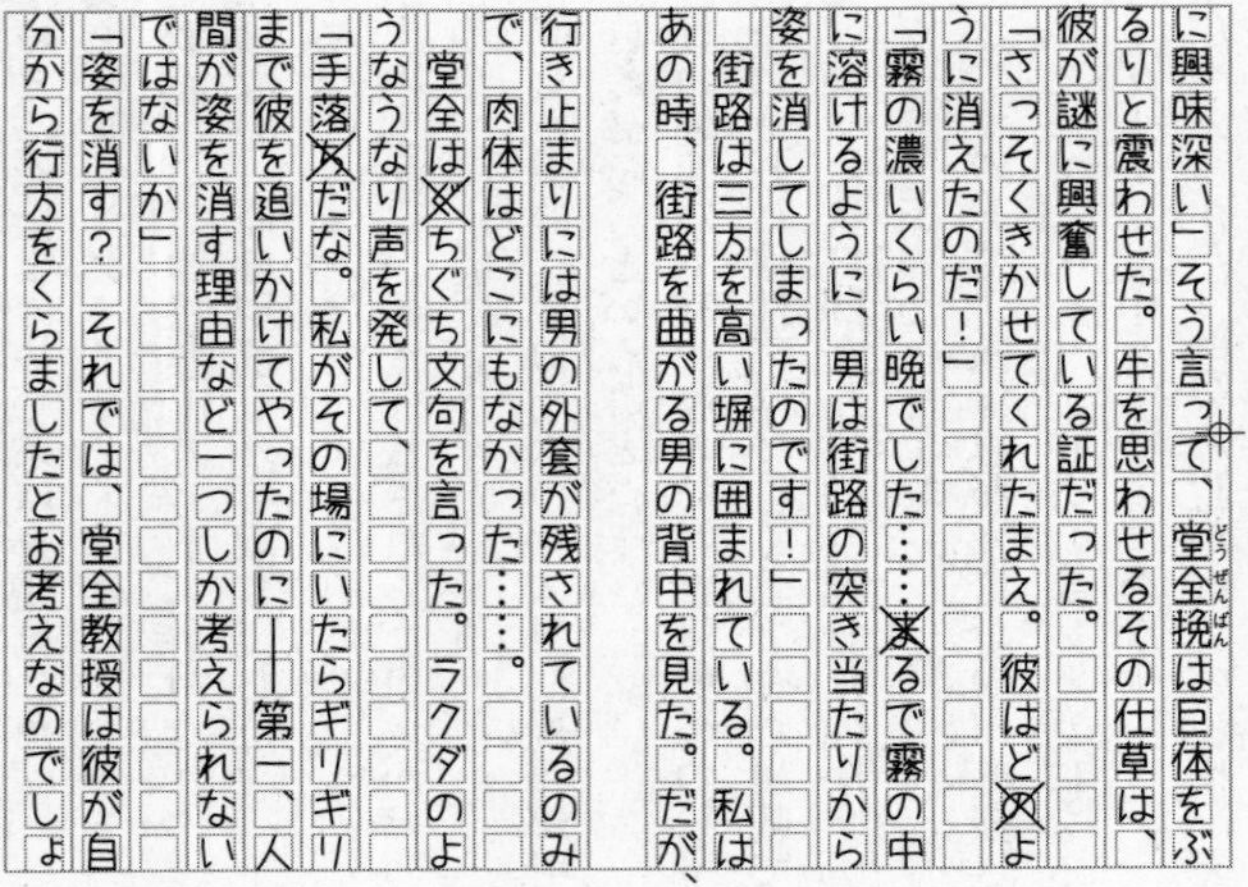

に興味深い」そう言って、堂全挽（どうぜんばん）は巨体をぶ
るりと震わせた。牛を思わせるその仕草は、
彼が謎に興奮している証だった。
「さっそくきかせてくれたまえ。彼はどのよ
うに消えたのだ！」
「霧の濃いくらい晩でした……まるで霧の中
に溶けるように、男は街路の突き当たりから
姿を消してしまったのです！」
　街路は三方を高い塀に囲まれている。私は
あの時、街路を曲がる男の背中を見た。だが、
行き止まりには男の外套が残されているのみ
で、肉体はどこにもなかった……。
　堂全はぐちぐち文句を言った。ラクダのよ
うなうなり声を発して、
「手落ちだな。私がその場にいたらギリギリ
まで彼を追いかけてやったのに――第一、人
間が姿を消す理由など一つしか考えられない
ではないか」
「姿を消す？　それでは、堂全教授は彼が自
分から行方をくらましたとお考えなのでしょ

俺は今、誘拐計画の続行中なんだ。
あのクソ親父（おやじ）から金を引き出せるか。俺が家出して自分の人生を生き始められるかは、そいつにかかっている。

あくまでも、悪目立ちしないように解きゃいいんだ。ゲームに勝つ必要はないし、むしろ、勝ってはいけない。

この問題が解けたこと自体は誇るべきだが、のめりこみすぎちゃいけない。

原稿用紙に紙を当ててみる。原稿用紙の右端のマス目に、かすかに○の印が打ってあった。合わせるのはここだ。

【図③】

四つの文字を拾うと、「のまぐち」。

暗号の鍵だと思って読み直すと、「暗い」の漢字をわざわざ「くらい」

と開いてあったり、不自然な表現も多い。最初に原稿用紙を読んだ時、もう少し見ておけばよかった。

「このパターンかよー」

廊下の外から声が聞こえてきた。外に出てみると、例の大学生二人組が話し込んでいた。ビブスの下はさっぱりとしたTシャツに着替えている。

「容疑者ってA、B、Cとしか呼ばれていないんだぜ。だけど、ダイイングメッセージが『のまぐち』で残っているってことは、この三人のうちの誰かがその名前を持ってるってことだ。多分、シナリオのどこかか、証言シートのどこかに名前があるぜ、これ」

「名前か分からないだろう。ダイイングメッセージなら、犯人の特徴をあらわしているのかも……」

「のまぐち、って言葉が名前以外の意味に読めるか?」

ぐちぐちと言いながら、解答用紙を提出するためにホールに上がっていった。他のプレーヤーも同じところでつまずいているのだと分かり、内心ホッとする。

解答用紙を出す時、スタッフにちらっと聞いてみる。

「今、ここまで来たのって何人ですか?」

「うーん、二十人くらいです。テスターが百名なので想定より少し少ないですが、夜は宴会で騒がしかったですから、真面目に進めている方は、あんまり」

苦笑する。確かにここの料理は美味しいので、それ目当てに来ても元が取れるだろう。

朝七時だ。ホールには何人か参加者の姿が見えた。ジュースやコーヒーを手に談笑している人が多い。まだ人が少ないのは眠っているか、食堂で朝食をとっているからだろう。

俺もそろそろ腹が減ってきた。

大学生二人組はテーブルの上にかがみこんで何か作業をやっている。

「さて、これが第四問でお使いいただくセットになります。中に入っているものは全て使いますので、なくさないようにしてください」

はい、と言って巾着を受け取った時、背後のテーブルで大学生が大声を上げた。

「おいおい、冗談だろ！」

振り返ると、彼は両手で頭を抱え、テーブルの上を見つめていた。唸り声を上げている。

「どういうことだ、こりゃ――前提が変わって来るじゃないか！」

スグル（弟）　午前7時
ゲーム開始から13時間

爆発音がした。

ぼくは跳ねるようにしてベッドから起き上がった。犯人が戻ってきたのか？　身を縮ませる。

いつの間にか寝ていたらしい。船の中で寝るのは初めてだから、揺れのせいで、頭が割れそうに痛む。今何時なんだ？　それに、カイトさんはどこに——。

「ああ、ごめんごめん、びっくりさせたよな」

あっけらかんとした声が聞こえた。薄目を開けると、カイトさんが笑いながらぼくのことを覗き込んでいた。

「いやあ、まさかこんなに音がするとは……この音とか、異常警報とかで助けが来てくれればそれで万々歳だな。ああ、ベッドの上から下りるなよ。足元濡れるから」

「濡れる……？」

ぼくはベッドの下を見た。

「ああっ……？」

床の上に水が流れ込んでいた。見ると、シャワー室の蛇口(じゃぐち)の部分が壊れ、水を吐き出し続けている。蛇口は根元の部分から破損し、水が垂れ流されていた。どんなことをすれば、あんなになるまで——。

爆発？

「加減したつもりなんだけどね。ほら。携帯電話が圏外で役に立たないから、分解して電池パックを取り外したんだ。セロハンテープとハサミ、あとは電話線から電線を引き出して、ちょいと工作をね。リチウムイオンバッテリーを強制的に発火、爆発させたんだよ。要はバッテリーの中のセパレーターが正常に機能しないようにしてやればいいからね。あとは通電して負荷をかけて、リチウムイオンだから勝手に水と反応してくれる。蛇口の破壊くらいはわけなかったね」

「爆発って……火災でも起こったらどうするつもりだったんですか？」

「その手もあったか！　それなら火災報知機が作動してくれる」

「じゃなくて……」

頭が痛くなってきた。ダメだ。この人の考えていることが、全く分からない。

「本当は僕だって穏便にいくつもりだったんだよ。だけど、蛇口捻って水溜めるんじゃ限界があってね。昨日の十二時から蛇口を開いてるんだけど、深夜の二時に『これじゃ到底間に合わない』と思って、蛇口を壊してもっと水を出すことにしたんだ。結局工作に時間かかっちゃったけどね」

気軽な口調で言ってのけるカイトさんの目元にはクマが見えた。

「間に合わない……？　カイトさん……あなた、何を言って」

「あっ、僕がどうかしちゃったと思ってる？　大丈夫大丈夫。徹夜でハイになってる部分はあるけど、いたって真面目なんだよ、これは」

真面目？　ぼくは足元の水を見た。シャワー室から流れて来る止めどない水流は、水深三センチほどに達しようとしている。夜中から水を出していたって話はどうも本当らしい。水圧で扉を開けるつもりか？　それとも、水の異常を検知して、誰かが助けに来てくれるのを期待しているのか？

どちらにせよ、爆発で水道管を吹き飛ばすなんて、どうかしてる。

「カイトさん、わけが分かりません。せめてもう少し説明してください」

「じゃあここで問題だ。スグル君は、密室から脱出する最も確実な方法はなんだと思う？」

ベッドの上にあぐらをかいて、カイトさんはいたずらっ子の笑みを浮かべている。ぼくは思わずイラッとした。子供だからってバカにして。ぼくはこういう態度を取られるのが一番嫌いなのだ。

「……壊して突破する」

「はは、それが出来たら一番いいね。だけど、電池パックの爆弾じゃ、蛇口を壊すのがせいぜいだったよ。爆発を起こせばシャワー室の壁の裏から脱出できないかと少し期待していたんだけどね。さすがに火力不足だ」

やはり、カイトさんの主目的は水を出すことにある。だが、その先が読めなかった。

「じゃあ、外に協力者を作る、とか」

「それも確実な方法だね。外まで続く管があれば、手紙のやり取りは出来る。通気ダクトなんかもそうだ。だが、僕らはそれに失敗している」

マサル兄ちゃんに渡したメモを握りつぶされたこと、助けを求めているのに、男二人組にゲームの演出と思われたことを思い出す。

もちろん、この密室から抜け出す魔法があるのなら、素晴らしいことだが……あいにく、そんな魔法は思い浮かばない。

「ギブアップかな。じゃあ、正解を言おう」

カイトさんはニヤリと笑った。

「僕らをここに閉じ込めた人物に、鍵を開けさせることだよ」

「……は？」

それは一番単純な答えだが、

「いや……あり得ませんよ、そんなの」

ぼくはかぶりを振った。あんまりおかしいので、ちょっと笑っていたかもしれない。

「だって、誘拐犯たちは兄ちゃんの指示を受けてぼくらをここに閉じ込めているんです。兄ちゃんの命令なしに、勝手に動くはずがない。それに、彼らにはここを開ける必要さえないんです。ぼくらのパパから『兄ちゃん』の身を隠せればいいんだから、確かめることは何もない」

「ところがね、僕には魔法があるのさ。彼らがこの部屋を開けたくてたまらなくなる、そんな魔法がね」

カイトさんの笑みは自信に満ち溢れていた。ぼくはますますこの人のことが分からなくなった。徹夜も相まって、本当にどうかしちゃったのかもしれない。

「ヒントはこのゲームの中にある」

「ゲームの？」

「そうさ。僕にはこのゲ、、、ームの仕、、、掛、、、け、、、が、、、も、、、う、、、分、、、か、、、っ、、、て、、、い、、、る」

「なんですって？」

ぼくはまじまじとカイトさんの顔を見つめる。彼の得意そうな顔は少しも揺らぐことがなかった。「そんなバカな」とぼくは言う。

「この部屋の中にいて、ゲームが解けるわけないじゃないですか！　ぼくらの手元にはこの問題用紙しかないんですよ！　手掛かりは船内に隠されているんです――それを見られないぼくらに、謎が解けるわけがない！」

ぼくの必死な調子がおかしかったのか、カイトさんは胸を反らせて笑い始めた。ぼくはムッとする。

「もちろん、そうさ。全部が全部分かったわけじゃない。各設問については分からずじまいさ。分かったのは、この事件の最終問題――『犯人は誰か？』と、このゲームそのものに隠された大仕掛けだけだよ」

「それだって――」

「手掛かりはあったんだぜ。大ヒントはこの問題用紙。それとそうだな……殺人現場に設定された部屋の前の廊下、ちょっとでも見たか？」

「少しだけなら……ここに閉じ込められる前に、船内を散歩してたので」

「そこに大きな日焼け跡があっただろう。あれ、自然に出来たものじゃないぜ。日焼け跡に見えるように壁を塗装してるんだ」

「え？」

ぼくは目を瞬(しばたた)いた。

「どうしてそんなこと……」

「それこそが大仕掛けに至る道さ。大仕掛けなんていうには、随分ちゃちな仕掛けだけどね。ああそうだ。実は一つだけ、解けている設問もあるんだよ」

カイトさんは問題用紙を一枚取り出した。

『第四問　袋の中身をあけて元の形に戻してください。見えたものが真相です』

「この問題が解けたですって？　ぼくらの手元にはこの『袋』すらないんですよ！　それなのにどうして解けるっていうんですか？」

「袋の中に入っているのは、恐らく何枚かのプラスチック板だ。それをパズルのように組み立てて完成になる。そして、そのプラスチック板は、現場にあった『あるもの』を再現したもののはずだ。

設定はこうだ。『あるもの』は風土が殺された時、現場に存在していた。風土はそこに血文字で手掛かりを書き遺した――つまりダイイングメッセージだよ。問題文を読む限り、第三問も似た設問みたいだけどね」

「ダイイングメッセージ……？　つまり、カイトさんの言う『あるもの』には、犯人の名前が書いてあって、プレーヤーがパズルを解くと、真犯人が浮かび上がる、と……？」

「半分当たっているけど、半分間違っているな。そいつは確かに名前だが、犯人の名前そのものじゃないんだよ」

まどろっこしい言い方にカチンときて、また大声を出しかける。

その時、カイトさんは不敵に微笑んで、答えを口にした。

「『さ、く、ら、ぎ』、だ」

4　第四問

マサル（兄）　午前8時30分

ゲーム開始から14時間30分

「どういうことだよ一体、『さくらぎ』って！」

ホールは喧騒に包まれていた。朝食を終え、第四問まで解き終えたプレーヤーたちが、活発に議論を交わしているのだ。あの大学生二人組も、すれっからしの招待選手たちも、道楽で解いていたつもりがのめりこんだスポンサーたちもいる。

「問題のミスじゃないのか？」「いや、ここまで来てそんなポカはないだろう」「二つ以上組み合わせると別の名前が浮かび上がるとかじゃないですか？」「そうかもしれない。俺のを貸すよ。試してみよう」「ダメだ、こっちのテーブルで三つまで試した。結果は同じだ」「立体に組み上げるとかどうです？」「よくある手だな。やってみよう」

初対面のプレーヤー同士も、気安い様子で議論を交わし合う。賞品を懸けて争っているはずなのに、謎に熱中している彼らは損得抜きで楽しんでいた。

主催者側もこれにはご満悦の様子で、スタッフたちはホールの様子を見に顔を覗かせているようだ。

「ちょっと外の風に当たりに……」

そう断って最上甲板に出る。俺自身、誰かと話したくてたまらない気分になっていたが、議論に参加しすぎて目立ってもいけない。

柵にもたれかかって海を眺める。快晴だった。潮風が心地よく、寝不足も吹き飛びそうだった。深呼吸を一つ。ふと、暗い船室に閉じ込められている弟とカイトの顔が頭をよぎる。自分だけ、こんな解放的な気分に浸っていいものか。罪悪感があった。

「櫻木……」

言うまでもなく、今回のゲームの主人公——名探偵の櫻木の名前だ。ひいては今、プレーヤーが扮している人物のことだ。なぜ、ここでその名前が浮かび上がる？

解釈は二つ。

一つは、もちろん、文字通り名探偵・櫻木を意味している。

もう一つは、A～Cの容疑者の中に、本名が「櫻木」の人物がいる。

後者の可能性を追っているプレーヤーは、もういるだろう。それでいて答えが見つからないなら、可能性は低い。それに、もしそんな答えなら、文字列探しの気力が要るだけで面白くもなんともない。

とすれば、やはり名探偵・櫻木を意味していると考えるしかない。

だが、どういう意味だ？　プレーヤー＝犯人、という大仕掛けだったということか？　そんな伏線どこにあった？

俺はデッキの柵から身を乗り出し、海を覗き込んだ。俺は誘拐犯なんだぞ、と気持ちを奮い立たせようとするが、目の前の謎が気になって気が散ってしまう。せめて答えを知りたい……。

波に太陽の光がきらりと反射した。

まさにその瞬間だった！　閃きを得たのは！

目の前の光景――加えて、カイトの書いたメモ！　あの露骨なヒント！

なんて古典的な仕掛け！

だが、それで全てが繋がる！　なぜ「櫻木」の名前が浮かび上がるのか？　なぜプレーヤーは櫻木の格好をさせられているのか？　なぜ第三甲板に立ち入り禁止の部屋があるのか？

「鏡だ……！」

俺は海に向かって呟いた。満足げに鼻から息を吸い込む。

謎は全て解けた。憂いはもうない。

俺は最終問題には投票しない。

なぜなら、俺は誘拐されていて、問題には答えられなかったはずだから……。

賞品はいらない。喝采もいらない。俺は謎を全て解いた。その満足感さえあれば、トロフィーは一つだけでいい。

クソ親父から、身代金のプレゼントが届くのは、もうすぐだ。

5　最終問題

マサル（兄）　午後4時　ゲーム終了後

ホールには全てのプレーヤーが集まっていた。

ホール内はがやがやと賑（にぎ）わっている。謎を解いた者、解けなかった者が、それぞれ感想を交わし合っていた。投票時間はもう終わっているからと、ヒントを出しながら他のプレーヤーを煽っている者もいる。

突然、ホール内の照明が絞られた。

ホール前方のスクリーンで映写が始まる。解決編の幕開けのようだ。

映像はホールを映している。ホールには田島刑事を含め、全ての容疑者、関係者が集結していた。

『櫻木さん！　言われた通り皆を集めましたよ。謎は解けたんですか！　犯人は一体誰なんですか？』

田島刑事はスクリーンに詰め寄る。

『そうですか……ようやくボロを出してくれましたね。みんな、かかれ！』
突如、カメラが激しく揺れる。プレーヤーである視点人物が捕らえられる演出だろう。
まだ解答に気付いていなかった人たちが、ざわめくのが聞こえた。
『やれやれ。とんだ災難でしたよ』
「この声って……！」と女性たちが口々に言うのが分かった。
スクリーンにイケメン俳優・安齋の顔が大写しになる。ドラマで櫻木役を演じる男だ。
キャーッという黄色い悲鳴がホールから上がった。
『あなたにはうまくやられました。この僕を利用して殺人をするなんてね』
安齋は不敵に微笑んだ。
『真犯人は、あなたです』
安齋こと名探偵・櫻木が、スクリーンの向こうから、ホールにいる我々を指し示した。

スグル（弟）午前8時30分
ゲーム開始から14時間30分

「鏡……ですか」
ぼくは納得いかない感じで呟いた。

ぼくらがのんきに謎解きをしている間にも、破裂した水道管から水が吐き出されている。足に水が触れたので、ベッドの上であぐらをかくことにした。

「そう、鏡だ。殺人現場の前の日焼け跡は、その鏡がかけてあった位置。被害者の風土は鏡に犯人の特徴を書き遺したんだよ。だから犯人は鏡を割って処分せざるを得なかった……大方、事件のシナリオとしてはそんなとこだろう」

「待ってください。というと、犯人はやはり……」

「真犯人はプレーヤー自身。『櫻木の扮装をしている私』が答えだ」

ぼくはごくりとつばを飲み込んだ。

「そもそもこのゲーム、プレーヤーに櫻木の格好をさせるというのが謎めいている。VTRでは刑事に『櫻木さん』と呼ばせ、変装の名人であることも指摘する念の入れようだ。ゲームの開始直後から、ここに何かありそうだぞ、と疑っていた」

「ははあ……脱出ゲームに慣れてると、細かいことに気付けるんですね」

「シナリオはこうだ。真犯人は風土に近付いて原稿を奪うために、風土と親交のあった櫻木の服を奪うことにした。櫻木の帽子で顔を隠せる点も好都合だと思ったんだろう。真犯人はまず櫻木を襲い、服を奪って身に着ける。そして本物の櫻木は、僕たちのいるこの部屋に閉じ込められる」

「え？」

「設定上の話だよ。ほら、マップ上でも、僕たちのいるこの部屋に大きく×が打たれていただろ？　あれは、ここに櫻木が閉じ込められていたんですよ、って伏線だったんだ」

「なんか、随分細かいですね……」

カイトさんもそう思っているのか、苦笑していた。

「さて。真犯人は風土を殺し、目当ての未発表原稿を手に入れた。しかし、下船しようとした時に思わぬアクシデントに見舞われた。田島刑事に見つかったんだよ」

「それが、ゲーム冒頭のあの映像なんですね！」

カイトさんはニヤリと笑って、頷いた。

「細かい伏線という意味では、よくできてるよ。あの時後輩刑事の会田に『いつもと雰囲気が違う』と言わせているしね。

田島刑事に見つかった真犯人は焦った。死体は既に発見され、一緒に犯人を捕まえてくれ！　と持ち掛けられている。逃げれば不審を招くから、真犯人は急遽、探偵の振りをすることにしたんだ。そして、ここからがこのゲーム、最大のミソなんだよ」

カイトさんが四枚の問題用紙を掲げた。

「真犯人役＝プレーヤーは、四つの設問を解いて捜査をすることになった。だけど、そ、そ、そこで出す答えは全て嘘なんだ。真犯人が真相から目を遠ざけるため、偽物の解答を提示していた！」

「ええっ！　でもそれって、難易度の高い仕掛けなんじゃ……」

カイトさんはニヤニヤと笑いながら、芝居がかった仕草で首を振る。

「それほどじゃないさ。だって、第四問の答えは『さくらぎ』で、これは真の手掛かりなんだから、第一問〜第三問にそれぞれ二つの解答を用意するだけで足りる。そして、もう一つの解答を導く共通の『鍵』こそが――」

そこまで聞いて、ぼくはようやく言った。

「鏡、なんですね……」

マサル（兄）　午後4時20分

ゲーム終了後

『実際、うまくやられましたよ』

安齋こと櫻木の解説はまだ続いていた。

『あなたは僕の服を奪って殺人を犯しただけでなく、探偵の立場を利用して、捜査を攪乱していたのです。あなたは犯行時刻、目撃者の証言、現場に残っていた原稿用紙のメッセージ、の三つ全てに偽物の解答を用意した。全てあなたから捜査の目を遠ざけるためです。そして、真相を見つけ出すために重要となる鍵は、鏡でした』

櫻木はホールから事件現場前の廊下に移動していた。廊下の日焼け跡を指し示す。

『さくらぎ、という血文字が遺された鏡はここに設置されていました。それをあなたが割り、持ち去った。つまり、犯行当時、まだここに鏡はあったわけです。そして、鏡を前提にすると、犯行時刻と目撃者の証言の意味合いが変わってくる』

櫻木の手元に時計の文字盤が現れる。安っぽいCGだが、興奮のせいか、笑う人間はいなかった。【図①B】

『血の流れ方から見て、時計は四時四十分を指示していた……あなたはそう指摘し、犯行時刻を四時四十分としました。この時間、あなたは演奏会を聴いていてアリバイがあり、A~Cの三名はアリバイがなかった。しかし、この写真は鏡に映った画像なのでした』

彼の手元の文字盤が左右反転する。

『本当の犯行時刻は七時二十分。この時間、A~Cは夕食会にそろって出席しておりアリバイが成立します。しかしあなたは——夕食をとらず自室で寝ていたのでしたね』

さて、と彼は続けた。彼の顔の横に今度は図面と四人の証言が現れる。

『次は目撃証言です。この四人のうち、嘘をついているのはアさんに見えます。アさんの位置からは、逃げていく犯人を見られるはずがないですからね。ですが、鏡がこの位置にあったとすればどうか？』

図面に赤で鏡の位置が示される。【図②B】

『なんと、アさんのいる位置から、逃げていく犯人の姿が見えることになります。逆に、イさんの位置からは、背後の事件現場の扉が常に見えている状態になります。当然、扉が開くところも、犯人が出てくるところも見えるはずです。だとすれば、『後ろからいきなりぶつかってくる』ことも、『心底驚く』こともありませんよね？』

背後から唸り声が聞こえた。「自分で気が付きたかったな……」

『最後は原稿用紙のメッセージです。これは、あなたの姿を見た時、風士さんが遊び心で自分の原稿に印をつけたものです。あの人は暗号遊びが大好きでしたから、原稿の中に『さくらぎ』の文字を見つけて面白くなり、トレーシングペーパーに×印をつけたんです』

スクリーンに、裏返されたトレーシングペーパーが映る。現れた文字は「さくらぎ」だった。【図③B】

『あなたは現場でそれに気付いて戦慄(せんりつ)し、苦し紛れに上下逆に裏返してみた。そう、まるで鏡に映してみるようにね。すると天啓が訪れて、『のまぐち』の文字が現れた。これはCさんの旧姓で、彼女に容疑を被せられることに気付いた。だからトレーシングペーパーを処分せず、自分の偽推理に利用することにしたのです。策士策に溺れる、とはこのこと

【図①B】

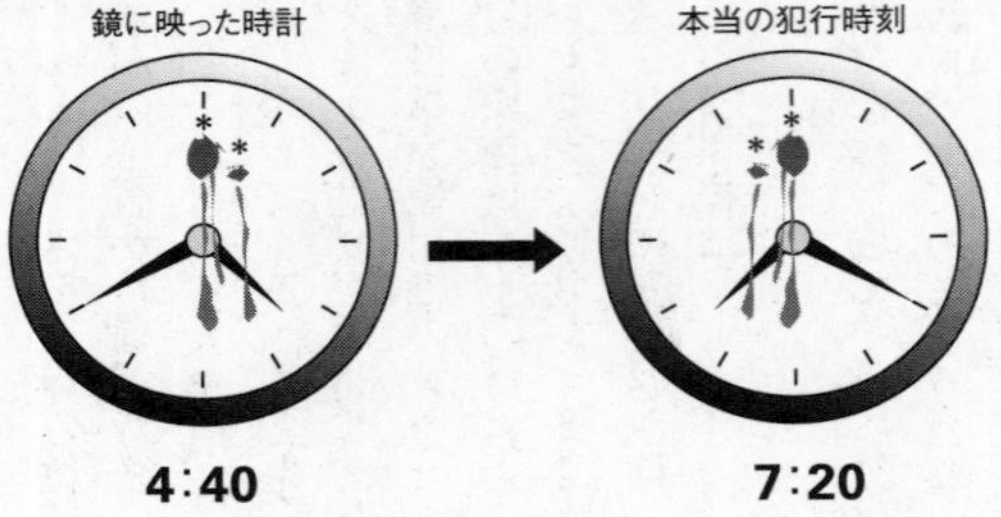

【図②B】

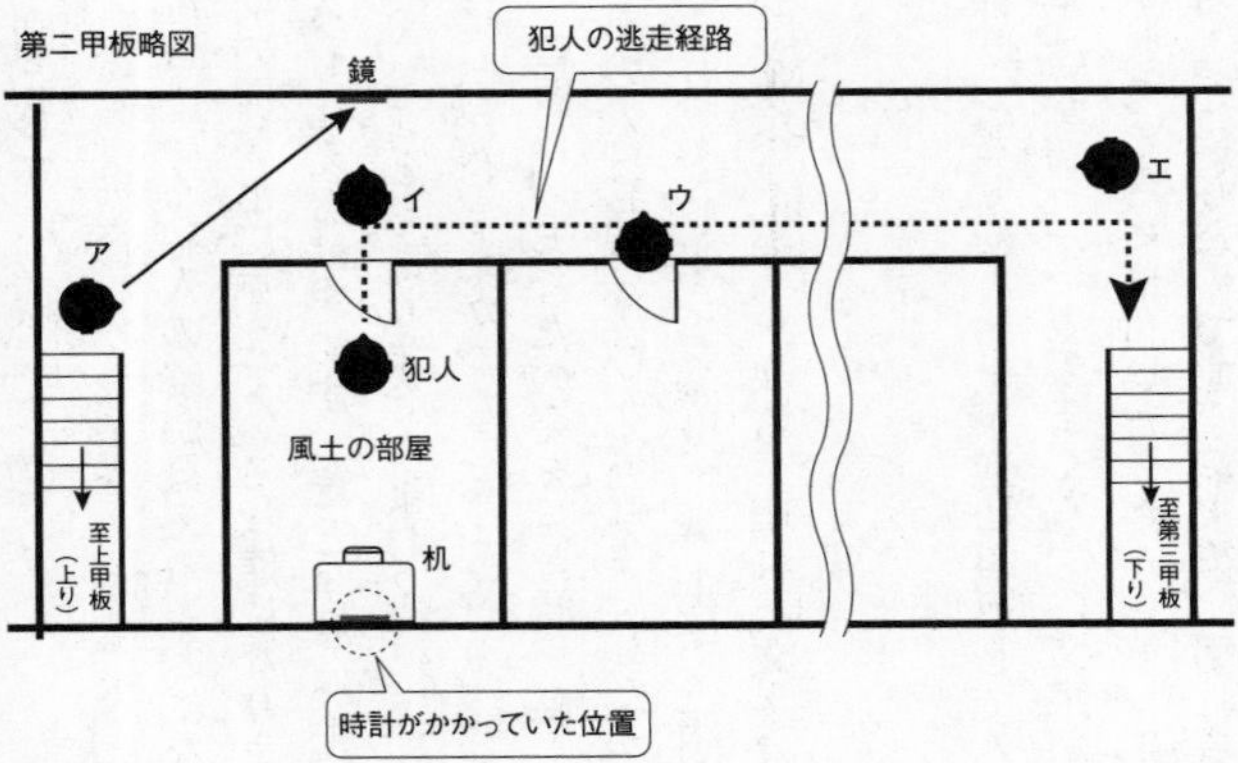

・鏡に映る犯人の姿をアは見ることができる。 → アは真。
・逃走経路はウ・エの証言から図の通りであり、ウ・エの証言は矛盾しない。
・イは「犯人が後ろからぶつかってきた」ので「心底驚いた」と言っているが、犯人の姿は扉を開けた瞬間から鏡に映っている。
→ イの発言が偽。
犯人の共犯者は「イ」となる。

【図③B】(トレーシングペーパーを上下逆に裏返した状態)

×＝元の位置　✖＝上下逆に裏返した時の位置

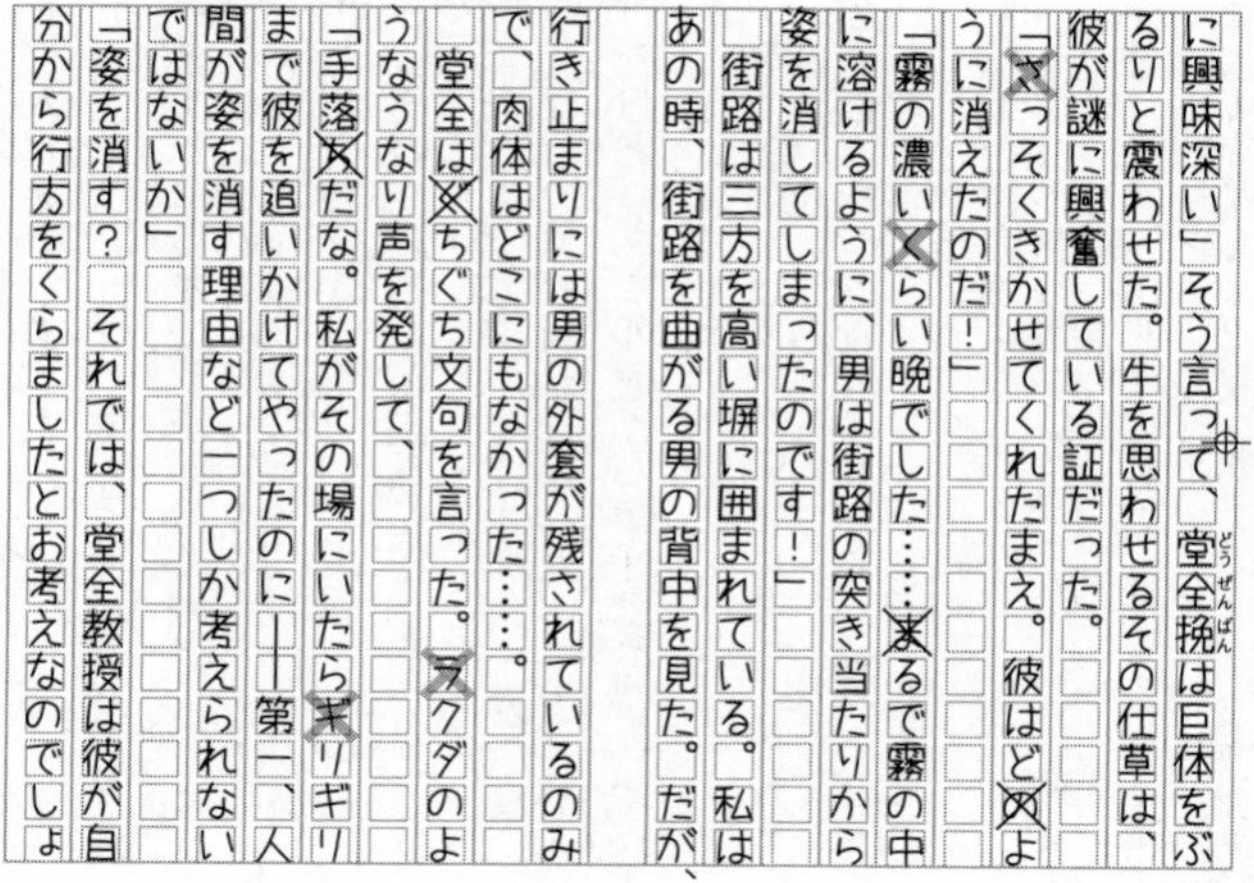
に興味深い」そう言って、堂全挽は巨体をぶ
るりと震わせた。牛を思わせるその仕草は、
彼が謎に興奮している証だった。
「さっそくきかせてくれたまえ。彼はどのよ
うに消えたのだ!」
「霧の濃いくらい晩でした……まるで霧の中
に溶けるように、男は街路の突き当たりから
姿を消してしまったのです!」
街路は三方を高い塀に囲まれている。私は
あの時、街路を曲がる男の背中を見た。だが、
行き止まりには男の外套が残されているのみ
で、肉体はどこにもなかった……。
堂全はぐちぐち文句を言った。ラクダのよ
うなうなり声を発して、
「手落ちだな。私がその場にいたらギリギリ
まで彼を追いかけてやったのに——第一、人
間が姿を消す理由など一つしか考えられない
ではないか」
「姿を消す?　それでは、堂全教授は彼が自
分から行方をくらましたとお考えなのでしょ

でしょうね』

これは正直、偶然に偶然が重なって出来ている問題で、あまり出来が良くないと思った。「ラクダのような唸り声」なんて表現も明らかに不自然だ。遊びとしては面白いが、ダイイングメッセージが二つあるというのもうまくない。

俺はすっかり得意になって、心中でゲームの品評さえしていた。

スグル(弟)　午前8時40分
ゲーム開始から14時間40分

「僕が鏡の趣向に思い至ったのは、廊下の壁の日焼け跡のことが大きい。だけど、第一問から第四問の解答用紙にも、大ヒントがあったんだ」

カイトさんに促され、解答用紙を見る。それぞれ左下に、「書き損じ、汚損の場合は再交付します。係員までお声がけください」と注意書きがされている。

「別に、当たり前の注意書きがあるくらいで、あとは普通の白紙じゃ……。もしかして、炙り出しがあるとか？」

「まさにその注意書きが鍵なんだよ」

「えっ。どういうことですか」

「文面だけじゃ気が付かなかった。スグル君の言う通り、なんの変哲もない注意書きだからね。だけど、スグル君がジュースを僕のキットにこぼした時があっただろう？」

「ああ……ありましたね、そんなこと」

「あの時、係員さんはアンケート用紙も含めて全ての用紙を取り換えてくれた。いいかい、注意書きがないアンケート用紙も、全てだよ」

「……あっ！」

ぼくは手を打ち鳴らした。

「つまり、注意書きのあるなしにかかわらず、再交付はされた！」

「そうだ。ということは、あえて注意書きを書く必要はないはずだ。それなのに表示をしなければいけないのだから、ここには必ず意味がある。どんなことにも理由があるはずなんだよ。『再交付』——これがゲームの鍵を握ると踏んだんだ。すなわち、このゲームには『同じ問題を二回解答出来ることに、重要な意味があるのではないか』ってね。脱出ゲームマニアは言葉尻を逃がさないんだよ」

最後の一言は自虐だな、と思った。

「事務局側は、第一問から第四問は複数解答可能、最終問題は一回のみ、という説明をしていた。あと、第一問を解答すると、第二問のヒントがもらえる、とも。

つまり、第一問の解答Aを提出すると、第二問が解けるようになる。だけどそれはヒントをもらう意味しかない。得点の5点は入らないんだ。趣向に気付いてから、解答用紙の再交付をしてもらい、再度正しい答えを提出する。そこで初めて、5点得点が入る。解答用紙に全て名前が入っているのは、事務局側でこの再解答の管理を行うためだろうね」

「うわあ……なんか、聞いただけでも大変ですね」

「解答用紙の再交付、そして、隠された鏡。ここまでくれば趣向は見える。鏡によって各設問の意味が反転するとか、そんな仕掛けが施されているんだろうとね。第一問の写真があらかじめキットの中に入っていたのも、僕の推理の助けになったよ」

さあ、とカイトさんはニヤリと笑った。

「これでゲームの秘密は解いた。ここからが、僕の『魔法』の話だ」

その言葉で急に現実に引き戻され、破壊された水道管から流れる水の音が大きく聞こえだした。

「鏡のことに気付いた僕は、マサルにそれを伝えることを思いついた。ヒントを与えるだけで、あいつなら全てに気が付くだろうからな」

「どういうことですか？」

「このメモ、覚えているか？」

『カイトです。いまぼくたちは部屋のなかにかんきんされている。すぐちかくだ。早くみつけて助け出してくれ。

じかんがない。このままでは殺される。ぶざまだと思うかもしれないけど、君をしんじて待っている。』

助けを求めるために部屋の外に投げたメモの写しだ。それは兄ちゃんに握りつぶされ

——と思い出したところで、ぼくは呆れ返った。

「頭文字……」

「単純な仕掛けだろ？　『かかみ』『じぶん』。妙なひらがなの多さと改行で、あいつならすぐ気付いたはずだ。鏡と犯人のヒントさえ与えられていれば、すぐ真相に辿り着ける」

「でも、どうしてそんなことを？」

「決まっているだろう？」

カイトさんの笑みは、どこか悪魔の笑みを思わせた。

6　結果発表

マサル（兄）　午後4時50分

解決編のＶＴＲが終わると、タキシードを着た進行役が現れて、「それでは、成績優秀者の表彰に移らせていただきます！」と宣言した。

俺はそっと息を吐く。どのみち、ゲームは終わった。携帯の電源をつける。あと十分で身代金の受け渡し時刻だ。父もそろそろ音を上げて、目当ての仮想通貨に入札してくれる頃合いだろう。

思わずほくそ笑む。

そうとも、勝ったのは俺だ！

「最優秀の金賞は四名！　完全回答を成し遂げた方々です。まずは、最も早く最終問題の解答に辿り着いたこの方です！　第一問から第四問への解答がない代わりに、最終問題は誰よりも早く、手掛かりの指摘も数多く行われていました。そのスピードと鋭さをたたえ、最終問題で80点満点をマークしました！」

おお、と会場がどよめきに包まれる。

男が息を吸い込んで、叫んだ。

「須崎マサルさん！」

頭が真っ白になった。

俺の名前？

なぜ俺の名前が呼ばれる？

俺にスポットライトが浴びせられた。びくりと体が震える。やめろ。俺は目立っちゃダメなんだ。無事な姿を見せちゃいけないんだ。やめろ、俺に光を当てるな——。

「出てきましたよ須崎さん」スタッフの誰かが携帯に向けて話していた。「最終問題に投票されていたので、無事だろうとはお伝えしていましたが……そうです、断トツですよ。ゲーム開始後、二時間も経たずに完全正答ですからね。第一問から第四問にまるで解答なし、20点分を無視するとは、大胆な息子さんです。頭がよろしいんですなあ」

なんだと？

二時間も経たずに？

当然、俺はそんな投票はしていない。するはずがない。あり得ない。

二時間と言えば、まだカイトが閉じ込められていなかったころだ。まさか！　まさか！

俺はハメられたのか？　だが、どうやって⁉

カメラのフラッシュが浴びせられた。

ここには金持ちが集まっている。みんなパパの友人たちだ。今頃、パパのところには電話やSNSでお祝いメッセージが集まっているはずだ。

やめろ、やめろ、やめてくれ。

計画は完璧だったんだ！　トラブルに見舞われたもののうまくカバーした。間違い誘拐という筋立てを新たに書き上げた。金賞？　そんなものいらない。そんなものは——。

ホールの人々は大盛り上がりで、俺の気も知らないで俺の肩を叩き、俺の名前を大声で叫んでいる。

俺はその場で頽(くずお)れた。

スグル（弟）　午後4時53分

部屋の外でドタドタという足音が聞こえた。複数の足音。大騒ぎして、外のバリケードを剝がしているような乱暴な音も聞こえる。思わず身がすくんだ。

「ほら、魔法が効いただろ？」

カイトさんはぼくの体を抱き寄せ、ウィンクしてみせる。彼の手には壁から引き出された電話線や電線の束が握られている。

彼の暴挙により放出された水は、遂にベッドを浸食しそうに思えた。だが、カイトさんの計算は案外完璧だったようで、ベッドの上のぼくらの足元が水につからないぎりぎりの時間で「魔法」が効果を発揮した。

外開きの扉が開けられる。

部屋の明かりに照らされ、犯人グループの男たち三人が姿を見せる。屈強な男たちで、武器無しではとても対抗できそうにない。彼らは船員の姿をしていて——半ズボンによって脚を露出していた。

外開きの扉から水が勢いよく襲い掛かる。「うわっ！」と叫んで三人が足を取られる。

その瞬間、「開けてくれてありがとね」と言いながら、カイトさんが電線の束を投げた。

電線の束が水中に没し、バチバチッ！　と火花を立てた。

三人の体が跳ね、水しぶきを上げて倒れる。

「……少し強すぎたかな。まあ、のびてくれるくらいでいいんだけど」

水は既に廊下に溢れ出し、室内には水深二センチほどの量が残っているだけだ。カイトさんはゴム底の靴でベッドから下り、ぼくを抱きかかえて部屋を出る。途中、男の体をちょんちょんと足で触り、唸り声を上げたのを見て、ホッとした顔をしつつ一目散に部屋を飛び出した。

「ほら。僕の言った通りになっただろう？」

ぼくを下ろしたカイトさんは得意そうに笑っていた。

「マサルに一位を取らせる――それこそが、僕の『魔法』の正体だったのさ！　マサルが表彰台に上がれば、彼の無事が明らかになり、狂言誘拐のシナリオも破綻する。そして何より重要なことに、犯人グループが自分たちの間違いに気付く」

「犯人グループは不安でしょうね。兄ちゃんに一杯食わされたかと思うかもしれない。ともかく、自分の目で部屋の中を見ないことには、安心が出来ない……」

「自分たちはミスを犯したのか？　誰を誘拐したのか？　気になって仕方ないだろうな。ここにきて、C級船室の密室性が生きて来る。完璧な密室であるがゆえに、『魔法』が効果を発揮するんだ。部屋の中を見るには、扉を開けるしかないからね。こうして脱出ルートが確保できる」

彼は首を振った。

「ところが、僕らは非力だからね。彼らに対抗する武器を用意しないと脱出の成功とはいかない。そこで考えたのが、電気だ。船員たちは半ズボンを穿いていて、脚を露出している。そこに電気を通せば、気絶くらいはさせられるだろう。それで、室内に水を溜めようとしたんだ。全然間に合わなくて、水道管を爆発させたのはやりすぎたけどね」

カイトさんは恥ずかしそうに苦笑している。あの時は、ぼくもさすがに「カイトさんがおかしくなった」と思った。彼の行動には一つ一つ意味があったのだ。カイトさんのことを、ちょっと見直した。

「ふふふ。やはりマサルめ、謎を解き明かしたら、答えを提出する誘惑に抗えなかったみたいだな。あいつも単純だからね。見事にハマってくれたぜ。ふふふふふ」

「そう、ですね」

ぼくは口元を押さえて俯いた。

ぼくとカイトさんは上甲板のホールに辿り着いた。

兄ちゃんはまだ表彰台の上にいた。青ざめた顔でひきつった笑いを浮かべ、手を振っている。他に完全正答者は三名、全体の四パーセントだ。

「いやー、それにしてもさ」

前方にいる大学生と思われる二人組が話し合っていた。

「最後のアレ、気付いた？　乗船チケットで投票したら失格、っていうの……」

「全然だよ。普通に乗船チケットの裏に犯人の名前と理由書いちゃった。他は全部正答してるのに、銅賞しかもらえなかったよ。でもまあ、銅賞までの入賞者は四十五人だから、俺も頑張った方か」

「確かに最初に刑事が言っているんだよな。『私はこの船から絶対に犯人を逃がさない！ホシを下ろすな！』って。それで、会田刑事が船下りてくときに、ちゃんとチケットを箱に入れてるんだよ。あれで、チケットを入れる＝下船する、ってことが裏ルールとして示されてるんだよ」

「マジかよ、それ見てなかった。ああ、本プレイ始まったらまた来るかなあ。飯も美味かったし、プールも楽しいし……」

彼らの会話を聞いたカイトさんがぼくの顔を見る。

「そうだったのか……じゃあ、乗船チケットじゃなくて、アンケート用紙に書くのが正解、ってことだな。道理で書くスペースが広いと思ったよ」

「ああ……そうですね。言われてみると、アンケート用紙にまで名前が印字されているのは、おかしいです」

「うん。それがヒントだったわけだ。しかしマサルは一位を取ったわけだから、そこだけは自力で解き明かしたんだな。さすが、僕のライバルにふさわしいよ。抜け目がない」

例の大学生二人はまだ話し合っている。

「でもさあ、あれやっぱり伏線だったんだな。ほら、C13号船室から『助けて！』って声がしたの。あそこに櫻木が閉じ込められてるっていう意味だったんだろ、あれ」

「ああ、そういうことだったのか」言われた方は背後のスタッフを振り返って話しかける。

「ねえ、よく出来てますね、このゲーム」

　スタッフはきょとんとした顔で言う。

「声……？　いえ、それはゲームでは用意していませんが……」

「は？」

「え？」

　大学生二人は顔を見合わせる。

「おいおいおいおい嘘だろ、ちょっと待ってくれよ」

「じゃああれって……本物の幽霊？」

　二人はしばらく硬直したまま見つめ合い、やがて火が付いたように、「ギャーッ！」と叫んでホールを飛び出していった。ああ、あれはダメだ。外の空気を浴びて冷静になった方がいい。

　置き去りにされたスタッフは「声か……。いや、伏線としては確かに面白いな。俺のアイデアってことにしたら昇給してくれないかな……」と捕らぬ狸の皮算用をしている。

　ホールが再び暗くなり、ＶＴＲが再開する。

『クランクアップです！　お疲れ様でしたー』

間延びした声が響く。櫻木、田島、会田役の俳優がそれぞれ挨拶を交わしている。メイキング映像か？　とざわめきが聞こえる。カメラはB級船室に下り、そこに横たわる死体に近付いていった。

『クランクアップですよ！』田島役の俳優が声をかける。『本当にお疲れさまでした！』

『んっ……ああ』

その声が聞こえた瞬間、「え？」という声が上がった気がした。

死体役の男が起き上がる。

「おいマジかよ」

「いやいやいや、豪華すぎんでしょこれ」

ホール中がざわめきに包まれる。

それもそのはず、男は御年八十歳の小説家・緑川史郎——名探偵櫻木シリーズの生みの親、その人なのである。

『どうも、緑川史郎です。今回の書き下ろし脚本、楽しんでいただけたでしょうか？　これまで紙の上でたくさん人を殺してきましたが、自分が殺されるなんてのはこりゃ、初めての経験で御座(ござ)いました』

『でも、せっかく緑川先生に出ていただくのに、死体役だけというのはあまりにも……』

『え？　そう？　うーん、そうだなあ。じゃあ、今からみんなの前に行っちゃおうかなあ』

ホールが大歓声に包まれる。緑川マニアも、櫻木ファンも、サプライズ大好きの脱出ゲームマニアも、等しく熱狂の海に放り込まれる。

「さあ皆さま」タキシードの男が壇上で言う。「解答用紙——つまり、アンケート用紙にはぜひ、『気付いた点は色々と書いて』下さいとお話ししてありましたね。そう、実はお一人、被害者役が緑川先生であると見抜いた方がいらっしゃいます！　その方に『緑川特別賞』の授与と、緑川先生の直筆サイン、および記念品を贈呈したいと思います！」

スポットライトに照らし出されたのは、若い女性だ。緑川作家生活五十周年記念のTシャツを着て、バッグに櫻木の缶バッジが大量についている。今にも涙を流さんばかりにして感激していた。あれだけ思いが強いんだったら、泣き出しもするだろう。

「いやー、すごいね、スグル君。このゲーム盛りだくさんだよ。僕らはあそこまでは見抜けなかったね」

脱出ゲームのお祭り騒ぎを愉しみ切っているカイトさんと話していると、段々ぼくも疲れて来る。

壇上から下りてきた兄ちゃんが、目の前に現れる。

彼はカイトさんの姿を認めるなり、鬼のような形相で睨みつけた。

そうして二人はホールで対峙する。緑川ファンの女性に拍手を送る大勢のプレーヤーたちなど、おかまいなしで。

カイトさんはニヤリと不敵に笑った。

「よお。このゲーム、お前の勝ちだったな。最優秀賞だってよ。おめでとうな」

それに応える兄の笑みはひきつっている。

「……ああ。勝てたのが嬉しくてたまらないよ。せっかくだから何かやろう。何が欲しい？」

兄ちゃんも必死だ。自分の狂言誘拐を隠すために、口止めしたくてたまらないのだろう。

「そうだな。下の船室が一つ無茶苦茶になっているから、修理しておいてくれると助かるよ。お前の家の財力ならどうってことないだろ？　なんなら、お前のせいってことにしてもいいぜ」

カイトさんは手を差し伸べた。

カイトさんもそこだけはさるものだった。つまり、兄ちゃんが誘拐されたことにしていい、ということだ。あの部屋からの脱出を図り、そして、表彰台にも立ったのだと。それなら父親を納得させ、悪漢どもを打倒した英雄として振る舞うことも出来る。

兄ちゃんはカイトさんへの憎しみと、してやられたことへの悔しさを露わにしながらも、差し伸べられた手を取って、固く握手を交わした。

「取引成立だ」

「ああ。俺たち、これからも変わらず仲良しでいようぜ」

カイトさんは寛大なところを見せつけようとしてか、そんなことを言う。兄ちゃんのこめかみに青筋が浮いていた。最優秀賞を取ったはずなのに、ひどい顔しちゃって、まあ。

壇上に上がった緑川史郎は威風堂々として、このゲームについての想いを語っていた。ホール中を万雷の拍手が包み、今にもテストプレイは大盛況のうちに終わろうとしている。

そんな中で、ぼくら三人だけが取り残されているみたいだった。

この二人、これからもこんな調子で勝負を続けていくんだろうな。

……カイトさんは本当よくやってくれたよ。期待以上だった。もちろん、水道管を壊したのはやりすぎさ。

だけど、あの発言には、思わず笑っちゃいそうになったよ。

――ふふふ。やはりマサルめ、謎を解き明かしたら、答えを提出する誘惑に抗えなかったみたいだな。あいつも単純だからね。見事にハマってくれたぜ。

ニヤけた口元を押さえて、隠すのに必死だったよ。

あり得ないって。

兄ちゃんだってバカじゃないんだよ？　目立っちゃいけないのが最優先なんだから、解答なんてしないに決まってんじゃん。

最後の最後で、詰めが甘いんだよね。

ほんっと、良かったよ。

誰かに任せないで、ぼ、く、が、先、に、兄、ち、ゃ、ん、の、名、前、で、解、答、し、と、い、て、さ――。

7　楽屋裏

スグル（弟）十八歳

あれあれ、どうしたの、益、田、さ、ん、、目を丸くしちゃって！

昔の話を始めたのはあなたの方じゃない。

もうあれが八年も前なんだね。早いもんだなー。こんなタイミングで益田さんがぼくに話を振ってきたのも、罪悪感に耐えかねてでしょ？　でも大丈夫。ぼくは益田さんにいつも感謝してるよ。今日も、それにあの時だってそうさ。益田さんの助力がなければ、兄ちゃんもあんな計画に踏み出さなかっただろうしね。

ああ、ごめんごめん。これまで、八年前の事件を振り返ってきたのに、途端にぼくの様子が変わったからびっくりしたんでしょう？

要するにね、八年前、兄ちゃんを優勝させて、誘拐事件を台無しにしたのはぼくだったんだよ。それをカイトさんの仕業に仕立て上げて、ぼくを疑わせないようにしたんだ。

まだ、理解が追いついていないみたいだね。

順を追って話すよ。

カイトさんが得意気に語ったゲームの仕掛けなんてのは、とっくの昔に解き明かしてたんだ。解答用紙の注意書きと、廊下の日焼け跡、それにあの大げさでダッサイ衣装！　見え見えだった。むしろ、こんな趣向のために工夫を凝らしてるのが丸見えで涙が出てきた。ルール説明を聞いた時点で解けていたなんて信じられない？　いやいや、元々ああいうゲームは得意だったんだ。益田さんも知ってるでしょ？

招待プレーヤーとして呼ばれていたくらいだからね。

カイトさんと初めて会った時、ぼくの刺繡入り帽子をまじまじと観察していた兄ちゃんが、ぼくの帽子を被ったからびっくりしたんだ。カイトさんが招待プレーヤーなのを見て取って、ライバル意識が働いたんだね。おかげで、ぼくはせっかくの招待プレーヤーの帽子を取られた。うちの兄ちゃん、ほんっと見栄っ張りなんだから。

でも、「あっ。これ使えるじゃん！」ってすぐに気が付いた。おかげでぼくはカイトさんからノーマーク。脱出ゲームがめちゃくちゃ得意で、あの頃から兄ちゃんやカイトさんより頭が切れるなんて、バレなくなったのさ。

これは好都合だった。ぼくにも計画があったからね。

そう、兄ちゃんの狂言誘拐を阻止するっていう、計画が。

兄ちゃんが今回のゲームを利用して、狂言誘拐を仕組んだのは、初めから知っていた。益田さんが一枚嚙んでるのもね。

だけど、そんなのやめて欲しかった。兄ちゃんが出て行ったら、ぼく一人でどうやってあの家で暮らしていくのさ。肩身が狭いったらないよ。

ぼくの方が頭が良いのなんて、パパにはとっくに見抜かれてたし、パパはぼくのことを会社の後継者に仕立てようとしてた。兄ちゃんは親に見向きもされない孤独や鬱憤に耐えかねて、あの家から逃げようとしたんだ。

だけど、出ていくにしても、ぼくが自立できる年齢になるまでは待って欲しかった。兄ちゃんに先を越されたら、ぼくが跡取りにさせられて、この家から一生逃れられないのは確定だからね。たまったもんじゃないよ。

ぼくより早く生まれたってだけで、そんな勝手はさせない。

だから、テッテー的に邪魔してやることにしたんだ。

筋書きはこうさ。誘拐グループにはカイトさんとぼくを「間違えて」攫わせ、兄ちゃんをゲーム会場で孤立させる。そして、兄ちゃんに一位を取らせて、全てを白日の下にさらす！　完璧だ！　しかも劇的！　ぼくの趣味にもしっくりきた。

そのためには、

1、兄ちゃんの誘拐計画を破綻させるため、間違い誘拐に仕立て上げる。
2、カイトさんが全ての黒幕であるように見せかける。兄ちゃんが、ぼくを疑わないようにする。
3、同時に、カイトさんからも疑われないようにする。
4、兄ちゃんに一位を取らせ、表彰台に立たせる。

「間違えて」攫わせるのは簡単だった。兄ちゃんがカイトさんと接触した後、ぼくはカイトさんにべったりくっついておいた。船員たちに襲われる時も、あえて船員たちが間違えるように振る舞っておいた。あのダッサイ衣装が役に立ったよ。帽子でうまく顔を隠せたからね。

　監禁されるのがあらかじめ分かってたから、ポケットにチョコバーやナッツ、クッキーを詰め込んでおいたんだけど、あの時はさすがに疑われないかと心配だったよ。カイトさんがニブくて助かった。

　そして、カイトさんがノリのいいひとだったから、2の「黒幕に仕立てる」については盤石になった。自分から暗号入りのメモを残してくれた時には、思わず小躍りしそうになったよ。

　カイトさんも兄ちゃんもいる場で、ぼくがわざとジュースをこぼして解答用紙の『再交付』を見せたのも、我ながらうまかった。カイトさんには問題を解いてもらうヒントをあげられたし、兄ちゃんは『カイトはあの時見抜いたんだ』と思い込んだはずだ。あれはなかなか効く伏線だったよ。

一番大変だったのは3の、カイトさんに疑われないようにするところかな。カイトさんが自信満々に解説する時、初めて知ったような態度を取るのはすごく疲れた。カイトさん、持って回った言い方もするし、「十歳の子供でも分かる」くらいまで咀嚼（そしゃく）してくれるのを、毎回待つのは辛かったよ。「そんなん、分かってるよ！」って何度も言いそうになった。

もちろん、「密室」から脱出するための魔法とか、ぼくの想定外の部分には驚けたよ。やり方は無茶だけどね。あの時は、とんでもない奴を相手にしたかもしれないと思って相当焦ったし、カイトさんもなかなかやるなと舌を巻いた。

そして最後、「兄ちゃんに一位を取らせ」るところ。これは誘拐された後じゃ無理だった。でも、オープニング映像を見た瞬間からゲームの仕掛けは見抜いているんだから、誘拐される前に、兄ちゃんの名前で最終問題に投票しちゃえばいいんだよね。最終問題の投票は一番先にしたものが有効になるってルール説明の時に言ってたから、後から兄ちゃんが投票しても問題なし。

最終問題の配点は80点だ。だけど、圧倒的に早く答えに辿り着いた解答を、事務局も無下には扱わないと思った。第一問から第四問は、ヒントがないからね。潔く、諦めることにしたんだ。見事、最終問題だけで兄ちゃんが金賞になった時は、快哉（かいさい）を叫びそうになったよ。

兄ちゃんが自分の投票用紙を確認する機会がないことは予測できた。カイトさんの振りをすると踏んでいたからさ。そしたらカイトさんの解答用紙を再発行してゲームをプレイするだろうから、自分の分は部屋に隠して触らないようにするだろう、と。

そうしたら、気付かないよね。

解答用紙がもうないなんてことに。

これがぼくの仕組んだ全てだ。

密室の中に入った時には、全てが終わっていたんだよ。

さて。昔話はこれくらいにしよう。ぼくはそろそろ行かなくちゃ。

益田さん、今回のことは本当にありがとう。留学先の手配から、向こうでの家の用意まで。小さい頃から、ずっとお世話になりっぱなしだったね。こうして家を出る最後の日に、益田さんと昔話が出来て楽しかったよ。

ああ、あの船の上ではうまくやったなあ。あそこからぼくの人生が開けたような気がするんだ。自分の人生！　ぼくの、自由な人生！

パパはさぞ落胆してるだろうなあ。後継者に育てようとしてたわけだからね。ま、兄ちゃんってああ見えて真面目だし、なんだかんだ、いい社長になるんじゃないかな。兄ちゃんにとってもそれが一番良い気がするしね。パパも最終的には文句を言わなくなるんじゃない？

ほら。ぼくは兄ちゃんと違って、出ていった後の我が家のことだって、ちゃんと考えてるんだよ。

ほんとぼくって、義理堅い息子だよね。そう思わない？

【参考文献】
マックス・アラン・コリンズ『タイタニック号の殺人』（羽地和世訳）扶桑社
ジャック・フットレル「十三号独房の問題」（江戸川乱歩編『世界推理短編傑作集1　新版』所収。宇野利泰訳）創元推理文庫

単行本あとがき

初めまして、もしくはお久しぶりです。阿津川辰海です。

第一作品集を完成させることが出来ました。

短編集、と言いたいところだが、一作一作は四百字詰め原稿用紙換算で百枚ほど、あるいはそれ以上の作品だ。中編集と言った方が実態には近い。ジャーロで掲載させていただいた作品をまとめた作品集になる。

編集者との相談の時に決めた大きな方針は、以下の通り。
・ノンシリーズ作品集を目指して、いろんな形式でやってみること。
・どんな形式であっても、心は本格ミステリであること。
・一作で完結させるつもりで、その舞台・キャラクターの魅力を最大限に引き出すこと。
この方針のもとで、のびのびと書けたと思う。ノンシリーズを一作一作考えるのも楽しく、いろんな「実験」が出来たことが、自分の糧にもなった。

それでは、各編について、発想の元になった作品や自分の好みなど、舞台裏を少しだけ書かせていただければと思う。

「透明人間は密室に潜む」（ジャーロNo.62、２０１７年12月）

ＳＦミステリが好きだ。そして、倒叙ミステリが好きだ。

チェスタトンの「透明人間（見えない男）」が発想元になっている。あの作品では、密室に誰からも見られず侵入し、消え失せたトリックを、ある逆説によって解き明かしている。物理的に見えないのではなく、心理的に見えない、というところにミソがあった。

だが、これを本物の透明人間にしてみたらどうか？

透明人間のいる世界で、確かに密室の中にいるはずの透明人間が見つからない……この密室トリックをものにすれば、大好きなチェスタトンへのオマージュになると考えた。

でも、透明人間の生活だって、色々な制約があるはずだ。『透明人間の告白』や、クリストファー・プリーストのある長編を読んだ時にそう感じた。人込みをどうやって歩くのか？　消化はどうなっている？　そういった試行錯誤を、犯人の視点から書けば、これは立派な倒叙ミステリになる。「刑事コロンボ」や「古畑任三郎」が好きな私にとって、わくわくする作業だった。

この短編は『ベスト本格ミステリ２０１８』（文庫化の際、『ベスト本格ミステリ　ＴＯ

P5　短編傑作選004』と改題）にも採られ、思い入れの深い一編となった。
最終的に構成に迷った時、示唆を与えてくれたのは石沢英太郎の「羊歯行」という短編だった。倒叙式に書かれていて、罪が明らかになる瞬間が鮮やかなミステリで、小道具の使い方も上手い。おすすめの作品だ。

「六人の熱狂する日本人」（ジャーロNo.64、2018年6月）

密室劇が好きだ。そして、アイドルが好きだ。

この二つを重ね合わせた傑作映画は既に存在する。「キサラギ」という作品で、アイドルの一周忌に集まった五人のアイドルオタクが、丁々発止の告発・暴露合戦を繰り広げ、最後には謎の感動さえ生まれる傑作（怪作）である。伏線の拾い方、展開の仕方など、映画の「十二人の怒れる男」や「12人の優しい日本人」を思い出すところが多く、大好きな一作だ。

この傑作映画に、自分なりに挑みたい。では、この時代、日本の裁判員裁判で再現するのはどうか、と思いついた。無作為に抽出したはずの国民が、全員が全員、濃淡の違う「オタク」だったとしたら……本格ミステリの趣向を忘れずに、この「悪ふざけ」をやってみた。執筆中は、筒井康隆の「12人の浮かれる男」を読み直してモチベーションにしていた。めちゃくちゃに笑って、「私もこのくらい、やってみたいなあ」と自分を奮い立たせていたのだ。

アイドルと言えば、私をアイドルオタクに染め上げたキッカケである、「THEIDOLM@STER」シリーズに触れざるを得ないところだが、長くなるのでやめておく。

ここでは、本編の成立に関係のあることだけ触れておきたい。

構想前、私が推していたあるアイドルグループが解散した。心にぽっかりと穴の開いたような感覚を埋めるため、この作品を構想した。「それでどうして、こんな悪ふざけのような短編になるんだ！」と総ツッコミを食らいそうだ。

悲しい顔ばかりしていられない。彼女たちは、「最高の瞬間」は永遠に続かないことを教えてくれた。だが、この世には「最高の瞬間」が確かに存在することを教えてくれたのも、彼女たちなのだから。

「盗聴された殺人」（ジャーロ№67、2019年3月）
探偵が好きだ。そして、犯人当てが好きだ。
そう、犯人当て。この作品は、本書の中で唯一、犯人当てを意識して作ってみた。もしあとがきから先に読んでいる読者がいたら、腕試しのつもりで考えてみて欲しい。
犯人特定のロジックは拙作『星詠師の記憶』を構想中に思いついたネタだ。『星詠師』

の設定ではうまく使えず（『星詠師』では読唇術を生かすため、無音の世界を作りたかったからだ）、中短編で再利用した形になる。

探偵の設定は飲みの席で思いついた。特殊設定をよく使っているが、探偵が特殊能力持ち、というのはあんまり書いていないね、と言われたのだ（本編発表後の『紅蓮館の殺人』（講談社）の「嘘を見抜く探偵」はその一種……なのだろうか？）。ドラマにはよくある設定だ。味覚で見抜く「神の舌を持つ男」とか、嗅覚が優れた「スニッファー」とか……と考えていった時、「耳だけが異常に良い探偵」はあんまりいないと思ったので、やってみることにした。

本編のディスカッション部分を詰める時、最後に示唆を与えてくれたのは天藤真の短編「星を拾う男たち」だった。天藤真の短編はいつ読んでも楽しいので大好きだ。

なお、本編はジャーロ掲載版から大幅に改稿を加えている。ジャーロ掲載版では探偵・能力者の苦悩がより前面に出た形で書いているのだが、この探偵コンビをより魅力的に書く方法を思いついたので、編集者に提案して改稿させてもらった。気になった方は読み比べても面白いかもしれない。

ちなみに「盗聴された殺人」という、全く同じタイトルの作品が、TVドラマシリーズ「ケイゾク」にある。これを書いていた時は気付かなかったのだが、この前見直していたら驚いた。これもトリックと盗聴器の使い方が面白いミステリなので、ぜひ併せて楽しんで欲しい。

「第13号船室からの脱出」（ジャーロNo.70、２０１９年12月）

リアル脱出ゲームが好きだ。そして、船上ミステリが好きだ。

始まりはジャック・フットレルだった。「十三号独房の問題」って、あまり類似作を見ない気がする……と。

刑務所から『知恵比べ』のために脱出する、という設定が、現代だとなかなか再現できないのかもしれない。では、現代でもリアリティがある『知恵比べ』の場とはどこなのか？……そう考えていった時に、「脱出ゲーム」とフットレルの組み合わせ、というアイデアが生まれた。脱出ゲームの最中に、「本当に脱出」しなければいけなくなる……。高校や大学の同期と「ＳＣＲＡＰ」さんのリアル脱出ゲームに行った経験を生かしながら書いた。ゲームのシナリオ自体が面白くないとリスペクトにならないので、シナリオを仕上げてから、「誘拐」の筋立てを考えた。

フットレルから、船にも繋がった。フットレルはタイタニック号で最期を迎えた。作中でも言及している通り、マックス・アラン・コリンズと若竹七海がその史実を生かして、超面白い長編を書いているのも、この題材にぜひ挑戦したいというモチベーションになった。

船上ミステリには良作・傑作が多いというのが私の持論だ。船内という限られた空間の中で、密度の高い展開が練られている……でも何より、私が船上の雰囲気にわくわくするからだと思う。ディクスン・カーの『盲目の理髪師』や、泡坂妻夫の『喜劇悲喜劇』、ピーター・ラヴゼイの『偽のデュー警部』……近年でも、セバスチャン・フィツェックの『乗客ナンバー23の消失』やキャサリン・ライアン・ハワードの『遭難信号』などなど。どれも好きな作品ばかりだ。

だが、なんと言っても、アガサ・クリスティの『ナイルに死す』である。客船の旅のワクワク感、メインの謎解き以外に脇道で炸裂し続ける謎解きと伏線回収の数々、メインの謎解きのスマートさ……一つ一つの展開に工夫が凝らされていて、「船上ミステリはこのくらい作りこまなきゃ！」と叫びたくなる傑作だ。

総じて、やりがいがあり、書くのも楽しい作品だった。

以上四編をお届けした。
ちょっとした趣向だが、四編それぞれが四季を受け持つ形になった。夏、春、冬、秋の順である。書いた時期による偶然だが、結果的に、四季折々と言っていいようなバラエティ豊かな作品集に出来たという自負がある。
今後もノンシリーズを続けていければ、また第二短編集でお目にかかれるだろう。そのうちシリーズで書けるようなものも生まれて来ればいいが、まずは欲を出さず、一作一作の「実験」を愉しんでいきたい。

最後になるが、デビュー作から一貫して私の作品を鍛えてくださる光文社のS氏とH氏、ジャーロに掲載されるたびにマメに感想をくれた講談社のI氏、いつも私を支え、感想をくれる友人たちに、この場を借りて感謝いたします。そしてここまでお読みいただいた読者の皆様に、最大の感謝を。

それでは、またどこかでお会いしましょう。

令和2年1月吉日

阿津川　辰海

解説

千街晶之（文芸評論家）

過去五年ほど、つまり二〇一八年あたり以降の国産ミステリ界の傾向のひとつとして、内容が充実したノン・シリーズ短編集が数多く刊行されていることが挙げられる。例えば、矢樹純の『夫の骨』（二〇一九年）と『妻は忘れない』（二〇二〇年）、青崎有吾の『早朝始発の殺風景』（二〇一九年）、曽根圭介の『腸詰小僧　曽根圭介短編集』（二〇一九年）、水生大海の『最後のページをめくるまで』（二〇一九年）と『あなたが選ぶ結末は』（二〇二一年）、芦沢央の『汚れた手をそこで拭かない』（二〇二〇年）、千澤のり子の『暗黒10カラット　十歳たちの不連続短篇集』（二〇二二年）、佐藤究の『爆発物処理班の遭遇したスピン』（二〇二二年）、結城真一郎の『#真相をお話しします』（二〇二二年）など枚挙に遑がない（ノン・シリーズといっても、厳密には設定などがリンクした作品が収録されている場合もあるが）。

そうした近年の傾向を代表する一冊が、阿津川辰海の初の短編集『透明人間は密室に潜む』（二〇二〇年四月、光文社刊）である。

一九九四年生まれの著者は、東京大学在学中は文芸サークル「新月お茶の会」に所属していた。二〇一七年、光文社の新人発掘プロジェクト「カッパ・ツー」第一期に選ばれた『名探偵は嘘をつかない』でデビュー。二〇二二年七月現在、『紅蓮館の殺人』（二〇一九年）、本書、そして『蒼海館の殺人』（二〇二一年）で本格ミステリ大賞に三年連続でノミネートされており、また『名探偵は嘘をつかない』から『蒼海館の殺人』までの全著書が探偵小説研究会・編著『本格ミステリ・ベスト10』の国内部門五位以内にランクインする（中でも、本書は二〇二一年版の一位）など、若手本格ミステリ作家を代表する実力派としての地位を築いた状態だ。

その作風の特色はいろいろあるけれども、まずは、一作一作に一球入魂の創作姿勢を挙げるべきだろう。言い換えれば、思いついたアイディアをストックしておくよりは、出来るだけ一作に注ぎ込む姿勢のことである。著者本人にとっては命を削る思いだろうが、読者にとってはこれほどコストパフォーマンスが良い作風もなかなかないと言える。

また、作風のもうひとつの特色として、著者が影響を受けた古今東西の過去の名作へのオマージュを隠さないことが挙げられる。もともと著者は膨大な読書家であり、その片鱗は雑誌《ジャーロ》の公式サイトに二〇二〇年から連載中の「ミステリ作家は死ぬ日まで、黄色い部屋の夢を見るか？　～阿津川辰海・読書日記～」からも充分に窺える。ただ、読書量で著者に匹敵するミステリ作家は他にいるかも知れないけれども、読者にもはっきりわかるかたちでそれを作中に活かしている点にこそ著者の特色が存在しているのだ。

本書の四編の収録作も、着想源になった先例は数多い。本来ならこの解説で言及すべきところだが、本書の「単行本あとがき」や、《小説宝石》二〇二〇年五月号掲載の「阿津川辰海インタビュー　初の短編集『透明人間は密室に潜む』全作解説と、これまでとこれから」などで著者自らがそれらを説明済みだし、最後に参考文献が掲げられた作品もある。従って、本稿では必要最低限の場合を除き、そうした着想源については言及しないこととする。なお、《小説宝石》のインタビューはウェブ上でも読めるものの、その際に著者が挙げたベストミステリ短編集10冊は誌面でしか読めないため、ここで紹介しておく――ダフネ・デュ・モーリア『鳥』、ジェイムズ・パウエル『道化の町』、シオドア・スタージョン『一角獣・多角獣』、多岐川恭『落ちる』、飛浩隆『象られた力』、アガサ・クリスティー『謎のクィン氏』、パーシヴァル・ワイルド『悪党どものお楽しみ』、クリストファー・プリースト『夢幻諸島から』、戸板康二『中村雅楽探偵全集』（全五巻）、宮部みゆき『ステップファザー・ステップ』。SFに含まれる作品も選出されているあたり、ミステリというジャンルを著者がある程度広く捉えているらしいことが窺える。

若林踏編『新世代ミステリ作家探訪』（二〇二一年）所収のインタビューで、著者は本書収録作の成立の事情について「デビュー作『名探偵は嘘をつかない』を刊行した時、編集者の方と『あの小説の要素を大きく切り分けると〝名探偵〟〝法廷もの〟〝特殊設定〟になるよね』という話をしました」「そこで短編を書いていくことになった際に『じゃあ、デビュー作の要素を、一編に一つ当てはめながら色々な短編を書いていこう』という発想になったんです」と語っている。巻頭の表題作「透明人間は密室に潜む」（初出《ジャーロ》六二号、二〇一七年十二月）は、この三つの要素のうち〝特殊設定〟を扱った作品だ。『名探偵は嘘をつかない』と第二長編『星詠師（せいえいし）の記憶』（二〇一八年）がともに、死者の転生や未来予知といった設定を取り入れていたため、最初のうち著者は特殊設定ミステリ専門作家というイメージで受容されたふしがある。その意味では、本作が最も当初のイメージに近い作品と言えるのかも知れない。

　作中の世界では、細胞の変異で人間の全身が透明になってしまう「透明人間病」が流行している。その患者である「わたし」は、自分が透明になれることを利用して、透明人間病の研究の大家である川路教授を殺害しようと企てていた。だが、透明な姿で大学の研究室に忍び入り、まんまと教授を殺害したものの、研究室の扉の外に人が来たため出られなくなってしまった……。

　透明人間というと、ジョークのレヴェルでは好き放題に物を盗めるとか風呂を覗けるとかいった話題に回収されがちだが、真面目に考えた場合、犯罪にどれくらい有利な立場なのか。他人に目撃されずに済むのは確かに利点だけれども、逆に他人には見えないからこそ、車も通行人も避けてくれないからちょっと外出するだけで危険極まりないし、裸足で歩かなければならないから足元にも気をつける必要が出てくる。「透明人間は密室に潜む」が秀逸なのは、犯人視点の倒叙パートと、探偵が出てくるもう一つのパートの両サイドから、透明人間であることのメリットとデメリットを徹底して考察した点である。透明人間による犯行と、そのあといかにして密室状態の現場から脱出するかという二種類の読みどころを用意して、両者を鮮やかに着地させた手腕は瞠目に値する。

二〇〇九年に施行されてから十数年、裁判員裁判は日本社会にすっかり定着したけれども、「六人の熱狂する日本人」（初出《ジャーロ》六四号、二〇一八年六月）はその評議の場で巻き起こった珍騒動を描いている。あるアイドルグループのファン同士が口論になり、一方がもう一方を殺害してしまったという事件をめぐり、三人の職業裁判官と、一般市民から選ばれた六人の裁判員が評決を出そうとしていた。裁判長は裁判員ひとりひとりの意見を聞いてゆく。ところが、裁判員6番のとんでもない発言から、議論は凄まじい迷走を見せてゆくのだった。

先の三つの要素のうち〝法廷もの〟である本作は、千街晶之・編『絶対名作！　十代のためのベスト・ショート・ミステリー　涙と笑いのミステリー』（二〇二二年）と、西上心太・編『法廷ミステリーアンソロジー　逆転の切り札』（二〇二一年）という二つのアンソロジーに選ばれており、その意味で著者の短編代表作という位置づけにある。それまでの作風がわりとシリアスだったぶん、著者にこれほどユーモアのセンスがあったのかと意外に感じた読者もいるだろう。カリカチュアライズされた話ではあるものの、前出の《小説宝石》のインタビューで「作品の冒頭で、判事がケーキを裁判員に振る舞うシーンが出てきますが、これは実話です。奥さんの手作りなら賄賂にはならない、ということで」と著者が述べているように、裁判員裁判の評議のディテールは取材に基づいてあくまでも現実に則しており、だからこそ抱腹絶倒の展開が破壊力を発揮するのだ。本書で唯一、構成に視点の切り替えを用いなかった作品だが、そのぶん密室会話劇としての密度が濃い。

デビュー作の三つの要素のうち、残っているのは〝名探偵〟である。『紅蓮館の殺人』『蒼海館の殺人』の二作まで発表されている「館四重奏」シリーズに登場する高校生探偵・葛城輝義は他人の嘘を見抜く能力の持ち主だが、彼のように特異な能力を具えた探偵役はミステリの世界にしばしば登場する。「盗聴された殺人」（初出《ジャーロ》六七号、二〇一九年三月）の「わたし」こと山口美々香は、大学時代の先輩・大野糺が経営する探偵事務所で事務員として働いている。大野たちはある浮気調査を引き受けていたが、その関係者が殺害された。調査対象の家に仕掛けておいた盗聴器には、殺人の瞬間の音声が録音されているという。そこに手掛かりが録音されていないか……常人離れした聴覚を持つ美々香の出番がやってきた。

作中でも言及されているように、人並み外れた聴覚を探偵役ないしは事件関係者が持っているという設定のミステリには幾つか前例がある。しかし、それを本格ミステリに活かすのは案外難しい。作中には、大野がドラマ『古畑任三郎』の一編「絶対音感殺人事件」に不満を洩らすくだりがあるけれども、本作は本格ミステリとしてのフェアプレイを何よりも重視しており、犯行可能だった人物を絞り込む消去法のエレガントさは出色である。

また、二〇一〇年代後半からの傾向として、青崎有吾の「ノッキンオン・ロックドドア」シリーズ（二〇一六年〜）、麻耶雄嵩の『友達以上探偵未満』（二〇一八年）、米澤穂信の『本と鍵の季節』（二〇一八年）といった、探偵コンビがそれぞれ別の役割を分担している本格ミステリが目立つようになっているけれども、美々香が聴覚による情報収集を、大野が推理を担っている本作のコンビ造型は、その傾向の中でも、紙城境介の「僕が答える君の謎解き」シリーズ（二〇二一年〜）に近い狙いに基づいていると言える。美々香と大野は著者の現時点での最新長編『録音された誘拐』（二〇二二年）にも登場しているので、そちらにも目を通していただきたい。読み終えるまでに何度も驚かされること必至の一冊と言っておこう。

収録作中最長の分量で、むしろ中編と呼んだほうが良さそうなのが「第13号船室からの脱出」（初出《ジャーロ》七〇号、二〇一九年十二月）である。客船をまるまる借り切った一泊二日の東京湾クルーズで、「名探偵・櫻木桂馬、豪華客船からの脱出！」というリアル脱出ゲームが行われることになった。高校生のカイトはそれに参加するため乗船したところ、同級生のマサルやその弟のスグルと邂逅する。ところが、ゲームの最中、カイトとスグルは何者かによって船室に監禁されてしまう。

　タイトルから窺えるように、本作はジャック・フットレルの「十三号独房の問題」へのオマージュとなっている。「思考機械」と呼ばれる名探偵オーガスタス・S・F・X・ヴァン・ドゥーゼン教授が、鉄壁の刑務所から七日以内に脱出できるかという挑戦に応じる、脱出ミステリの古典中の古典だ。この設定を現代で再現するのが難しいため、オマージュを捧げた作例の場合、例えば伊吹亜門（いぶきあもん）の「囚われ師光（もろみつ）」（《ミステリーズ！》九四号、二〇一九年）のように時代小説の設定で展開するなど、搦手（からめて）からの工夫が必要とされる。本作の場合、著者が高校生・大学生の頃に参加していたリアル脱出ゲームを取り入れることで、現代を舞台に「十三号独房の問題」へのオマージュを成立させてみせた。もちろん、監禁されたカイトたちの脱出手段がミステリとしての軸となっているが、そこに、ある種の作中作である脱出ゲーム「名探偵・櫻木桂馬、豪華客船からの脱出！」の謎の解決を絡ませた点が読みどころで、ラストの多重どんでん返しには圧倒させられる。船上ミステリに必須のゴージャス感もあって、本書の締めくくりに相応しい作品となっている。

　こうして通読すると、収録作はいずれも本格ミステリとして凝りに凝った仕上がりとなっている。過去の名作へのオマージュとなっているのみならず、更にその上をゆく趣向を編み出そうという挑戦的な姿勢が見られるのだ。また、表題作のSF的な世界設定の作り込み、先に述べた「六人の熱狂する日本人」の裁判員の評議のディテール描写など、作品世界を疎かにしていないことも見逃せない。

創作とは、先行する作品群が蓄積してきた伝統を畏敬とともに踏まえ、その先へと進もうとする営為である。執筆する上で、先例をなるべく多く知っていることが望ましい本格ミステリの場合は尚更だ。そのことに自覚的であるのみならず創作姿勢の揺るがぬ軸としている著者ほど、温故知新という言葉を体現した作家も珍しい。

さて、著者のノン・シリーズ短編をもっと読みたい……という方には、二〇二二年に光文社から刊行された第二短編集『入れ子細工の夜』をお薦めする。本書同様、四編のノン・シリーズ短編から成っているが、こちらは「全四編を通じて、私たちがいま生きている世界のありさまを刻印しつつ、といって、堅苦しくはしないこと」(同書「あとがき」)という縛りを設け、すべての作品の背景に現在のコロナ禍を関連させている。「六人の熱狂する日本人」のセルフパロディめいた作品も収録されているので、本書を気に入った読者は買わなければ損である。

二〇二〇年四月　光文社刊

＊この作品はフィクションであり、実在の人物・団体・事件とはいっさい関係ありません。

光文社文庫

透明人間は密室に潜む

著者　阿津川辰海

2022年9月20日　初版1刷発行

発行者　鈴木広和
印刷　萩原印刷
製本　ナショナル製本

発行所　株式会社 光文社
〒112-8011　東京都文京区音羽1-16-6
電話 (03)5395-8149　編集部
8116　書籍販売部
8125　業務部

ISBN978-4-334-79419-4　Printed in Japan

組版　萩原印刷

光文社文庫　好評既刊

奇譚を売る店　芦辺　拓
楽譜と旅する男　芦辺　拓
松本・梓川殺人事件　梓　林太郎
信州・善光寺殺人事件　梓　林太郎
悪漢記者　安達　瑶
鄙の聖域　安達　瑶
天国と地獄　安達　瑶
名探偵は嘘をつかない　阿津川辰海
星詠師の記憶　阿津川辰海
太閤下水　姉小路　祐
もう一人のガイシャ　姉小路　祐
凜の弦音　我孫子武丸
境内ではお静かに　縁結び神社の事件帖　天祢　涼
境内ではお静かに　七夕祭りの事件帖　天祢　涼
おくりびとは名探偵　天野頌子
怪を編む　アミの会(仮)
神様のケーキを頬ばるまで　彩瀬まる

黒いトランク　鮎川哲也
憎悪の化石　鮎川哲也
風の証言　増補版　鮎川哲也
翳ある墓標　鮎川哲也
白の恐怖　鮎川哲也
死者を笞打て　鮎川哲也
りら荘事件　増補版　鮎川哲也
黒い蹉跌　鮎川哲也
白い陥穽　鮎川哲也
写真への旅　荒木経惟
白い兎が逃げる　有栖川有栖
妃は船を沈める　有栖川有栖
長い廊下がある家　有栖川有栖
ぼくたちはきっとすごい大人になる　有吉玉青
SCS　ストーカー犯罪対策室（上・下）　五十嵐貴久
PIT　特殊心理捜査班・水無月玲　五十嵐貴久
黄土の奔流　生島治郎

光文社文庫　好評既刊

終幕のない殺人　内田康夫
長野殺人事件　内田康夫
長崎殺人事件　内田康夫
神戸殺人事件　内田康夫
横浜殺人事件　内田康夫
小樽殺人事件　内田康夫
幻香　内田康夫
多摩湖畔殺人事件　内田康夫
津和野殺人事件　内田康夫
遠野殺人事件　内田康夫
倉敷殺人事件　内田康夫
白鳥殺人事件　内田康夫
萩殺人事件　内田康夫
日光殺人事件　内田康夫
若狭殺人事件　内田康夫
鬼首殺人事件　内田康夫
ユタが愛した探偵　内田康夫

隠岐伝説殺人事件（上・下）　内田康夫
教室の亡霊　内田康夫
化生の海　内田康夫
博多殺人事件　新装版　内田康夫
姫島殺人事件　新装版　内田康夫
しまなみ幻想　新装版　内田康夫
須美ちゃんは名探偵!?　内田康夫財団事務局
浅見家四重想　須美ちゃんは名探偵!?　内田康夫財団事務局
銀行告発　新装版　江上剛
蕎麦、食べていけ！　江上剛
思いわずらうことなく愉しく生きよ　江國香織
花火　江坂遊
屋根裏の散歩者　江戸川乱歩
パノラマ島綺譚　江戸川乱歩
陰獣　江戸川乱歩
孤島の鬼　江戸川乱歩
押絵と旅する男　江戸川乱歩

光文社文庫最新刊

セピア色の回想録　杉原爽香49歳の春	赤川次郎
透明人間は密室に潜む	阿津川辰海
毒蜜　謎の女　決定版	南　英男
あなたの職場に斬り込みます！	上野　歩
世話を焼かない四人の女	麻宮(まみや)ゆり子
真藤順丈リクエスト！ 絶滅のアンソロジー	王谷晶／河﨑秋子／木下古栗／佐藤究 真藤順丈／恒川光太郎／東山彰良 平山夢明／町田康／宮部みゆき
食いしんぼう魔女の優しい時間	三萩せんや